탬 —— 버 —— 린

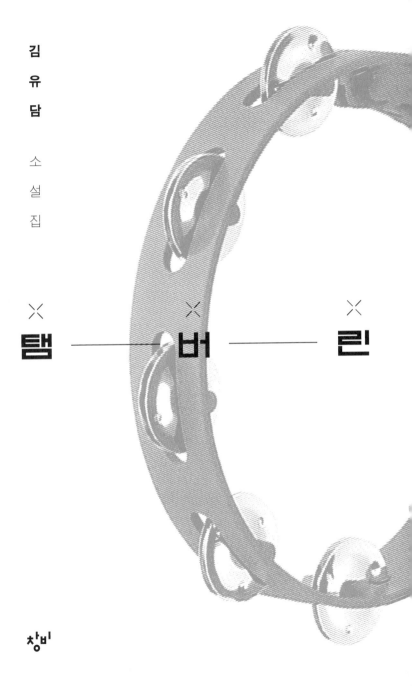

김유담

소설집

탬 — 버 — 린

창비

차례

핀 캐리(pin carry)

각각의 플레이어들이 감당할 수 있는 볼링공의 무게는 다르다. 몸무게의 10분의 1 정도 되는 볼링공을 선택하는 게 일반적이지만, 완력에 자신이 있다면 더 무거운 공도 괜찮다. 공이 무거울수록 흔들림은 적고, 파괴력은 더 커진다. 오빠는 자신의 체중에 비해 다소 무거운 공을 사용하곤 했다. 그 16파운드짜리 볼링공이 65킬로그램밖에 되지 않는 오빠에게 실제로 버거웠는지, 아니면 적절한 무게였는지는 알 수 없다.

나는 고향으로 향하는 기차에서 오빠의 동영상을 반복해서 돌려 보았다. 유튜브 검색창에 오빠의 이름과 '볼링'이라는 단어를 함께 치면 열개가 넘는 동영상이 뜬다. 'Y시장 배 아마추어볼링대회'의 결승전 영상, 그리고 형식이 '제일볼링장'이라는 태그를 달아 업로드한 짧은 영상들로, 대부분 볼링공을 던지고 있는 오빠의 뒷모습을 찍은 것이다. 이따금 스트라이크를 치고 나면, 뒤로 돌아 허공을 향해 두 주먹을 내지르며 기뻐하는 모습이 짤막하게 잡히기도 했다.

기차가 속도를 줄이자 차창 밖으로 눈에 익은 풍경들이 빠르게 스쳐지나갔다. 커다란 볼링 핀 모형을 지붕 위에 얹은 '제일볼링장' 간판도 보였다. 나는 객차의 출입문을 향해 트렁크 바퀴를 천천히 굴리며 걸어갔다.

현관에 들어서자마자 낡고 찌든 구두가 맨 먼저 눈에 들어왔다. 아버지의 오래된 구두로, 십여년 전 그를 쫓아낸 오빠가 아버지의 외투와 함께 마당으로 내던졌던 그 구두였다. 앞코가 해지고 뒤꿈치가 너덜너덜해질 정도로 낡은 갈색 구두의 원래 모습이 얼마나 날렵했는지 아직도 선명하게 기억한다.

"당신은 아바이도 아이다. 한번만 더 내 눈에 띄만 우리 둘 다 제명에 몬 삽니데이. 살아생전에 서로 보는 일 없도록 하입시더!"

오빠는 커다란 전정가위를 손에 든 채로 눈을 부릅뜨고 소리쳤다. 내가 있는 한, 이 집에 그 종자가 발을 디디놓는 일은 없을 끼다. 엄마도 맞고 산 세월은 이제 잊으이소. 열일곱살의 오빠는 짐짓 근엄하게 말했다. 자신이 지키고 있는 한 아버지는 돌아오지 못할 것이라고 우리를 안심시켰던 오빠의 말은 그대로 지켜진 셈이다. 하지만 오빠는 이제 더이상 이 세상 사람이 아니었고, 아버지는 십년 만에 나타나 러닝셔츠와 트렁크 팬티 바람으로 거실에 서서 나를 맞고 있었다.

닳을 대로 닳은 구두만큼이나 아버지의 몰골은 비참했다. 몸피가 절반 이상 줄어들었고, 정수리의 머리카락은 다 빠져 휑뎅그렁했다. 게다가 새카만 피부와 깡마른 팔다리, 그리고 볼록한 배는 아프리카의 기아를 연상시켰다. 기세등등하던 예전의 모습을 모두 잃어버린 채 젓가락 같은 팔로 러닝셔츠 안의 배를 긁고 있는 그의 모습에 나는 흠칫 놀라 한걸음 물러섰다.

"왔나? 밥은? 너거 엄마는 밭에 갔다. 덥은데 어서 들와서 선풍기 바람 쫌 쐐라."

약간 새된 소리가 섞인 음성은 그대로였다. 방금 학교

에서 돌아온 딸을 맞는 듯 다정한 말을 아무렇지도 않게 건네고 있는 그를 보면서 나는 마음을 다잡았다. 아버지는 이 집에 발을 들여놓을 자격이 없다.

"여기가 어디라고 감히……"

"내한테도, 거…… 걸리가 있다 카더라. 나도 다 들었는 말이 있다."

"걸리고, 권리고 간에 당신에게는 아무것도 없어요. 이게 어떤 집인데!"

나는 악을 쓰며 소리쳤다. 그는 대꾸도 하지 않고 저벅저벅 걸어서 현관과 맞닿은 방 안으로 들어갔다. 그곳은 내 방이었다. 고향을 떠나고 나서야 갖게 된 내 방. 그가 방 안으로 사라지고 나서야 내가 신발조차 벗지 않고 현관에 서서 소리를 지르고 있었다는 사실을 깨달았다. 나는 현관에 놓인 그의 구두를 집어 들어 마당으로 던져버렸다.

냉장고에는 박카스 열병이 두개씩 나란히 줄을 지은 채 놓여 있다. 오빠는 박카스를 물처럼 마셨다. 오빠가 세상을 뜬 지도 이년이 지났지만, 엄마는 냉장실 가장 잘 보이는 선반에 갈색 병에 담긴 드링크제를 열병씩 정리해놓는 습관을 아직 버리지 못한 것이다. 오빠는 매일 아침 박카스를 마시는 것으로 하루 일과를 시작했다. '젊은 날의 선택'이라는 광고로 유명한 사양강장제를 양쪽 점퍼 주머니에 불룩하게 넣은 채로 출근하던 그의 뒷모습이 지금도 눈에 선하다. 사고가 나던 날, 오빠가 몰던 트럭 조수석 바닥에는 빈 드링크제 병이 스무개 남짓 뒹굴고 있었다. 오빠는 졸릴 때마다 박카스를 마시면 힘이 난다고 했다. 오빠는 자주 졸려 했고, 늘 피곤해했다. 일상생활에서도 깜박깜박하는 일이 잦아서 소변을 본 후 변기 커버를 위로 젖혀놓고 물도 내리지 않은 채, 화장실에서 그냥 나오는 일이 허다했다. 나는 그를 대신해 물을 내리면서 박카스처럼 샛노란 오빠의 오줌이, 거품을 일으키며 변기 속으로 사라지는 모습을 가만히 들여다보곤 했다.

오빠 방에 들고 온 짐을 풀었다. 책상에 놓인 액자 속 오빠는 머리카락을 노랗게 탈색한 채 경직된 얼굴로 정면을 바라보고 있었다. 자유분방한 헤어스타일과는 어울리지 않게 심각한 표정을 담은 이 사진이 영정사진이 될 줄은 몰랐다. 사진 액자 옆에는 두개의 볼링 핀이 놓여 있다. 정확히 말하자면 볼링 핀 모양의 트로피다. 한개는 2.0리터짜리 생수병 크기 정도로 크고, 나머지 하나는 막걸리 병만 했다. 오빠가 냉장 트럭에 가득 싣고 다니던 막걸리 말이다. 오빠는 이 지역에서 소문난 아마추어 볼링 선수였다. 그와 한판 붙기 위해 인근 다른 도시의 사람들이 이곳까지 원정을 오기도 했었다는 건 오빠가 죽고 나서야 알았다. 빈소에서 문상객들이 늘어놓는 오빠의 무용담을, 나는 상복을 입고 앉아 참담한 표정으로 들었다.

오빠의 사인은 졸음운전이 불러일으킨 사고로 인한 심정지였다. '중부내륙고속도로 선산IC 인근에서 서울 방면으로 시속 130킬로미터로 달리던 K주류회사의 냉장 트럭이 오전 6시 40분경 가드레일을 들이받았고, 운전자는 그 자리에서 즉사했다'는 보도가 전파를 탈 만큼 큰 사고였다. 새벽부터 출근해 냉장 트럭을 몰고 전국 각지로 막걸리를 배달하다가 사고를 당했으므로, 그의 죽음은 당연히 업무상 재해에 해당했다. 사고 전날에도 오빠는 새벽 4시에 출근해 저녁 8시에 퇴근했고, 사고 당일에도 어김없이 새벽 4시에 출근했다. 그러나 회사는 오빠가 죽기 전날 밤 12시까지 볼링을 쳤다는 사실을 문제 삼았다. 나는 엄마에게 절대 회사가 원하는 대로 합의서 따위에 도장을 찍어주어서는 안 된다고 여러번 힘주어 말했다. 엄마는 멍한 얼굴로 고개를 끄덕였다. 문제는 오빠의 회사 사람들이 찾아와 현란하게 혀를 휘두를 때에도 엄마가 같은 표정으로 고개를 끄덕였다는 사실이다. 나는 다니던 대학을 휴학하고 고향으로 내려와 엄마의 곁을 지켰다. 문도 열어줘서는 안 된다는 회사 사람들을 집에 들이고, 박카스를 그들에게 내놓는 모습을 볼 때마다 나는 엄마를 때리고 싶은 충동에 시달렸다.

오빠가 그날 밤 12시까지 볼링을 치지 않았더라면……회사는 이런 가정을 내놓고 우리를 괴롭혔다. 과한 취미생활이 화를 불러일으켰다는 것이다. 나는 오빠를 대신해회사와 싸웠다. 회사의 주장이 말도 되지 않는 것이라 강변하면서도 새로운 가정들이 꼬리에 꼬리를 물고 떠올라괴로웠다. 그날 아침 내가 오빠에게 전화라도 한통 했더라면 그런 사고를 피할 수 있지 않았을까. 오빠가 그날 새벽에 뜨거운 국과 밥을 먹고 나간 것이 오히려 졸음운전의 이유가 되지는 않았을까. 엄마는 싫다는 오빠에게 한사코 아침을 먹여 보낸 것을 후회했다. 만약, 내가 서울에 있는 대학을 고집하지 않았더라면 어땠을까. 내 한 학기 등록금은 당시 식구들이 살던 고향 집의 연세(年貰)보다 비쌌다. 머릿속에서 새로운 가정이 하나씩 튀어나올 때마다 커다란 대바늘이 심장을 깊게 찔러대는 느낌이었다. 오빠의 죽음을 곱씹을 때마다 튀어나오는 가정들과 후회는 바늘 끝처럼 날카롭고 좁았다가 때로는 큰 파도처럼 밀려와 삶 전체를 부정하고 휘저어버렸다. 아버지가 반듯한 가장이었다면, 엄마가 좀더 야무지게 우리 남매를 건사할 줄 알았더라면, 오빠는 다른 인생을 살 수 있었을지도 모른다.

장례식장에서 내가 가장 많이 들은 위로의 말은 엄마에게 잘해야 한다는 소리였다. 이웃들과 몇 안 되는 친척들은 동공에 초점을 잃고 실성한 사람처럼 빈소를 지키고 있는 엄마를 보며 안쓰러운 표정을 지었다. 그러고는 나더러, 이제 너그 엄마한테 남은 사람은 인숙이 니밖에 없다, 하고 말했다. 친척들은 혹시라도 자신에게 일말의 부담이 돌아오지는 않을까 하는 경계심을 감추고 살아남은 내 책임을 강조했다. 나 역시 하나뿐인 오빠를 잃었다는 말은 차마 내뱉지 못했다. 슬픔 이전에 책임이라는 단어가 목구멍에 와 박히면서 눈물조차 나지 않았다. 더구나 촌각을 다투면서 처리해야 할 문제가 너무나 많았다. 오빠의 시신을 확인하고, 경찰을 면담하고, 장례 절차를 결정하는 것도 온전히 내 몫이었다. 내 동창이자 오빠의 친한 후배였던 형식의 도움이 아니었더라면 곤란한 일이 더 많았을 것이다. 인호 행님은 내한테도 친행님이나 다름없다. 형식은 삼일 내내 장례식장에 머무르며 우리를 도왔다. 형식은 주변의 선후배들에게 오빠의 부고를 알렸고, 생각보다 늘어나는 조문객을 맞으려 술과 음식을 추가로 주문했다. 나를 대신해 소매를 걷어붙이고 음식을 나르며 조문객들을 대접했고, 장례 행렬 맨 앞에서 오빠의 영정을 들었다. 그러면서도 장례 기간 내내 내 시선을 피해 의아한 마음이 들게 했다.

　오빠의 화장이 진행되는 동안 화장터 앞마당으로 나를 따로 불러 오빠가 남긴 보험금이 있다는 사실을 전해준 것도 형식이었다.

　"장례 다 치르고 나서 말해줄라 캤는데 행님을 저래 불구디에 보내디리고 나이 인자 말해도 되겠다 싶어서. 볼링 동호회에 보험설계사 하시는 행님이 계시거덩. 그 행님한테 인호 행님이 얼마 전에 보험 하나를 들었다. 그기 정확히 말하만, 무슨 내기를 해가꼬 이십만원 정도 인호 행님이 땄는데 그거를 보험 행님이 돈으로 안 주고 인호 행님 이름으로 종신보험을 들어뿌렀다 이기라. 첫 달 보험료 대납해줬다 카민서. 두달도 안 된 일인 기라. 그걸로 그 보험 행님이랑 인호 행님이 싸우고 억수로 난리 났는데, 일이 이래 되고 보이 이런 거를 불행 중 다행이라 캐야 되는 긴지…… 사람 운명이라 카는 기 참…… 얄궂다."

형식은 끝까지 내 눈을 제대로 쳐다보지 않은 채, 나와 반대 방향으로 몸을 돌려 길게 담배 연기를 뿜었다. 화장터에서 나는 매캐한 냄새와 형식의 담배 냄새가 섞여 공중으로 흩날려졌다.

오빠가 내 이름으로 남긴 보험금이 꽤 된다는 소문이 퍼지자 이웃들은 그래도 이제 인숙이네는 걱정 없겠다는 말을 대놓고 했다. 동네 사람들은 아들 죽은 보험금으로 포도밭을 사고 새로 집을 지었다며 수군거렸다.

돈으로 위로할 수 있는 죽음이란 없다. 오빠의 보험금을 받았다고 해서 그를 잃은 슬픔이 가시는 것은 아니었다. 위로받기 위해 그 돈을 받은 것 또한 아니었다. 오빠는 죽으면서 보험금을 내 앞으로 남겼고, 우리는 오빠가 살아 있을 때와 마찬가지로 돈이 필요했다. 우리는 항상 가난했다. 오빠는 가난하게 자라, 가난하게 살다가 갔고, 우리에게 적지 않은 돈을 남겼다. 보험금 5억과 회사로부터 받은 보상금 1억. 6억이라는 돈은, 남은 사람들이 더이상 가난하다는 생각을 하지 않을 수 있는 돈이었다.

남의 집 농사일을 도와주고 품삯을 받으며 살던 엄마의 소원은 자기 명의의 땅과 집을 가지는 것이었다. 내 소원은 학교 앞에 원룸이라도 하나 얻고, 돈 걱정 없이 대학을 다니는 것이었다. 오빠는 형식처럼 볼링장 아들로 태어나 볼링을 실컷 치는 것이 소원이라고 말했다가 굳어지는 엄마의 표정을 보고 농담이라며 유난스럽게 웃었다. 그러고는 자신의 꿈은 나와 엄마의 소원을 이뤄주는 것이라고 했다. 이제 세 사람의 소원은 모두 이루어진 셈이다. 그러나 지금 우리 중 그 누구도 행복하지 않다. 고시원을 전전하다가 처음으로 내 공간으로 마련한 8평짜리 오피스텔은 아늑했다. 뜨거운 물을 가장 센 수압으로 오래도록 틀어놓고 머리를 감다가, 나도 모르게 콧노래를 부르는 스스로에게 흠칫 놀라 벌거벗은 몸으로 주위를 둘러본 적이 있다. 나는 이 집에서 행복할 자격이 없다는 말을 되뇌면서 괜히 주눅이 들었다.

오빠는 볼링 때문에 죽은 것이 아니다. 하지만 볼링을 몰랐더라면, 형식과 어울리지 않았더라면, 그랬다면 어쩌면 지금과는 다른 현실이 펼쳐지지 않았을까 하는 원망은 지금도 떨치기 어렵다. 장례가 끝난 후, 오빠의 유품을 정리하다가 휴대전화에 남겨진 형식의 메시지들을 읽으며 나는 호흡이 가빠졌다. 형식은 거의 매일 밤 오빠를 자기네 볼링장으로 불러냈다.

행님 오늘 제가 3 대 3 죽이는 멤버들로 조 짜놨습니더. 판돈이 꽤 커예.

이거는 진짜 빅 매치라요. 컨디션 조절 잘하고 오시이소. 박카스 히야시 해놓고 기다리께예.

오빠의 휴대전화를 들고 읍내에 있는 형식의 볼링장으로 달려갔다. 볼링장 입구의 커피 자판기 앞에서 커피를 마시고 있는 그를 보자마자 따귀를 올려붙였다. 형식이 들고 있던 종이컵에 담긴 커피가 바닥에 쏟아졌다.

"으, 뜨거버라! 니 미친 거 아이가."

대답도 없이 볼링 레인 앞에 놓인 공 하나를 집어 들었다. 볼링공을 들고 성큼성큼 걸어가 볼링장 입구의 유리문을 향해 힘껏 던졌다. 창 깨지는 소리와 함께 유리가 산산조각이 났다.

　"야, 이형식. 너 어떻게 우리한테 이럴 수가 있어?"

　"머라카노. 니 뭐 잘몬 처묵었나."

　"너는 왜 이렇게 멀쩡해? 우리 오빠를 노름에 끌어들여 죽게 해놓고, 어떻게 이렇게 멀쩡하게 살고 있냐고!"

　나는 형식의 가슴팍과 어깨를 주먹으로 치며 소리를 질렀다.

　"아이다, 그런 기 아이고. 니가 무슨 오해가 있는 갑는데, 행님은 노름을 하신 기 아이고…… 그거는 그냥 친목 도모다. 그라이깐 여기 볼링 동호회 회원들끼리 재미로 했던 내기인 기라."

　"그래? 그럼 이 얘기 경찰서 가서 한번 해볼까? 매일 밤 판돈이 백만원에서 이백만원씩 오가는 볼링 게임이 내기인지 도박인지 말이야."

　"니 말 다 했나? 나는 뭐 할 말 없을 줄 아나. 그래도 해…… 행님이 우리캉 볼링을 치기 때문에 그 보험을 들게 된 기지. 동네 사람들이 다 칸다. 너거 집은 행님 죽어 가꼬, 그나마 남은 사람들이 살게 됐다꼬. 6억이 뭐 누구 집 아 이름이가?"

나는 형식을 노려보았다. 그리고 아무 말 없이 다시 레인 앞에 놓인 볼링공 하나를 들어 카운터 방향으로 던졌다. 형식이 자리를 비운 카운터에는 아무도 앉아 있지 않았다. 둔탁하게 볼링공이 떨어지고 무언가 깨지는 소리가 들렸지만, 곧상 볼링장 밖으로 나와버렸다. 뒤통수에 대고 거칠게 욕을 하는 형식에게 아무런 대꾸를 하지 않은 채 입구에 잘게 부서져 있는 유리 조각을 밟으면서 그곳을 빠져나왔다.

밭에서 돌아온 엄마의 바지 자락은 흙투성이였다. 엄마는 입구에 더러운 몸뻬 바지와 토시를 허물처럼 벗어두고, 반팔 셔츠와 팬티만 입은 채로 거실을 가로질러 욕실로 들어갔다. 못 본 사이 살이 더 빠졌는지 팬티조차 몸뻬처럼 헐렁했다. 엄마는 팬티를 발목까지 내리고 쪼그리고 앉아 욕실 바닥에 소변을 보았다. 욕실 문도 닫지 않고 수챗구멍에 오줌을 누는 엄마의 엉덩이를 나는 얼굴을 찌푸린 채 바라보았다. 변기가 아닌 수챗구멍 앞에 쪼그려 앉아 소변을 보는 엄마의 버릇은 아무리 잔소리를 해도 고쳐지지 않았다. 나는 이기 편한데 우짜겠노. 엄마는 늘 말을 분명하게 하지 않고 입안에서 삼키듯이 했다. 학창 시절, 매일 아침 욕실에 들어갈 때마다 욕실 바닥에서 올라오는 지린내에 숨이 막혔다. 변기에 물 내리는 것을 자주 깜빡하는 오빠도 지긋지긋하기는 마찬가지였다. 꼭 서울로 대학을 가야겠냐고 묻는 오빠의 질문에 나는 간절한 표정으로 고개를 끄덕였다. 첫 학기 등록금만 마련해달라고, 그다음에는 어떻게든 내가 알아서 해보겠다며 겨우 오빠를 설득했다.

오빠에게도 집을 떠날 기회가 있었다. 공고 3학년 때 수원에 있는 반도체 공장에 취직이 되었지만 오빠는 고민 끝에 입사를 포기했다. 아들을 멀리 보내기 싫어했던 엄마의 만류 탓이 컸다. 대신 오빠는 집에서 멀지 않은 막걸리 공장에 취직했다.

"인숙아, 오빠야가 볼링부인 거 알제? 오빠야가 볼링 칠 때 제일 어려븐 기 뭐꼬 카만 스페어(spare) 처리다. 한 번에 스트라이크를 못 시키만 두번째 공 떤질 때 나머지를 다 넘가야 되거덩. 최고 골치 아픈 기 뭐꼬 카만 핀이 몇개 남지도 안해가꼬 뚝뚝 떨어지가 있을 때인 기라. 그거를 스플릿(split)이라 카거덩. 양쪽 끝에 핀이 이래 두개 뚝 떨어져 있으면 결국 한개를 내삐릴 수빡에 없더라카이. 그라이깐, 식구끼리는 서로 붙어 살아야 처리가 쉽다, 뭐 이런 말이다."

오빠가 한창 볼링에 빠져들던 시기였다. 오빠는 모든 것을 볼링과 연결시켜 이야기하려 들었고, 볼링에 대해 이야기할 때만 환하게 웃었다. 당시 고등학교 1학년이던 나는 그때부터 굳게 다짐했다. 처치 곤란한 스페어, 그래서 포기해야 하는 스페어가 아니라, 아예 다른 레인에 스스로를 세워보겠다고. 나는 일부러 사투리를 쓰지 않았고, 친구를 깊게 사귀지도 않았다. 이 좁은 동네를 떠나 아무도 나를 모르는 곳에 가서 온전한 나로 새롭게 살아보고 싶었다.

아버지가 들고 온 유리 단지 속에는 수백마리의 굼벵이가 서로 몸이 뒤엉긴 채 꿈틀거리고 있었다.

"지금 뭐 하자는 거예요? 이런 게 어디서 났어요?"

"어데서 났기는? 샀지. 읍내 건강원에 외상 잽히가 샀다. 읍에 나갈 일 있으만 그 집에 돈 쫌 갖다주라. 구하기 힘든 기라꼬 억수로 생색내더라. 이따가 너거 엄마한테 이거 씻거가 한번 찌놓으라 캐라."

"아니, 대체 뭘 믿고 외상을 줘요?"

"내 믿꼬 줬겠나? 인숙이 니 인자 부자됐다꼬 소문이 자자하더라."

"그래서, 좋으세요?"

"누가 좋다 카더나. 사람들이 그칸다 카는 기지. 나도 참 기가 차가 말도 안 나온다."

아버지는 유리 단지를 손에 든 채 계속 만지작거렸다. 나는 투명한 단지 표면에 희뿌옇게 찍힌 손자국을 보면서 미간을 찡그렸다.

"얼마를 원해요? 그때 말한 권리라는 게 얼마짜리라고 생각하세요?"

"35다."

"당장 필요한 용돈 말고요. 얼마를 주면, 이 집에서 나가겠느냐고 물은 겁니다. 많이는 못 줘요. 우리 이제 돈 없어요. 엄마도 농협에 빚내서 비료 사고 농사지어요."

"35만원이 아이라 35키로. 그기 지끔 내 몸무게다."

예전의 그는 36인치 사이즈 바지를 입을 정도로 체격이 좋았다.

"걱정 마라. 오래 안 있는다. 나도 곧 인호한테 갈 끼다."

그의 건강상태가 좋지 않다는 것은 한눈에 봐도 알 수 있었다. 죽을병에 걸렸다는 말도 엄살로 보이지만은 않았다. 나는 무슨 병인지 묻지 않았다.

"그러면서 약은 왜 구해다 먹어요? 무슨 염치로 이래!"

"하루를 살아도 쫌 덜 아프까 싶어가 칸다. 내가 이거 하나 사 묵는 것도 아깝나? 인호 글마가 살아 있었으만, 내를 이래 멸시하지는 않았을 끼다. 적어도 다 죽어가는 아바이한테 이래 하는 거는 갱우가 아이라카이!"

아버지가 눈을 희번덕거리며 소리쳤다. 우윳빛 투명한 몸체에 붙은 검정색 대가리를 뒤흔들며 유리 벽을 타고 있는 굼벵이들처럼 마지막 발악을 하는 것 같았다.

"오빠 이름 입에 올리지도 말아요. 오빠가 어떻게 살다가 죽었는지 알기나 해요?"

더 독한 말로 쏘아주려는데, 아버지가 갑자기 배를 움

켜쥐며 주저앉았다. 놀라 엉거주춤 팔을 뻗었다. 그는 내 손을 뿌리치고 욕실로 달려갔다. 푸른색 타일이 깔린 욕실 바닥에 검붉고 끈적끈적한 피가 흩뿌려지는 모습을 보면서 나는 한 손으로 입을 틀어막았다. 러닝셔츠 앞섶을 붉은 피로 흥건하게 적신 아버지가 욕실에서 나와 방으로 들어가고 나서, 나는 바지를 무릎까지 걷고 욕실로 들어가 샤워기를 틀었다. 물을 세게 틀어서 바닥의 끈적끈적한 핏자국을 지우다 말고, 쪼그려 앉아 울었다. 오빠였더라면 아버지를 다시 받아들일 수 있었을까. 오빠가 돌아와 어서 이 스페어들을 처리해주었으면 좋겠다는 생각이 계속 머릿속을 맴돌았다.

방으로 들어가 옷장 문을 열었다. 오빠의 방에는 그가 쓰던 물건과 옷가지 들이 그대로 놓여 있었다. 내가 갖다 버린 오빠의 유품들을 엄마는 모두 다시 주워 왔다. 오빠가 입던 옷에 얼굴을 파묻어보았다. 오빠에게서 늘 나던 냄새가 여전히 남아 있었다. 담배 냄새와 시큼한 막걸리 냄새가 섞인 찌든 내와 좀약 냄새가 코끝에 돌았다. 외투 주머니에서는 따스한 온기마저 전해졌다. 오빠의 점퍼 주머니에 하나하나 손을 넣어보다가 손바닥 크기의 수첩 하나를 발견했다. 수첩에는 처음부터 끝까지 볼링에 관한 메모밖에 없었다. PVC재질의 수첩 커버에는 '제일볼링장 이용권'이 스무장 남짓 끼워져 있었다.

책상에 앉아 수첩을 첫 장부터 찬찬히 들여다보았다. 수첩은 각 장마다 오빠가 치른 게임에 관한 기록으로 채워져 있었다. 오빠는 자신이 얻은 점수와 딴 돈 혹은 잃은 돈을 먼저 기록하고, 그날 컨디션과 치러낸 게임의 보완점들을 짤막하게 적어놓았다. 돈을 잃은 날은 많지 않았다. 그러나 적은 액수라도 잃은 날이면, 처리하지 못한 스페어의 위치와 공의 각도까지 그려가면서 문제점이 무엇인지를 파악하려 들었다. 나는 모르는 볼링 용어를 인터넷 검색창에 치며 찾아보면서까지 오빠의 게임을 내 나름대로 복기해보려 애썼다. 오빠는 파워 모션 볼링을 선호했다. 5스텝의 순서로 빠르게 어프로치 라인을 통과해 공의 스피드와 파워를 최대한으로 끌어올리는 방식이었다. 오빠는 되도록 1회 차 투구에서 스트라이크존을 공략해 성공시켜야 한다고 수첩에 써놓았다. 스페어에 대한 부담이 너무 크다는 것이다. 오빠는 정신력이 강한 선수는 아니었던 듯하다. 첫 투구에서 스트라이크를 성공하지 못하면, 2회 차 투구에서는 미스가 잦았다. 그럼에도 그가 에버리지를 높은 수준으로 유지할 수 있었던 것은 더블(두 번 연속 스트라이크)과 터키(세 번 연속 스트라이크)를 심심치 않게 보여줄 정도로 스트라이크 확률이 높았기 때문이다.

수첩 곳곳에 빨간색 글씨로 쓰인 '일타열피!'라는 문구는 계산할 줄 모르는 오빠의 삶을 그대로 보여주는 것 같았다. 막걸리 상자를 들 때에도 오빠는 남들처럼 한상자씩 드는 게 아니라 두세상자를 한꺼번에 겹쳐 옮기곤 했다. 조문을 온 회사 동료들은 남들보다 일 처리가 빨랐던 오빠를 좋게 기억하고 있었다. 그렇게 일을 허겁지겁 끝내고 그가 달려간 곳은 볼링장이었다……

오빠는 볼링 때문에 죽은 것이 아니다. 하지만 무언가를 지독하게 사랑한다는 것은, 내일이 없는 사람처럼 그것에 매달릴 각오가 필요한 일인지도 모르겠다. 그런 의미에서 나는 그 무엇도 사랑할 수 없는 인간이었다.

아침 느지막이 거실로 나가자 엄마는 집에 없고, 아버

지의 방문 앞에는 빈 죽 그릇이 놓인 개다리소반이 나와 있었다. 나는 늦은 아침을 먹고 읍내의 볼링장으로 나갔다. 카운터 앞에서 쿠폰을 내밀자, 형식은 두 눈이 동그래져서 물었다.

"니 이거 어데서 났노?"

"이 쿠폰 너네 볼링장 거 맞지? 240 사이즈로 줘."

나는 대답 대신 건조한 목소리로 내 할 말만 늘어놓았다. 형식은 순순히 볼링화를 꺼내주있다. 푸른색 쿠폰 한 장을 내고 하루 종일 볼링을 쳤다. 쿠폰 한장당 한 게임을 이용할 수 있다는 규칙은 아랑곳하지 않은 채, 다섯 게임에서 열 게임은 족히 쳤다. 신발 대여료도 따로 내지 않았다. 형식은 그런 내게 아무런 말을 하지 않았다. 평일 낮 시간의 볼링장은 한산했다.

오빠 옆에서 구경한 적은 있었지만, 직접 볼링을 쳐본 것은 처음이었다. 나는 부러 볼링공을 세게 바닥에 던지듯 굴렸다. 레인 위로 볼링공을 떨어뜨릴 때마다 쿵 하는 소리가 나며 발끝에 진동이 와닿았다. 미치광이 같으니라고. 이게 뭐라고, 수첩에 공부를 해가면서까지 쳐. 대단한 박사 나셨어. 그 시간에 집에 일찍 와서 잠이나 잤어야지.

나더러 걱정 말라고 자기가 다 책임진다고 하더니, 결국 이렇게 나한테 다 떠넘기고 혼자 떠났다. 공은 레인 옆의 도랑같이 생긴 회색 거터 속으로 들어가 떼굴떼굴 굴러가기 일쑤였다. 잠자코 지켜보고 있던 형식이 슬그머니 옆에 다가와 이죽거렸다.

"그래가꼬 바닥이 뿌사지겠나. 더 씨기 쾅쾅 떤지뿌라. 아이고 답답아래이. 그래 하는 기 아이고……"

형식이 내 손과 어깨를 붙들고 볼링공 잡은 자세를 교정시켜주려 했다. 나는 볼링공을 손에 든 채로 형식을 노려보았다. 형식은 순간 움찔한 기색을 보이며 다시 카운터로 돌아갔다. 오일이 덧발라져 번들거리는 레인 위로 나는 폭탄을 던지듯 공을 던졌다. 오빠에게 등록금을 부쳐달라고 했던 내 발등을 볼링공으로 찧어버리고 싶은 심정이었다.

옆 레인에서는 교복을 입은 학생 무리가 시끄럽게 순서를 바꿔가며 볼링을 치고 있었다. 볼링공이 굴러가 핀에 부딪칠 때마다 그들은 요란스럽게 박수를 치며 깔깔 웃어댔다. 그 모습을 멍하니 바라보다가 자리를 정리하고, 신발을 갈아 신었다. 카운터에 신발을 반납하며 힐끗

학생들의 전광판을 들여다보았는데, 그들은 10프레임이 아니라 12프레임으로 게임을 마무리 짓고 있었다. 나는 형식에게 시비조로 말을 붙였다.

"쟤네들은 왜 열번이 아니라 열두번씩 쳐? 내가 쿠폰 손님이라고 홀대하는 거야?"

형식이 크게 웃음을 터뜨렸다.

"니는 여어가 노래방맨치로 사장이 뽀나스 프레임 더 주고 싶으만 줄 수 있고 그런 덴 줄 아나? 그기 아이라 쟈들은 10회 차 떤질 때 스트라이크를 해가꼬, 뽀나스 프레임을 받은 기다."

"보너스?"

"하기사, 니는 맨날 개판 치는 점수만 받아가꼬 그런 기 있는지도 몰랐겠지. 인호 행님이 진짜 뽀나스 게임의 명수였는데…… 10회 차를 스트라이크 때리가꼬 두번 더 뽀나스 투구를 받아뿌리민 당해낼 사람이 없었제."

형식은 혀를 끌끌 차며 말을 이어나갔다.

"나는 그때 저 행님은 진짜 운빨 쥑인다 생각했거덩. 스트라이크를 치도 우째 저 순간에 딱 성공시키민서 뽀나스 투구를 받아가까. 행님이 내한테 자주 했던 말이 인생 끝까지 가봐야 안다꼬, 두고 봐라 늘 그캤는데……"

　오빠는 운이 좋은 사람이 아니었다. 어쩌면 그래서 더욱더 볼링의 운에 집착했는지도 모르겠다. 탁월한 실력에 운까지 따라준다고 치켜세워주는 주변 사람들의 부추김이 졸린 눈을 비비며 공을 던지게 하는 힘이 되었는지도 모른다. 빨간색 팬티와 체크무늬 양말을 신은 날이 제일 점수가 좋다며 속옷과 양말 색깔까지 메모해놓은 오빠의 수첩을 떠올리며 나는 한숨을 쉬었다.

　볼링공이 처음부터 끝까지 일직선으로 곧게 굴러가는 경우는 드물다. 공이 휘어지는 지점인 후킹 포인트까지 계산에 넣어야 완벽한 스트라이크를 이뤄낼 수 있다. 끝이 좋으면 다 좋다는 말을 입에 달고 살았던 오빠는 언젠가는 인생의 훅을 만들 수 있다고 믿었던 걸까. 그러나 오빠가 펼치던 인생이라는 게임은 너무 빨리 끝나버렸다. 보너스는커녕 주어진 프레임의 점수 칸을 제대로 채워보지도 못한 채 종료되어버린 것이다.

　엄마와 아버지를 앞세우고 포도밭을 향해 걸었다. 포도송이를 종이 포장 하는 작업을 해야 했다.

"그 집은 너거 아이라도 일손 안 많나. 오늘 우리도 해야 되는데, 우짜노. 내일은 약 치야 되는 날인데…… 오늘은 꼭 우리 밭에 와줘야 된다꼬 내가 말 안 하더나…… 어데, 내 말은 그기 아이고……"

아침에 일어나 거실로 나오니 엄마가 전화기를 붙들고 여기저기 전화를 해대고 있었다. 약속을 어긴 건 상대방인 것 같은데, 엄마는 화를 내지도 못하고 기어들어가는 목소리로 쩔쩔맸다. 오기로 했던 이들은 엄마와 함께 조를 짜서 인근의 과수원과 비닐하우스로 일당벌이를 다니던 아주머니들로, 오빠의 장례식장에 달려와 가장 큰 목소리로 곡을 해주었던 사람들이다. 그러나 엄마가 포도밭을 사면서 그들의 태도는 묘하게 변해갔다.

6월 초순, 포도알이 새파랗게 영글 즈음이면 포도송이를 종이로 감싸줘야 하는데 시기를 놓치면 병충해나 햇빛, 농약으로 포도가 상할 수 있다. 답답한 마음에 내가 도울 테니 남한테 아쉬운 소리 하지 말라며 큰소리를 쳤다. 방 안에 틀어박혀 숨죽이고 있던 아버지도 눈치를 보며 나갈 채비를 했다. 아버지나 나나 밭일을 안 해보기는 마찬가지였다.

생각보다 일은 어렵지 않았다. 다만 온몸에 땀이 줄줄 흐를 정도로 더운 게 문제였다. 나는 엄마와 예닐곱걸음 떨어져 혼자 일했고, 아버지는 엄마와 한조를 이루어 일했다. 아버지가 포도송이를 종이로 감싸면 엄마가 옆에서 그 위를 철끈으로 묶었다. "너무 쫄리게 묶으만 안 된다카이, 포도도 숨을 쉬어야 된다." 엄마가 종이를 건네주면서 하는 말에 불현듯 기억하기조차 싫은 오빠의 마지막 모습이 떠올랐다.

입관 전 마지막 인사를 하는 시간이었다. 피투성이로 병원에 실려 왔을 때와는 달리 깨끗한 모습으로 분까지 바르고 누워 있는 오빠의 모습은 차라리 편안해 보였다. 사고 직후 끔찍한 모습을 보지 못했던 엄마는 오빠를 쓰다듬으면서 통곡을 했다. 그리고 장례사를 붙들고 염해놓은 오빠를 가리키며 애원하듯 말했다.

"우리 아는 답답은 거 싫어하는데, 너무 꽉 쫄라났다. 옷도 쩽기는 거 싫다 캐가 내가 맨날 한치수 큰 걸로 사주고 캤는데…… 어차피 태울 꺼 아이가. 쪼매만 풀어주만 안 되겠나. 우리 인호는 저래 답답은 거 싫어한다 안 카능교."

목구멍에서 넘어온 뜨거운 기운을 억지로 삼키고 있는데, 아버지와 엄마가 나누는 말소리가 들려왔다. 마치 지난 삼십여년간 아무 탈도 없이 서로 의지하면서 산 금슬 좋은 부부인 양, 같은 포도송이를 붙든 채 도란거리는 그들의 모습에 허망한 생각마저 몰려왔다. 엄마를 지킨다는 명목으로 이곳에 내려와 있는 내가 한심했다.

"니는 와 하필이믄 포도밭을 샀노. 쪼매난 하우스 같은 거를 샀으믄 차라리 좀 편하고 나을 낀데."

"우리 인호가 포도를 제일 안 좋아했능교. 맨날 넘우 밭에서 얻어가꼬 알매이 쪼매난 것만 믹인 기 계속 마음에 걸린다. 제사상에 제일 큰 걸로 올리줄라꼬 그캤제."

오빠 이야기가 나오자 엄마는 별안간 땅바닥에 주저앉아 꺽꺽 울음을 터뜨렸다. 몸속 깊은 곳에서 토해내는, 비명에 가까운 울음이었다. 한편으로, 별안간이라는 표현을 쓰기에는 철퍼덕 주저앉아 우는 품새가 너무나 익숙하고 자연스러워 보였다. 처음 있는 일이 아닌 듯했다. 어쩌면 엄마는 목 놓아 울기 위해서 이 밭이 필요했는지도 모르겠다는 생각이 들 정도였다. 나는 차라리 속 시원하다는 생각이 들었다. 언제나 웅얼거리면서 속엣말을 삼키던 엄마였다. 이렇게 울기라도 해야 썩은 포도알처럼 문드러진 가슴속 응어리가 조금이라도 풀리지 않겠는가. 주변은 고요했다.

아버지가 당황한 표정을 지으며 말했다.

"니 와 이카노. 일나봐라. 동네 사람들이 들으만 머라카겠노. 내가 니 뭐 우째 했는 줄 알겠다. 동네 우사시럽구로."

그는 진땀을 흘리며 엄마에게 다가갔다. 엄마의 팔을 붙들어 일으켜 세우려고 했지만 아버지의 팔뚝은 엄마의 절반에 못 미칠 정도로 앙상했다. 엄마를 일으키려던 아버지가 오히려 휘청거리면서 흙바닥에 넘어졌다. 아버지는 스스로 일어날 기력조차 없는지 거칠게 숨을 내쉬면서 네발짐승처럼 엎드려 있었다. 나는 눈을 찡그린 채, 쓰고 있던 썬캡을 벗어 얼굴에 부채질을 했다. 포도나무의 높이가 낮아 똑바로 서지도 못하고, 허리를 숙인 엉거주춤한 자세로 연신 부채질만 해댈 뿐이었다. 숨이 막히게 더웠다. 엄마의 울음소리가 조금씩 잦아들고 있을 무렵, 아버지가 땅바닥에 카악 하고 가래침을 뱉었다.

오빠는 죽기 전날까지 도박판을 벌였다. 수첩을 절반쯤 넘기다가, 나는 게임 일지의 패턴이 이상하게 변하고 있다는 걸 알아차렸다. 그가 생의 막바지에 빠져 있었던 게임은 단순히 볼링 에버리지를 얼마나 많이 내는지를 다투는 게 아니라 누가 점수를 제일 적게 내는지로 승부를 겨루는 게임이었다. 그렇다고 공을 레인 옆의 거터 구역에 빠뜨려서도 안 되었다. 핀 스폿까지 공을 굴리되, 가장 적게 핀을 쓰러뜨리는 자가 돈을 따갔다는 점에서 실력보다는 운이 더 중요한 투전판이나 마찬가지였다.

오빠의 공은 볼링 핀을 아슬아슬하게 잘 비켜나갔다. 형식의 말에 따르면, 점수를 많이 내는 오빠를 견제하기 위해 점수를 적게 내는 사람이 승자가 되도록 룰을 바꾼 것이었는데, 오빠는 의외로 새로운 게임에 빨리 적응해 많은 핀을 남겼다. 투구 자세와 쓰던 공을 바꾼 효과가 컸다. 5스텝 대신 4스텝, 평소 쓰던 16파운드의 공 대신 13파운드 공을 쓴다. 거친 필체로 채워진 오빠의 메모는 꼼꼼했고, 진중했다. 배치도까지 그려놓고, 검정색으로 표시된 10번 핀 하나만 안정적으로 아웃시키기 위한 공의 동선을 짰다. 동그라미 친 '훅 볼'이라는 단어 옆에는 별 모양 그림이 여러개 주렁주렁 달려 있었다. 스트레이트로 곧게 전진시키다가 핀 앞에서 오른쪽 바깥으로 볼의 커브를 유도해서 10번 핀을 날리는 전략이었다.

'뉴 게임'이라고 이름 붙인 그 게임의 판돈은 날이 갈수록 더 커지고 있었고, 그에 비례해 메모에 담긴 욕망의 크기도 기묘하게 불어났다. 사고 즈음의 오빠는 팬티 한장을 갈아입는 데에도 예민하게 굴어 엄마가 애인이 생겼냐고 물어볼 정도였다. 게임 한판에 한달 치 월급이 오갔으니 그럴 만도 했다. 다른 핀에 미치는 파급효과가 큰 헤드핀(1번 핀)과 킹핀(5번 핀)을 비켜지나가 단 하나의 핀만 깨끗하게 날려야 한다고 휘갈겨놓은, 낯부끄러울 정도로 진지하고 치열한 메모로 빼곡하게 채워진 그 수첩을 나는 마당으로 들고 나와 오빠가 남긴 잡동사니와 함께 불태웠다. 맞춤법도 제대로 몰라서 "핀 캐리를 경계하자"라고 빨간 글씨로 강조해놓은 오빠의 흔적을 나는 볼품없는 물건을 버리듯 내팽개쳤다. 내 서울살이를 지탱했던 것이 오빠가 쓰러뜨리지 않은 스페어라는 걸 잊고 싶었다. 까맣게 내려앉은 잿더미를 발로 밟고 침을 퉤퉤 뱉었다. 수첩에서 빼낸 몇장의 쿠폰이 손안에서 구겨졌다.

화가 치솟으면서 무언가 던지고 부숴버리고 싶다는 생각이 들 때마다 볼링장에 갔다. 이 집에서 머무른 대부분의 시간이 그런 나날이었다. 마지막 남은 쿠폰을 내고 벤치에 앉아 볼링화를 갈아 신으며 나는 심호흡을 했다. 마지막으로 가장 점수를 적게 내는 볼링을 쳐보기로 했다.

오른쪽 끝의 10번 핀을 노리고 던졌더니 볼링공은 손에서 떨어지는 족족 레인 밖으로 굴러가기 바빴다. 한번은 10번 핀에 공이 닿긴 닿았는데, 스치기만 했는지 핀이 살짝 기우뚱하는 데 그치고 오뚝이처럼 말짱하게 섰다.

"으이고, 속 터져 죽겠네. 니는 우째 핀을 맞차놓고도 점수를 못 내노? 이거 끼고 한번 해봐라."

형식이 볼링 아대라며 낯선 장비를 내밀었다. 광택이

나는 단단한 재질로 만들어진 붉은 아대는 아이언맨의 갑옷 같았다.

"핀이 맞으만 머 하노. 손모가지에 히마리가 없어가꼬, 핀이 쓰러지지를 안 하는데. 이거 차고 한번 해봐라. 훨씬 더 힘이 잘 들어갈 끼다."

나는 웅얼거리듯 작게 말했다.

"딱 하나만 아웃시키고 싶어. 아주 깨끗하게."

형식은 내 팔에 억지로 아대를 채우느라 무슨 말인지 제대로 알아듣지 못한 모양이었다.

"한번에 다 되는 기 아이다. 첨부터 우째 깨끗하이 다 처리하겠노. 부담 가질 필요 엄따. 공짜로 주는 거 아이다. 빌리주는 기다. 신발하고 같이 반납하만 된다."

단단한 아대를 착용하자 팔목부터 팔꿈치까지 깁스를 한 느낌이었다. 공의 구멍에 손가락을 끼우고 천천히 스텝을 밟았다. 확실히 공이 뻗어가는 기세가 이전보다 좋았다. 10번 핀을 향해 스트레이트로 나아가던 공이 핀 스폿 앞에서 갑자기 왼쪽으로 휘어지면서 1번 헤드핀을 정확하게 때렸다. 헤드핀이 넘어지면서 킹핀을 때렸고, 또 킹핀이 주변의 핀들을 쓰러뜨렸다. 스트라이크였다.

"브라보! 내가 말 안 하더나. 아대 끼면 힘을 팍 받아가 꼬 점수가 더 나올 끼라고. 이야, 핀 캐리 직이네. 일단 공을 쌔리삤다 카만 저런 반발력으로 핀 캐리가 나와줘야 속이 씨원해진다카이. 아대가 완전 임자 만났는 갑다."

형식은 박수를 쳐가면서까지 너스레를 떨었다. 스트라이크를 의도한 건 아니었지만, 손끝에 얼얼하게 느껴지는 감각이 이상한 희열을 불러일으켰다. 공에 맞은 핀이 튀어오르는 순간, 핀과 핀끼리 부딪치며 내는 소리의 경쾌함이 내 몸마저 가볍게 만들어버리는 느낌이었다. 나는 쓰러진 핀들이 쓸려나가고 새로운 열개의 핀으로 리셋되는 모습을 바라보면서, 얼얼한 손끝과 팔을 단단하게 감싸고 있는 아대를 어루만졌다.

볼링 핀 간 중심에서 중심 사이의 거리는 30.48센티미터이다. 각각 떨어져 있지만 완전히 독립적으로 서 있는 것은 아니다. 무너지는 순간에는 서로의 영향을 강하게 받을 수밖에 없다. 도망가려 해봤자, 강한 힘이 덮쳐버리면 결국 한꺼번에 무너지기 마련이다.

반환구가 방금 전 내가 던졌던 10파운드짜리 남색 공을 뱉어냈다. 표면 곳곳에 오일이 묻은 공을 헝겊으로 닦으며 오빠를 생각했다. 아무리 최선을 다해 힘껏 굴려도 결국 같은 자리로 다시 돌아오는 이 볼링공처럼, 매일 새벽 수백상자의 막걸리를 싣고 수백 킬로미터 떨어진 낯선 도시까지 가닿았다가 결국 제자리로 돌아올 수밖에 없었던 오빠의 삶이 이제야 묵직하게 다가왔다. 퇴근 후 지친 몸으로 무거운 볼링공을 던지며 그가 얻어내고 싶었던 보너스가 무엇인지 나는 계속 외면하려 들었다. 그가 죽고 나서야 그것을 더 고통스럽게 들여다보게 된 것은 아마 그대가일 것이다.

눈물을 들키지 않으려, 벤치에 앉은 형식의 반대 방향으로 몸을 돌렸다. 희뿌옇게 펼쳐진 눈앞에는 다시 제자리를 찾은 열개의 볼링 핀이 전투태세를 갖추고 서 있었다. 넘어진 핀이든 남은 핀이든 시간이 지나면 결국 모두 쓸려나가고, 새로운 프레임이 시작된다. 그것은 누구도 피할 수 없는 게임의 법칙이었다. 나는 보너스 프레임에 선 기분으로 허벅지에 힘을 준 채, 볼링공에 세 손가락을 끼우고 어프로치 라인에 섰다.

공설운동장

어려서부터 달리기에는 소질이 없었다. 점심을 먹고 놀이터에 꾸역꾸역 모여든 동네 아이들은 저물녘까지 지칠 줄 모르고 뛰놀았다. 여름밤 가로등 주변에 바글거리던 모기떼처럼 몰려다니던 아이들을 쫓아다니는 것은 늘 힘에 부쳤다. 나는 비둘기를 쫓아 역전까지 달려간다거나 철길 너머 개천에 물뱀을 잡으러 가는 아이들의 뒤꽁무니를 쫓아가다가 무리에서 뒤처져 슬그머니 집으로 혼자 돌아오기 일쑤였다. 왠지 따돌림을 당한 기분으로 터덜터덜 집으로 돌아와 신발을 벗고 마루에 오르자마자 발을 구르며 울어댔다. 그럴 때마다 엄마는 내가 다른 아이들보다 키가 작아서 그런 거라며 어깨를 토닥여줬다. 밥을 많이 먹어 다른 아이들처럼 키도 크고 덩치도 커지면 동네 아이들의 무리에서 낙오되는 일은 없을 거라는 엄마의 말이 거짓이었음을 알게 된 것은 초등학교에 입학한 후였다.

작은 아이들은 작은 아이들끼리 달리기 시합을 했다. 매년 운동회 때마다 교실 맨 앞줄에 앉는 고만고만한 아이들끼리 줄을 맞춰 서서 달리기 실력을 겨루었다. 나는 초등학교 육년 내내 꼴찌를 했다. 탕 하고 출발 신호탄이 울리면 아이들은 조그만 머리에 씌워진 청군, 백군 모자가 날아갈 정도로 빠르게 튀어나갔다. 나는 신호탄이 발사되는 것과 동시에 몸이 튀어나가기는커녕, 심장이 쿵 하고 내려앉는 느낌에 그 자리에서 몸이 뻣뻣하게 굳어버리기 일쑤였다.

그렇다고 내가 달리기를 싫어한 편은 아니었다. 그저 나보다 훨씬 앞서서 달음질치는 아이들의 뒤통수를 쫓아가는 막막한 기분이 싫었을 뿐이다. 팔다리를 아무리 재게 놀려봐도 아이들은 점점 더 멀어져갔고, 뒤처지는 거리만큼 온몸의 힘이 빠져나가는 것 같은 느낌은 끔찍했다. 달리는 것 자체는 좋았다. 특히 새 운동화를 신은 날이나 깨끗하게 빤 운동화를 햇볕에 말려 새로 끈을 꿴 날은 무거운 책가방을 메고도 신나게 달리곤 했다. 발바닥이 땅바닥에 닿았다가 튀어오를 때 공기를 가르며 온몸이 튕겨나가는 듯한 기분은 경쾌하기 그지없었다.

나는 친구들과 같이 있을 때는 좀처럼 뛰지 않는 아이였지만, 뒤로 묶은 긴 머리를 말총처럼 흔들며 혼자서 뛰어노는 것을 좋아했다. 티셔츠가 등에 찰싹 붙을 만큼 땀을 흠뻑 흘리며 어둑어둑해질 때까지 혼자 달리다가 집에 들어와 엄마에게 혼난 적도 한두번이 아니었다. 그런 날 밤이면 꿈을 꿨다. 옆동네의 시장까지 갔다가 그 윗동네의 공원에도 뛰어가고, 다리 건너 보건소를 지나 끝없이 달리다가 시(市)의 경계까지 닿는 꿈이었다. 도시 너머 낯선 길을 나는 행선지도 모른 채 헉헉거리며 달려가고 있었다.

다행히 내가 자란 밀양은 아주 좁아서, 힘들게 뛰어다녀야 할 도시는 아니었다. 꼭 필요한 상점들로만 구색을 겨우 갖춘 중심가는 굳이 뛰지 않아도 반시간이면 넉넉히 돌고도 남았다. 시내 초입의 밀양역부터 끝자락의 시외버스터미널까지 택시를 타도 기본요금에서 천원 남짓 붙는 거리였다. 그 조그마한 시내를 중심으로 여러 면과 마을이 실핏줄처럼 뻗어 있었다.

시내 중심의 재래시장에는 오일장이 섰고, 장날 아침마다 등교 버스는 만원이었다. 포대를 어깨에 메거나 대야를 머리에 인 아낙네들의 수다 소리가 버스 안에서 지글지글 끓어올랐다. 아지매들 물건으로 길 막지 말고 안으로 좀 들어가라고 소리를 지르는 운전기사의 목소리까지 더해져 버스 안은 소란스럽기 짝이 없었다. 같은 반 아이들의 어머니이거나 할머니 들이었다. 시외 지역에 사는 아이들도 시내 고등학교로 진학했다. 반 아이들의 반쯤은 학부모 직업란에 '농부'라고 적었다. 점심시간이면 아이들은 집에서 가져온 깻잎, 상추, 고추를 늘어놓고 입안 가득 쌈을 싸 먹으며 배추처럼 싱그럽게 깔깔댔다. 새벽에 일어나 비닐하우스 덮개 걷는 일을 돕고 등교하는 아이들도 있었다. 아무도 농사일을 부끄러워하지 않았다. 하지만 자신의 부모처럼 농사를 지으며 살겠다고 생각하는 아이는 단 한명도 없었다.

나는 장날 아침마다 만원 버스에서 구겨진 교복과 헝클어진 머리를 매만지며 입술을 깨물었다. 고향을 떠나기 위해 필요한 것은 달리기가 아니었다. 삼년 내내 나는 입시에 매달렸고, 바라던 대학에서 합격 통지를 받았다. 새

까만 밤공기를 찢으며 서울로 돌진하는 기차 안에서 내 가슴은 설렘 반, 두려움 반으로 울렁거렸다.

*

서울생활 내내 나는 멀미에 시달리는 기분이었다. 대학 2학년을 마치자마자 휴학을 선언하고 자취방을 서둘러 정리해 고향으로 내려왔다. 다달이 아르바이트로 겨우 월세를 내는 옥탑방에 최소한의 세간만 갖춰놓고 사는 꼴이었으니 정리랄 것도 없었다. 더군다나 그 얼마 되지도 않는 월세조차 밀려 보증금에서 제해야 했다. 집을 나오는 일이 수월하다 못해 홀가분할 정도였다.

가족들에게는 날이 갈수록 심해지는 위염을 핑계 댔다. 불규칙한 식사와 스트레스로 빚어진 질병이니만큼 적은 양이나마 끼니를 규칙적으로 챙겨 먹는 일이 가장 중요하다던 의사의 처방을 강조하기도 했다. 학교 친구들 앞에서는 유럽 배낭여행을 준비할 계획이라며 난데없이 씩씩하게 웃었고, 지도교수에게는 고향에 내려가 소설을 써보겠다며 자못 심각한 표정을 지었다. 그리고 형편을 굳이 숨길 필요가 없는 고향 친구들에게는 등록금이 없어서라고 말하며 한숨을 뱉어버리기도 했다.

위염, 배낭여행, 소설 쓰기와 등록금…… 모두 내 휴학 사유였지만 사실 휴학을 한다고 해서 해결될 수 있는 성질의 문제가 아니었다. 그렇다 해도 휴학 말고는 달리 뾰족한 수가 없었다.

영어 강사 구함. 휴학생 환영.

아르바이트 사이트에서 구인 광고를 보고 찾아간 입시학원에서 다시 만난 L은 조금도 달라진 게 없었다. 그는 내가 고등학교 때 잠시 다녔던 단과학원의 국어 강사였다. 임용고사를 준비하는 기간만 잠시 학원에 나오는 것이라던 그를 시내의 다른 학원에서 사년 만에 보게 되었다. 나는 그를 여전히 '선생님'이라고 불렀지만, 속으로는 그가 한심하다고 생각했다.

"너 그때 기억나냐? 내가 애들한테 「춘향전」 읽고 한 문장으로 주제 요약해 오라고 했을 때 네가 써냈던 문장. 그거 기억해?"

퇴근 후 들른 호프집에서 내게 맥주를 따라주며 그가 물었다. 그런 걸 기억하고 있을 리가 없었다.

"원하는 그 어떤 것도 허락될 수 없다면 사랑 하나라도 스스로 선택할 수 있어야 한다. 캬, 난 아직도 그 문장을 잊을 수가 없다니까."

탁자가 쿵 하고 울렸다. 맥주잔을 부러 세게 내려놓으며 그는 몰아쉬듯 말했다.

열일곱, 연습장 구석에 토막토막 끼적거리던 치기 어린 문장들은 흐릿한 인상으로만 남아 있다. 시간이 지나서라거나 기억력이 나빠서가 아니라 정말 그 시절의 나를 생각하면 희뿌옇고 막막한 느낌만 더듬어졌다. 열정, 존재, 사랑, 죽음, 추억…… 몇개의 추상적인 단어들을 조악하게 집합한 후 찍어댔던 마침표의 횟횟한 감각만이 아직도 가슴속에 남아 부끄러웠다.

"제가요? 그런 걸 썼다고요? 되게 유치했네."

"유치하긴. 난 그때 감탄했다니까. 그나저나 오늘따라 이 집 생맥주 왜 이렇게 맛있냐? 한잔 더 시킬 건데, 너도 더 할래? 아니면 다른 걸 시켜도 되고. 원하는 삶이 허락될 수 없다면 주종이라도 자유롭게 선택할 수 있어야 한다!"

순간 맥주 거품같이 하얀 웃음이 내 입가에 퍼졌다. 그가 따라 웃으며 허공으로 잔을 들어 건배를 청했다. 맥주 잔이 서로 부딪혀 내는 소리가 경쾌했다. 다음 날 아침, 나는 배를 쥐어짜는 듯한 복통에 시달리고 나서야 절대 금주해야 한다던 의사의 권고를 무시한 것을 후회했다.

학원에 나가게 되면서 내 위염은 더 심해졌다. 강의 시간에 쫓겨 제대로 끼니를 챙기기가 힘들었고, 이것저것 눈치를 보면서 신경 쓸 일이 많았다. 강의 외 업무도 만만치 않았다. 담임을 맡은 아이들의 출결과 성적 변동을 표로 그려 체크한 뒤 학부모들에게 전화하는 일은 가장 큰 스트레스였다.

학부모들에게 전화를 할 때마다 아무도 받지 않기를 바랐다. 뚜르르, 뚜르르 하면서 신호음이 울릴 때 내 배 속도 같이 부글부글하는 느낌이었다. 학부모들은 궁금한 것이 많았다. 자신이 낳아 기른 아이에 대해 어쩌면 이렇게도 모를 수가 있을까, 하는 생각이 들 정도였다. 지친 얼굴로 전화 상담을 끝내고 수화기를 무겁게 내려놓는 순간 그가 내 어깨를 툭 치며 웃었다.

"손선생, 이건 비밀인데 말이야. 그렇게 다 전화를 돌릴 필요는 없어. 학원을 열심히 다니는 애들은 걱정 안 해도 돼. 학원비가 밀렸다거나 결석이 잦다거나 성적이 떨어졌다거나…… 학원을 그만둘 위험이 있는 애들 부모님에게만 전화해."

그가 내 귀에 대고 작은 목소리로 요령을 알려주었을 때 나는 놀란 얼굴로 주변을 둘러봤다. 허리를 숙여 얼굴이 닿을 것 같은 거리까지 바싹 다가와 귀엣말을 하는 품새가 당황스러울 정도로 무람없었다. 황급히 몸을 돌리고 자세를 바꿔 앉았다. 경직된 내 표정을 보고 그는 잠깐 멍하니 서 있다가 제자리로 돌아갔다.

*

집에서도 제대로 밥을 먹은 적이 거의 없었다. 오히려 밖에 있을 때보다 속이 더 불편했다. 아버지를 볼 때마다 가슴이 먹먹할 정도로 뜨거워졌다가 배가 쿡쿡 쑤시는 듯이 아팠다. 어느 토요일 오후, 두시간의 보강을 마치고 집에 일찍 들어온 날이었다. 반쯤 열린 방문 사이로 아버지의 발이 보였다. 아버지는 베개 세개로 목을 괸 채 갈지자로 비뚜름하게 누워 있었다. 이제 아버지 자신이 높일 수 있는 것은 베개와 목소리밖에 없었다. 방 안에 낮게 깔린 텔레비전 소리 사이사이 아버지의 코 고는 소리가 껴들었다. 방 한쪽에 널브러진 조간신문만 한 햇빛이 창문을 뚫고 들어와 아버지의 한쪽 허벅다리에 구겨져 있었다. 나는 귀퉁이가 서로 맞지 않은 채 제멋대로 접혀 있는 조간신문을 조용히 집어 치웠다. 지난밤 엄마가 식당에서 퇴근하는 길에 챙겨 온 신문이었다. 이미 여러 손님의 손을 거쳐 나달거리는, 곳곳에 멀건 국물과 붉은 김칫국이 튀어 있는 어제 자 신문을 아버지는 종일 샅샅이 읽었다. 텔레비전에서는 여자 배구가 한창이었다. 슈미즈를 입은 선수들이 외치는 파이팅 소리가 빈 관중석으로 허전하게 퍼져 나른한 오후를 채우고 있었다.

"너거 아버지만 정신 차리믄, 전부 다 지자리로 돌아올 끼다."

종종 지치고 건조한 얼굴로 우리가 다시 예전으로 돌아갈 수 있을 거라고 말하는 엄마를 볼 때면, 오히려 내 정신이 혼미해지는 기분이었다. 엄마가 말하는 '제자리'라는 것이 멀고 까마득하게만 느껴졌다. 아버지만 변하면, 아버지만 변하면…… 아버지가 변한다는 가정 자체가

공설운동장 53

성립할 수 없었다. 이미 실패가 깊게 관통된 아버지의 몸과 마음은 빳빳한 힘을 잃은 날짜 지난 신문처럼 구겨진 채 나달거리고 있었다.

"왔나? 밥 무야지."

잠이 덜 깬 채 묻는 아버지의 눈동자에서 빨간 실핏줄이 파닥거렸다. 저벅저벅 거실로 걸어나와 엉거주춤한 자세로 냉장고를 뒤적거리는 아버지의 뒷모습에서 퀴퀴한 냉기가 흘러나왔다.

사업에 실패하고 나서부터 아버지는 밥에 유난히 집착했다. 오직 밥만이 아버지의 위상을 보여줄 수 있는 존재인 양 세끼를 살뜰히 챙겼고, 전에 없던 반찬 투정도 잦았다. 엄마가 식당에 일을 하러 다니면서 밥하는 일에 소홀해졌다고 고래고래 소리를 지르는 아버지의 눈빛에서는 허기를 넘어선 광기가 엿보일 정도였다.

"돈 몬 버는 아바이는 밥 물 자격도 읎다는 기가?"

엄마가 늦게 퇴근한 날이었다. 저녁을 못 지었으니 오늘은 라면이나 끓여 먹자며 바삐 움직이던 엄마의 손에서 아버지가 냄비를 낚아챘다. 냄비에 반쯤 담겨 있던 물이 부엌 바닥으로 쏟아졌다. 나는 망연자실한 표정을 짓고 있는 엄마에게 다가갔다. 바닥에 흥건히 고인 물이 발 끝을 적셨다. 되돌릴 수 있는 것은 아무것도 없었다.

아버지는 달라져 있었다. 예전의 아버지와 내 눈앞에 보이는 아버지를 같은 사람이라고 믿기 어려울 정도로. 맛있는 통닭이나 갈비찜이 상에 오르는 날이면 으레 나는 너희들 먹는 것만 봐도 배가 부르다며 젓가락을 뒤로 물 리던 아버지였다. 나와 동생이 한참 고기를 뜯고 나면 그 제야 가장 맛없는 부위를 손에 들던 아버지였건만, 이제 는 입에 '대접'이라는 말을 달고 살았다. 남편 대접, 아버 지 대접, 가장 대접…… 말끝마다 대접 타령을 하며 성을 내는 아버지에게 대든 적도 여러번이었다.

"내 혼자 잘살라고 이캤드나!"

고함을 지르는 아버지에게 본인의 그릇에 넘치게 일을 벌였다가 본래 받던 대접조차 받지 못하게 된 거라는 말 은 차마 하지 못했다.

사업에 실패한 직후 아버지는 자신의 상황을 쉽게 받 아들이지 못했다. 집이 넘어가기 전까지만 해도 무엇이든 할 수 있는 사람처럼 득의양양하게 여기저기 쫓아다녔다. 하지만 되돌릴 수 있는 건 없었다. 살던 아파트가 경매에 넘어가고 방이 두개밖에 없는 좁은 평수의 연립주택으로 이사를 했다. 아버지가 실의에 빠져 아무것도 할 수 없는 사람처럼 집에서 소주만 마셔대기 시작한 것도 그때부터였다. 좁은 연립에서 웅크리고 살아가던 이웃들과 얼굴을 겨우 익힐 무렵, 우리는 그곳에서도 쫓겨나 달동네의 방 두칸짜리 월셋집으로 다시 이삿짐을 꾸려야 했다.

"좁은 동네에서 내사 남사스러버러서 몬 살겠다."

엄마는 못 살겠다고 신세 한탄을 하면서도 살 궁리를 찾아나섰다. 엄마가 매일 아침 푸석한 얼굴로 출근하는 곳은 인근에서 맛집으로 소문난 시내의 돼지국밥집이었다. 엄마는 이따금 홀에서 서빙을 하다가 예전에 살던 아파트 이웃이라든지 같이 어머니회를 했던 내 동창의 엄마를 만날 때마다 얼굴이 화끈거린다고, 몸이 힘든 것보다 마음이 힘든 게 더 힘든 거라고 푸념하듯 말했다. 하지만 엄마가 이곳에서 할 수 있는 일은 식당 일밖에 없었다. 아버지가 할 수 있는 일도 딱 그 수준이었고, 그마저도 이 지역에서는 쉽게 구할 수 없었다. 아버지는 어떤 일에도 그다지 마음이 가지 않는 것처럼 굴었다. 차라리 밀양을 떠나는 게 낫지 않냐고 조심스럽게 물었을 때 엄마는 단호하게 고개를 저었다. 아는 사람 하나 없는 낯선 도시에 가서 어떻게 사느냐고, 앞뒤가 맞지 않는 말을 하는 엄마를 보면서 나는 한숨을 쉬었다.

국이 끓어오르는 소리에 냄비 뚜껑을 열고, 국자로 국을 한번 휘저었다. 엄마가 어젯밤 식당에서 얻어 온 국이 이인분 정도 남아 있었다. 훅 하고 뜨거운 김이 얼굴을 덮치는 순간 눈가가 불에 덴 듯이 뜨거워졌다. 코끝을 스치는 비릿한 돼지고기 냄새가 속을 다 휘저어놓았다. 밥맛이 싹 가셨다. 나는 커다란 면기 하나에 이인분 치 국을 가득 퍼담았다. 서둘러 식탁 위에 아버지 밥을 차려놓고 집을 나가는 수밖에 없었다.

속에서 신물이 올라왔다. L에게 전화를 걸었다. 그의 은색 모닝이 활기차게 달려와 대로변에 서 있는 나를 안으로 끌어당겼다.

*

내가 만성위염으로 식사 한끼조차 힘겨워하는 것을 본 그는 운동을 하면 밥맛이 좋아질 거라며 나를 공설운동장으로 데리고 갔다.

학창 시절, 사람 붐비는 행사가 있을 때가 아니고서는 찾은 적이 없던 곳이었다. 이곳은 더이상 원래 목적으로 쓰이지도 않았다. 새로운 시청 부지 옆에 번듯하게 잔디를 깐 새 공설운동장이 지어지면서 예전의 운동장은 방치되어 있었다. '충효(忠孝)'라는 한자가 한 글자씩 양각으로 새겨진 사각형의 타일 간판이 지붕에 올려진 채 위압적으로 운동장 정면을 향해 서 있던 조회대는 과거의 위용은 온데간데없이 초라하게 자리를 차지하고 있었다. 단상으로 올라가는 계단은 모서리가 뭉개지고 회칠까지 벗겨져 볼썽사나웠다. 운동장 바닥 곳곳이 움푹하게 패었고, 층층이 계단을 만들어 측면을 둘러싼 관중석에는 떨어져나간 시멘트 틈으로 잡풀이 삐죽삐죽 솟아 있었다.

청와대가 부럽지 않을 정도로 으리으리한 신축 청사 옆에 새파란 잔디가 잘 정돈된 '새시민공설운동장'이 지어진 지도 오년이 지났다. 시청과 새 공설운동장이 개장하기 전날 밀양 시내에서는 화려한 불꽃놀이가 펼쳐졌다. 시민들의 레저 스포츠 욕구를 충족시키고 다양한 문화 행사를 개최하기 위해 여느 대도시 부럽지 않은 대형 공설

운동장을 신축했다는 시장의 근엄한 축사를 땡볕 아래에
서 열중쉬어 자세로 들으며 나는 꾸벅꾸벅 졸았다. 시청
과 공설운동장 개장식에는 인근의 중고등학교 학생들이
모두 동원되었다. 콜로세움을 본뜨고 대리석으로 외부를
장식한 멋진 외관은 밀양 출신의 유명한 건축가가 고향을
위해 자청해서 건축 총괄을 하였으며, 여러분도 그 선배
처럼 훌륭하게 자라 나중에 고향의 큰 일꾼이 되기를 바
란다는 것으로 축사가 끝났다. 지루한 개장 기념식이 끝
나자마자 아이들은 환호성을 지르며 손뼉을 쳤다.

해마다 열리던 학교 대항 체육대전도 이젠 새 공설운
동장에서 벌어진다고 했다. 나는 중학교 삼년 내내 땡볕
에서 응원 연습을 하느라 픽픽 쓰러져가던 아이들을 생
각하며 얼굴을 찌푸렸다. 고등학교에 올라가서 좋은 점은
더이상 학교별 체육대전에 참여하지 않아도 된다는 것 하
나뿐이었다.

"하갱아, 거기서 뭐 해? 이쪽으로 와."

조회대 주변을 서성이고 있는 내게 그가 운동장 중앙에
서서 손짓을 했다. 빈 운동장에 그의 목소리가 고였다가
사라졌다. 나는 그를 향해 걸어가면서 샐쭉 눈을 흘겼다.

"하갱이가 뭐냐고요! 내 이름은 하경인데."

"나도 알아. 하경-이. 하겨-엉-이."

그가 멋쩍은 표정으로 내 이름을 한음절씩 길게 발음했다.

"다시 빠르게 불러봐."

"하갱이."

"에이, 또 틀렸잖아."

나는 웃음을 터뜨렸다. 그의 강의를 듣던 시간이 떠올랐다. 또박또박한 발음으로 국어책을 읽던 중저음의 목소리를 많은 여학생이 좋아했다. 그는 강의 시간은 물론 평소에도 사투리를 거의 쓰지 않았지만 말씨에 경상도 억양은 그대로 남아 있었고, 'ㅕ'를 'ㅐ'로 발음해버리는 버릇만은 노력을 해도 고치지 못했다.

하경이 아닌 하갱. 내 부모도, 어릴 적 친구들도 모두 나를 그렇게 불렀다. 초등학교 시절에는 양갱이라는 별명을 얻기도 했다. 익숙하고 친밀한 호명이었으나 하갱이라고 불릴 때마다 네모난 틀에서 굳어가는 양갱처럼 몸피가 줄어드는 듯한 느낌이 끈적끈적하게 붙어 떨어지지 않았다.

매일 새벽, 나는 그와 함께 공설운동장을 달렸다. 타닥, 타닥, 타닥…… 발끝으로 땅을 차며 뛰는 버릇 탓에 간간이 얼굴에 모래알이 튀었다. 운동장 바닥에 고르게 깔린 하얗고 동글동글한 모래알이 발보다 앞서 튀어나가기도 했다. 그는 절대 나를 앞지르지 않았다. 나란히 발맞추어 뛰면서 가쁜 숨소리마저 나와 맞춰나가고 있었다. 그는 옆얼굴이 잘생긴 편은 아니었다. 옆에서 보면 툭 튀어나온 광대뼈와 마른 얼굴선이 그대로 도드라졌다. 그래도 안경다리 밑으로 촘촘히 배어나는 땀방울을 바라보고 있노라면 나도 모르게 가슴속에 송골송골 물 자국이 남았다.

운동장에서 우리는 이따금 키스를 나누었다. 뛰고 난 직후라 숨이 찼던 탓에 길게 하지는 못했지만 새벽 공기와 함께 스며드는 혀의 감촉 때문에 나는 조깅 직후의 키스를 좋아했다.

큰길가와 마주한 정문을 제외하고 공설운동장 주변 삼면은 모두 키 큰 소나무들이 병풍처럼 빽빽하게 둘러싸고 있었다. 운동장 옆 솔밭은 초등학교 육년 내내 소풍 장소였다. 보물찾기에 그보다 더 안성맞춤인 장소는 없었다.

소나무는 긴 허리를 비틀어 하늘을 향해 똬리를 틀면

서 쭉쭉 뻗어나갔다. 잭의 콩나무처럼 위압적으로 큰 키를 드높이고 있는 소나무를 올려다보노라면 목이 아팠다. 시꺼먼 나무껍질은 짙푸르고 뾰족한 잎새를 뻗어 검고 축축한 그늘을 만들어냈다. 소풍을 올 때마다 나는 진한 송진 냄새를 풍기는 나무 그늘 밑에서 길게 숨을 들이마시고 내쉬었다. 나도 축축하게 젖어들며 그 자리에 붙박이는 느낌이었다.

어슴푸레한 새벽녘, 운동장을 돌며 힐끗 눈을 돌린 솔밭은 지저분하기 짝이 없었다. 땅바닥에 널브러진 본드, 과자 봉지, 소주병, 담뱃갑, 담배꽁초, 종이컵 들이 눈에 들어왔다. 근처 학생들의 소행이었다. 가로등 하나 없는 솔밭 어귀에 자리를 잡고 아이들은 일탈을 즐겼다. 밤이면 그늘진 솔밭은 기온이 더 내려갔다. 아이들은 오슬오슬 한기를 떨쳐내기 위해 술을 마시고 담배를 피우고 본드를 불었다. 남자아이들과 여자아이들이 입을 맞추고 서로의 옷 속으로 손을 넣었다.

"거봐, 요즘 아이들 문제라니까."

솔밭 바닥에 나뒹굴다가 운동장까지 굴러든 맥주 캔을 발로 찌그러뜨리며 그가 말했다.

"나도 그러고 싶을 때가 있었어. 고등학교 다니던 때 말이야. 나도 저 숲에 들어가서 술을 마시고 담배를 피우고 남자아이들과 입을 맞추고…… 보란 듯이 비뚤어지고 싶었어."

내 말에 그가 흥미롭다는 표정을 지으며 물었다.

"한번 그래보지 그랬어?"

"그랬다가는 절대 이곳을 떠날 수 없을 것 같았어."

나는 공설운동장과 솔숲을 가르는 경계면에 서서 눈을 깜빡였다. 정해진 트랙을 안전하게 완주해야만 이곳을 벗어나 새로운 코스를 달릴 수 있다고 믿었던 나로서는 한눈을 팔 겨를이 없었다.

"아, 나 저기서 노상 방뇨 한 적은 있어."

나는 솔밭 깊숙한 곳을 손가락으로 가리키며 말했다.

"어디에서? 언제?"

그가 손가락 끝이 향한 솔숲 속으로 길게 고개를 빼며 물었다.

"옛날에, 아주 어릴 때."

나는 희미하게 웃으며 손가락을 거두어들였다. 솔밭을 등지고 운동장 방향으로 몸을 틀었다. 아직 하늘은 남빛에 가까웠다. 이곳에 서서 총천연색 풍선을 올려다보며 하늘을 향해 작은 손을 뻗어보던 어린 소녀의 모습이 아른거렸다.

해마다 어린이날이면 공설운동장에서 기념행사가 열렸다. 우리 가족은 나들이옷을 챙겨 입고 서로 손을 맞잡은 채 공설운동장으로 갔다. 운동장에는 새 옷을 차려입은 아이들이 넘쳐났다. 하늘을 가득 덮어버릴 만큼 많은 색색의 풍선이 머리 위로 떠오르면 나와 동생도 가슴이 부풀어올라 덩달아 손뼉을 쳤다. 비행기가 솟구칠 때마다 하늘 위로 구름 그림이 그려지는 에어쇼에 환성을 지르고 뜻도 모를 동요를 따라 부르다보면 어느새 행사가 끝났다. 손바닥 전체가 진득거리도록 솜사탕을 뜯어 먹으며 나와 동생은 집에 돌아가는 길 내내 당첨되지 못한 행운권에 대해 분통을 터뜨렸지만 입가에는 한껏 미소를 머금고 있었다.

그해 어린이날에는 아버지와 나 단둘이서 공설운동장 정문으로 들어서야 했다. 어려서 병치레가 잦았던 동생은 그날도 무슨 이유에선지 드러누웠고, 덩달아 엄마까지 나들이를 포기해야 했다. 여덟살, 내가 초등학교에 입학한 해였다. 언제인지를 정확하게 기억하고 있는 것은 이름표 때문이다. 미아 방지를 위해 정문 앞에서 걸어준 사자 모양의 목걸이에 '밀양초등학교 1학년 3반 손하경'이라고 쓰여 있고, 그 아래에 매직으로 '53-7742'라는 전화번호도 큼지막하게 적혀 있었다. 아직도 그 목걸이는 내 책상 첫번째 서랍에 보관되어 있다.

그날 나는 아버지와 함께 굴렁쇠를 굴렸다. 부모와 자녀가 막대 하나를 같이 잡고 굴렁쇠를 결승점까지 빨리 굴리는 게임이었다. 일등 상품인 킥보드를 타기 위해 열심이었지만 아버지와 내가 굴린 굴렁쇠는 직선이 아닌 다른 방향으로 떼굴떼굴 굴러가버렸다. 굴렁쇠는 결국 결승점에 닿지 못하고 운동장 구석 물 빠지는 도랑에 처박힌 채로 한참을 헛돌았다. 아버지는 멋쩍어했고, 나는 그래도 재미있다고 숨이 넘어갈 듯 까르르 웃어댔다.

어린이날 행사 때문에 모인 사람이 많았던지라 공설운동장 화장실은 몸을 비집고 들어갈 틈이 없을 만큼 붐볐다. 사람들의 목소리가 왁자지껄하게 울리는 화장실 안으로 들어가지 못한 채 나는 입구에서 아버지의 손을 꼭 붙잡고 서 있었다. 아버지가 여자 화장실까지 따라 들어갈

수는 없었다.

아버지와 나는 공중화장실 뒤 솔밭으로 걸어들어갔다. 사람들이 다니는 길 쪽을 피해 잡풀이 우거진 구석으로 들어가 나는 치마를 올리고 오줌을 눴다. 오줌 줄기는 흙 위를 촉촉하게 적시며 강 쪽으로 흘러가다가 멈췄다. 오줌이 흘러 지나간 자리만 흙이 젖어 검은색으로 변했다. 솔밭 가장자리로 남천강이 굽이돌아 흘렀다. 강물이 햇빛을 받아 비늘처럼 반짝거렸다. 가까이에서 부는 강바람이 소나무와 소나무 사이 우거진 수풀들을 흔들어놓았다. 내 무릎길이만 한 풀들이 흔들리면서 엉덩이를 간질였다.

아버지는 내 뒤에 서서 담배를 피우고 있었다. 나는 엉거주춤 일어나 아버지의 바짓가랑이를 붙잡았다. 아버지는 담배를 입에 문 채 밖으로 삐져나온 내 블라우스를 치마 속으로 집어넣고 돌아간 치마를 바로잡아주었다. 민물 냄새를 품은 강바람이 아버지의 담배 연기를 멀리 서쪽으로 데려가고 있었다.

어린이날 행사는 어느날인가부터 사라졌다. 그게 내가 어린이날 행사에 가지 않게 된 뒤의 일인지, 아니면 어린이날 행사가 사라져서 내가 가지 않게 되었는지는 잘 기억나지 않는다. 나는 어느 순간부터 '어린이'라고 불리는 것이 싫어졌다.

어린 남매를 꼬박꼬박 공설운동장에 데리고 가던 아버지도 어느날 갑자기 사라졌다. 그것은 비교적 선명한 기억이다. 이십년 동안 일한 회사에서 명예퇴직한 후, 아버지는 사업가로 변신을 시도했다. 어릴 때부터 한동네에서 자란 사십년 지기와 함께 시작한 그 사업을 두고 아버지는 대박 아이템이라며 기대에 부풀었다. 모토만 거창했던 아버지의 사업은 육개월을 채 넘기지 못했다. 단 육개월 만에, 아버지는 이십년 동안 차곡차곡 쌓아둔 퇴직금과 사십년 지기, 소소하게 쌓아둔 신용까지 모두 잃어버렸다. 그리고 우리 가족은 십칠년 동안 단단하게 가정을 지켰던 '가장'과 '아버지'를 잃어버렸다. 가세가 급격하게 기울면서 나는 다니던 학원도 그만둘 수밖에 없었다.

장학금을 받을 수 있는 지방 국립대나 교대 대신 서울에 있는 대학에 가겠다고 했을 때, 나는 가족들 모두에게 이기적이라는 비난을 들어야 했다. 남동생은 일찌감치 실업계 고등학교 진학을 결정한 후였다. 소설을, 가슴 벅차는 일을 꿈꾸는 게 죄는 아니지 않느냐고 항변하며 고집을 피울 때만 하더라도 삶이 이렇게까지 벅찰 줄은 몰랐다. 자신이 특별하다는 오만한 믿음 하나만이 유일한 자존심이었던 그 소녀는 소도시에서의 평범한 삶을 세상에서 가장 경멸했다. 평범하게 사는 것이 얼마나 힘든지 몰랐던, 이곳을 떠나기만 하면 제법 근사한 미래가 그려질 거라 믿었던, 나조차 미워하고 있는 나의 열일곱을 L은 따뜻하게 기억해주었다. 자신만만하게 떠나놓고 이년도 되지 않아 풀 죽은 모습으로 다시 고향에 내려온 것에 대해서도 그는 잘했다고, 스스로를 다치게 만들면서까지 이뤄야 하는 건 아무것도 없다고 다독여준 사람이었다.

가끔 나는 공설운동장을 가로질러 전력 질주를 하곤 했다. 불안정하게 헉헉거리는 숨소리가 점점 커지다 못해 운동장 전체가 나를 집어삼킬 듯이 비틀거린다는 느낌이 들 때까지 뛰었다. 사점(死點)의 문턱에서 나는 고개를 푹 수그리고 무릎을 짚은 채 서서 숨을 고르다 운동장 바닥에 침을 뱉곤 했다. 아랫입술로 끊어지지 않은 가래침이 길게 흘러내리는 모습을 그에게 보이는 일도 부끄럽지 않았다. 하지만 뛰어도 뛰어도, 심장이 밖으로 튀어나올 듯이 사력을 다해 달려도 결국 소나무 병풍이 둘러쳐진 공설운동장이라는 사실은 위협적으로 다가왔다. 그럴 때마다 나는 쉽게 호흡을 안정시킬 수가 없었다.

*

그가 아버지와 마주친 적이 있다는 사실은 나중에야 알았다. 퇴근길 차 안에서 그가 지나가는 말로 대수롭지 않게 꺼낸 이야기에 나도 모르게 눈빛이 날카로워졌다.

"근데 남동생은 취업해서 위에 어디 있다고 하지 않았나?"

"갑자기 걔는 왜?"

"새벽에 집 앞에서 한번 본 것 같아서. M공고 체육복 바지를 입고 있더라고. 갈색 체육복. 학원에도 그거 입고 왔다 갔다 하는 애들 몇몇 있잖아. 네 동생 맞지?"

나는 떨리는 목소리로 따지듯 물었다.

"언제? 집 앞 어디에서? 그 얘길 왜 지금 하는 거야?"

"말한다고 하면서 깜빡했지. 대문 앞에서 담배를 피우고 있더라고. 고개를 돌리고 앉아서 얼굴은 못 봤어. 차가 골목에 들어서자마자 얼른 들어가버리더라. 나를, 그러니까 이 차를 아는 눈치였어."

아버지였다. 아버지는 집에서 동생의 체육복을 입고 지냈다. 집에는 M공고의 체육복 바지가 여러벌 있었다. 엄마가 매주 체육복을 깨끗이 세탁해 챙겨놓아도 동생은 깜빡하고 빈 책가방으로 집을 나서기 일쑤였다. 엄마는 아들이 체육 시간에 혼나지는 않을지 걱정했지만, 동생은 누구 것인지도 모를 체육복 바지를 교복 대신 입은 채 집으로 돌아왔다. 아래에는 체육복 바지, 위에는 단추가 여러개 풀린 셔츠 위에 교복 재킷을 대충 걸쳐 입은 복장으로 껄렁거리며 들어오는 동생을 볼 때마다 나는 얼굴을 찌푸리곤 했다.

그의 차를 보자마자 피했다는 건 아버지도 그를 안다는 건가. 그런데 왜 도망가듯 피해버린 거지. 심각한 표정으로 생각에 잠긴 내게 그가 아쉽다는 투로 말했다.

"인사라도 했어야 하는데."

"인사를 왜 해? 당신이 인사를 왜 하느냐고!"

그를 노려보며 차갑게 쏘아붙였다. 그가 본 사람이 동생이 아니라 아버지였다는 말은 하지 않았다.

그후로도 아버지는 그에 대해 가타부타 말이 없었다.

같이 차를 타고 가는 것을 보았다며 심각한 얼굴로 나를 앉혀놓은 이는 엄마였다.

"꼴랑 그거밖에 안 되나."

나는 고개를 푹 숙였다. 엄마의 체념 섞인 말이 가리키는 대상이 누구인지 굳이 되묻지 않았다. 한동안 꼬치꼬치 캐묻던 엄마는 궁금한 건 다 알았는지 더 묻지도 않고 한숨을 뱉었다. 지방대 출신, 아직 제대로 된 직장도 잡지 못한 서른 줄의 남자. 엄마가 폄하하고 비난할수록 나는 그를 옹호하고 싶어졌다.

"좋은 사람이야. 공부도 잘했는데, 홀어머니가 걱정돼서 국립대 사대에 간 거야. 시험에도 곧 합격할 거야. 올해 경남교육청에 티오가 많이 나서 기대해볼 만하댔어. 합격만 하면 평생 보장된 직장이고, 더군다나 밀양으로 발령받기는 비교적 쉬우니까……"

나는 더이상 말을 이어나가지 못한 채 굳은 얼굴로 입을 다물었다. 그에 대해, 그의 미래에 대해 말하면 말할수록 나와 무관하다는 생각이 들었다. 그가 간절하게 바라는 삶은 내가 가장 도망치고 싶은 삶과 겹쳐 있었다.

좁은 밀양 바닥에서 아버지의 사업 실패 소식을 모르

는 사람은 없었다. 혀에 칼날을 세운 채 돈을 내놓으라고 소리를 지르는 빚쟁이들이 집에 들이닥쳤고, 그들이 썰물처럼 빠져나가고 나면 아버지와 엄마는 고래고래 소리를 지르며 싸워냈다. 나는 이어폰을 귀에 꽂고 볼륨을 최대한 높였다. 문을 잠그고 방에서 한발짝도 나가지 않으며 책에만 고개를 파묻었다. 교과서의 활자들 위로 굵은 눈물방울이 뚝뚝, 서럽게 떨어졌다.

방에 틀어박혀 좀처럼 나오지 않던 나와는 달리 중학생이던 동생은 집에 잘 들어오지 않았다. 언젠가부터 행동거지가 거친 친구들과 어울리면서, 시내에서 동생에게 알은체하기조차 어려워졌다. 며칠씩 집을 나갔다가 돌아올 때마다 동생은 훌쩍 커 있었다. 도저히 견딜 수가 없다고, 이따금 소리를 지르며 울어대던 나와는 달리 동생은 한 시기를 잃어버린 사람처럼 굴었다. 또래다운 표정과 말투와 웃음을 잃어버린 그 아이는 나보다 더 빨리 어른이 된 것 같았다. 방이 따로 없어서 난방조차 되지 않는 차가운 거실 바닥에서 자야 했던 동생에게 왜 집에 들어오지 않느냐고 추궁할 수도 없었다. 중학교 이후로 동생은 집에서 용돈이랄 것을 받아간 적이 없었다. 편의점과 오토바이 수리 센터를 오가면서 제 앞가림은 알아서 하고 있으니 걱정 말라는 소리만 던질 뿐이었다.

동생은 내가 서울로 떠난 이듬해에 집을 떠났다. 공고 3학년이 되던 해, 안산에 있는 컴퓨터 제조 공장에 취직이 되었다. 동생이 사는 도시에 간 적이 있다. 대학 2학년, 비가 오던 날이었다. 동생은 이국의 남자들이 지나다니는 길목 사이로 고양이 울음소리가 스산하게 들려오는 어두운 골목의 반지하 방에서 '리나'라는 이름의 필리핀 여자아이와 살고 있었다.

아버지는 물론이고 엄마도 리나의 존재를 모르고 있었다. 서른살의 학원 강사를 달가워하지 않는 엄마가 필리핀에 있는 세명의 동생에게 공장에서 받은 임금 대부분을 부쳐야 하는 스무살의 여공을 좋아할 리 없었다.

*

"이선생, 요즘 얼굴 좋아졌어. 애인이라도 생긴 거야?"

점심을 먹고 들어온 원장이 이를 쑤시며 물었다. 그는 대답 없이 멋쩍게 웃었다. 내가 봐도 그의 모습은 나날이 깔끔해지고 있었다. 깃이 구겨지고 끝이 말려올라간 체크 남방 대신 날이 서게 다림질한 와이셔츠를 입었고, 잘 닦지 않아서 앞이 뿌옇던 뿔테 안경을 버리고 날렵한 반무테 안경을 맞췄다. 그의 표정이 몰라보게 밝아진 것을 알아챈 이는 원장만이 아닌 모양이었다. 교무실 안의 시선이 모두 그에게로 집중되었고, 그는 더듬더듬 수업 자료를 챙겨 도망치듯이 일어났다. 마침 수업을 시작할 시각이었다. 다른 강사들도 흥미롭다는 눈빛을 주고받으며 자리에서 일어났다. 나는 허공에서 엇갈리는 시선들을 따가워하다가 가장 늦게 일어났다.

복도 우측에 노란색 문이 한줄로 길게 늘어서 있었다. 문 옆에는 각 강의실의 번호가 적힌 팻말이 달려 있었다. 나는 302호 강의실 앞에 서서 발꿈치를 살짝 추켜올렸다. 달랑 A4 용지만 한 크기의 유리창으로 셔츠를 걷어올린 남자가 판서하는 모습이 보였다.

"특히 마지막 부분이 중요하다니까. 자, 다시 한번 읽어봐. '천길 땅 밑을 검은 물로 흐르거나 도솔천의 하늘을 구름으로 날더라도 그건 결국 도련님 곁 아니어요? 더구나 그 구름이 소나기가 되어 퍼부을 때 춘향은 틀림없이 거기 있을 거예요.' 여기서 화자가 말하려는 게 뭐겠어? 영원한 사랑의 맹세, 그거지!"

가느다란 그의 손가락이 파닥거리며 칠판을 탁탁탁, 세 번 두드렸다. 손에 들린 백묵이 부서져 가루가 흩날렸다. 아이들은 그가 부르는 대로 '주제, 영원한 사랑의 맹세'라고 또박또박 받아적었다.

원하는 그 어떤 것도 가질 수 없었기에 사랑 하나만이라도 자신의 의지로 쟁취하고자 했던 춘향. 뼈와 살이 찢기는 고통 앞에서 그녀를 용감하게 만든 것은 이도령이 돌아오리라는 믿음이었다. 그렇지만 도솔천 하늘의 구름이 소나기가 되어 퍼부어도 이몽룡만을 기다리는 춘향의 사랑은 그와 함께할 새로운 미래에 대한 확신이 있었기에 가능한 것이었다. 그는 모르고 있는 것이다. 때로 어떤 연애는, 미래를 약속하고 맹세하기 위함이 아니라 다만 혹독한 현재를 견디기 위함이라는 것을. 그의 꿈은 고향에서 아이들을 가르치며 어머니와 함께 사는 것이라고 했다. 내 꿈은…… 고향을 떠나 소설을 쓰는 것이었다.

딱 한번 그의 어머니를 만난 적이 있다. 매미가 귀 아프도록 울어대던 여름날이었다. 여름방학의 시작과 함께 학원 수강생들이 불어났다. 밀양 지역이 전국에서 최고기온을 기록했다는 뉴스가 보도되었지만, 학원 안은 언제나 두 팔에 오스스 소름이 돋아날 정도의 에어컨 냉기로 채워져 있었기에 바깥의 더위를 가늠하기는 어려웠다. 아이들의 들뜬 표정과 한결 가벼워진 옷차림에서 여름을 느낄 수 있을 뿐이었다.

다른 강사들이 모두 수업에 들어가고 마침 나 혼자 강의가 비어 교무실에서 새로 들어온 아이들의 출석부를 작성하고 있을 때였다. 얼굴에 고운 분을 바른 채 어색한 표정으로 교무실에 들어서는 늙은 여인의 눈매와 콧날이 눈에 익었다.

"이선생님…… 지, 지금 자리에 안 계신데요."

나는 굳은 표정으로 자리에서 벌떡 일어나 그녀와 눈도 제대로 마주치지 못한 채 더듬거렸다. 그녀는 아무 말 없이 눈을 끔뻑거리며 한동안 나를 바라보았다.

"츠자가 손슨생인교?"

"네? 네."

"아, 이기 별꺼 아이고…… 손슨생이 위장이 안 조타 캐가지고, 이거 버섯하고 대출 달인 물인 기라. 이기 버섯이 우리 동네 뒷산에만 나는 상황버섯인데, 내가 돌아댕기면서 캤다 아이가. 대추도 그냥 대추가 아이고 우리 대추밭에 가서 정수 그놈아가 주슨 기라. 조석으로 이거 공복에 함 잡솨보소. 이기 위장 나쁜 데는 직빵이라 카더라고. 그라고 이거는 깻잎인데, 우리 집에 깨 농사짓는 거는 알제? 올개 깨가 욱수로 깨끗한 기라. 집에 갖고 가소."

그녀는 어르듯 말하며 들고 온 꾸러미를 내 책상 위에 올려놓았다. 그녀의 손은 검고, 단단하고, 투박했다. 나는 그 손을 감히 잡지 못한 채 물끄러미 쳐다보았고, 그녀는 어서 보던 일 보라며 급하게 몸을 돌렸다. 꽁꽁 싸맨 분홍색 보자기를 보면서 가슴 한편이 꽉 조여지는 느낌이었다. 점점 멀어져가는 그녀에게 무슨 말이라도 해야 할 것 같았지만 아무 말도 할 수 없었다. 감사하다는 인사조차 쉽게 입에서 떨어지지 않았다. 홀로 된 후 오남매를 농사일로 키웠다는 어머니 얘기를 그에게서 자주 듣곤 했다. 그는 딸만 내리 넷 낳은 뒤 마지막에 얻은 막내아들이었다. 매미가 창밖에서 비명을 지르듯 울어대고 있었다.

매미 소리도 한풀 꺾인 여름의 끝자락 즈음, 동생이 휴가를 받아 잠시 집에 내려왔다. 엄마 허리에 좋다는 보약을 지어 들고 온 동생의 팔에는 예전에 못 보던 굵은 힘줄이 불끈 솟아 있었다. 아주 오랜만에 네 식구가 한 밥상에 앉아서 저녁식사를 했다. 동생의 밥그릇에 연신 조기를 발라 올리는 엄마의 표정이 평소보다 밝아 보였다. 마주 앉은 채로 식사를 하는 아버지의 퍼석하고 부은 눈과 동생의 움푹 꺼진 눈이 이상하게도 닮아 있었다. 그날따라 유난히 밥맛이 좋았다.

휴가의 마지막 날, 나는 밀양역에서 동생을 배웅했다. 기차를 기다리는 동생의 손에는 엄마가 바리바리 챙겨준 밑반찬 꾸러미가 들려 있었다. 동생은 리나가 장조림을 좋아한다며 배시시 웃었다. 너무 이르게 가장 노릇을 하게 된 동생은 얼마 되지도 않는 월급을 쪼개 집에 부치고 엄마 허리 약도 지어 보냈다.

"엄마 약 잘 챙기드리라. 집에 있을 날도 얼마 안 남았다 아이가."

기차를 기다리면서 타는 곳 벤치에 나란히 앉아 동생이 내게 말했다.

"약 먹는 게 큰 소용이 있겠어. 일을 안 해야 하는데 그럴 수가 없으니……"

"안 묵는 거보다야 안 낫겠나. 우리가 엄마한테 병도 주고 약도 주는 기다."

동생의 말에 피식 헛웃음이 나왔다. 서울에 올라가자마자 고향 말씨를 지우려 애썼던 나와는 달리 동생은 거센 사투리 억양을 고수했다. 그러나 이미 동생을 둘러싼 많은 것이 변했다는 것을, 그가 예전과는 다른 사람이 되어가고 있다는 것을 느낄 수 있었다.

동생은 굵어진 팔뚝을 높이 들어 흔들며 기차에 올랐다. 점차 속도를 높이던 기차가 작아지면서 두 선로가 모이는 소실점 속으로 흐릿하게 사라져갔다. 진동의 여운이 발끝에 남아서 나는 동생이 사라진 후에도 쉽게 자리를 뜨지 못했다. 집으로 돌아와보니 학교에서 복학 안내 이메일이 와 있었다.

학원에 사표를 내던 날 밤, 은색 모닝은 공설운동장 가운데로 길게 바큇자국을 남기며 들어섰다. 운동장에 차를 세우고 그는 말없이 담배만 피웠다. 그가 연달아 담배를 피우는 동안 나는 차창 밖으로 굴렁쇠가 잘못 굴러갔던 도랑을 바라봤다. 낮게 음악이 흐르고 있었다. 음악이 끝나고 이어지는 심야방송 디제이의 감상적인 사연 소개가 듣기 거북해 라디오를 껐다. 주변이 고요해지자 멀리서 물 흐르는 소리가 들렸다.

"너는 결국 밀양에 돌아오게 될 거야."

"그래, 그럴지도 몰라요. 그렇지만 내가 이곳을 떠나는 이유가 선생님 때문이 아니듯, 혹시 다시 돌아오게 된다고 해도 선생님 때문은 아닐 겁니다."

나는 '선생님'이라는 단어에 일부러 힘을 주어 말했다. 평소와는 다른 깍듯한 경어체였다.

*

그와 처음 운동을 시작한 초봄, 새벽 5시 반이면 아직 해가 뜨지 않을 때였다. 검고 차가운 새벽 공기 위로 하얀 입김을 내뿜으며 트레이닝복 옷깃을 여미고 있으면 그가 탄 자동차가 골목 끝에서부터 헤드라이트를 비추며 미끄러져오곤 했다. 이제 어둠 속에서 나를 비추는 오렌지색 헤드라이트 불빛의 느슨하고 따뜻한 기운으로 들어갈 일이 없는데도 어김없이 새벽 5시에 눈이 떠졌다. 8월의 해가 조금씩 몸을 풀어 어둠을 밀어내고 있었다. 나는 반듯하게 누워 푸르스름하게 밝아오는 천장을 보다가 천천히 몸을 일으켰다.

소리가 안 나도록 조심조심 집 밖으로 걸어나와 도로변으로 뛰어갔다. 한산한 도로에서 노란 택시를 잡아타는 일은 어렵지 않았다.

"공설운동장이요."

매일 가던, 매일 그를 만나던 공설운동장이었다. 그런데 나 혼자 택시에 올라 '공설운동장'이라고 발음하는 순간, 코끝이 한대 맞은 것처럼 시려왔다. 속에서부터 뜨거운 기운이 통증처럼 몰려오는 동시에 내 안에서 중요한 무언가가 빠져나가버린 듯한 기분을 느꼈다. 왈칵 눈물이 쏟아졌다. 택시는 남천강 다리 위를 지나고 있었다. 고개를 숙이고 울음을 참으려 애썼지만 나도 모르게 흐느낌이 비어져나왔다. 택시 기사는 짐짓 모른 척하며 라디오 볼륨을 더 높였다.

"공설운동장 다 왔습니다."

멍하니 공설운동장을 올려다보다가 입구 쪽으로 뚜벅뚜벅 걸어갔다. 동서남북으로 난 네개의 출입구 모두 셔터가 내려진 채 굳게 잠겨 있었다. 축 늘어진 셔터를 잡고 운동장 안을 들여다보고 있으니 쇠창살을 앞에 둔 죄수가 된 기분이 들었다. 두 손으로 쇠창살을 잡고 마구 흔들었다. 셔터가 철컹철컹 소리를 내며 춤을 추듯 흔들릴 때마다 거기 매달린 내 몸도 휘청거렸다. 마음의 중심을 잃은 느낌이었다.

그의 말대로 떠난다고 모든 문제가 해결되는 것은 아니었다. 그래도 나는 다시 시작하고 싶었다. 운동장 안 전광판 양옆에서 두개의 애드벌룬이 둥실둥실 춤을 추고 있었다. 애드벌룬 밑에 달린 현수막에는 '잘사는 밀양, 따뜻한 밀양'이라는 글씨가 박혀 있었다.

멀리서 모래바람이 불어왔다. 새시민공설운동장에는 모래가 없었다. 운동장 중앙에 단정하게 잔디가 깔려 있었고, 가장자리에는 최고급 우레탄으로 깐 갈색 트랙이 늘씬하게 드러누워 있었다. 어디서 불어오는지도 모르는 모래바람이 눈물이 마르지 않은 얼굴에 부딪혀 젖은 볼이 쓰라렸다. 소매 끝으로 눈물 자국을 훔쳤다.

나는 허리를 숙여 운동화 끈을 조였다. 어깨를 뒤로 젖혔다가 펴며 크게 심호흡을 했다. 두 주먹을 꼭 쥐었다. 그리고 문 닫힌 공설운동장 주변을 힘껏 달리기 시작했다.

우리가 이웃하던 시간이 지나고

가운데가 뚫린 푸른 천이 얼굴을 덮으면서 눈앞이 캄캄해졌다. 나는 반듯이 누워 있던 자세를 그대로 유지한 채 천천히 입을 열어 숨을 들이마셨다. 치과 특유의 약품 냄새에 머리가 핑 돌듯 어지러웠다.

"환자분, 입을 더 크게 벌리세요."

구강거울을 입안으로 집어넣으며 여자가 말했다. 작고 동그란 거울이 치아 표면을 스칠 때마다 몸이 떨렸다.

"어우, 충치가 심하네요. 꽤 오래됐겠는데요. 치석도 많고요."

여자가 종이를 거칠게 넘기며 말했다. 무언가 끄적이는 소리가 들렸다. 차트를 넘기느라 부스럭거리던 움직임이 잠깐 멈췄다.

"라영주님…… 혹시 M시에서 사셨던 분 아니세요?"

"네?"

여전히 얼굴이 가려진 채 되물었다. 죄송하지만 잠깐만요, 여자가 조심스럽게 얼굴을 덮은 천을 걷어냈다. 나를 내려다보는 여자의 눈이 커졌다가 반달 모양으로 눈웃음을 지으면서 다시 작아졌다.

"어머, 진짜 맞구나. 어쩜 어릴 때 얼굴이 그대로네. 105동 살던 영주 언니 맞죠? 언니 나 성희야, 백성희!"

여자가 자신의 가슴팍에 달린 이름표를 가리키며 목소리를 높였다. 나는 미간을 찌푸린 채 눈을 가늘게 떴다. 천을 걷어내면서 갑작스럽게 쏟아지는 조명에 눈이 시큰거렸다.

"이런 데서 언니를 만날 줄이야! 영주라는 이름은 흔해도 라씨는 흔하지 않잖아. 정말 반가워요. 이렇게도 만나네. 진짜 신기해."

성희가 반쯤 드러누워 있는 내게 다가와 손을 덥석 붙잡았다. 나는 천천히 몸을 일으켰다. 진한 눈화장과 두꺼운 아이라이너 때문에, 얼굴을 유심히 들여다본 후에야 그 아이의 옛날 모습을 어렴풋하게나마 찾아낼 수 있었다. 이름 옆에 박혀 있는 '덴탈 코디네이터'라는 작은 글씨도 그제야 눈에 들어왔다.

나는 참을성이 좋은 편이었다. 인고의 시간을 통해 어려움을 극복하고, 원하는 것을 이룰 수 있다고 믿어서는 아니었다. 그저 가만히 버티다보면 나쁜 상황은 어떤 식으로든 다른 국면을 맞게 된다는 것을 경험적으로 알고 있었을 뿐이다. 아무리 힘든 일이라도 참고 또 참다보면 지나가기 마련이었다. 조금씩 치통이 느껴졌을 때에도 일단 참아보려 했다. 처음에는 귀찮아서 참았고, 나중에는 치료가 겁이 나서 참았다. 진통제를 삼키며 치과 진료를 미루고 있는 나를 대학원 동기인 유진은 이해할 수 없다는 눈초리로 바라보았다.

"우리 아빠가 자주 강조하신 말이 있어. 세상에 그냥 둔다고 절대 줄어들지 않는 게 두가지가 있대. 충치랑 빚. 둘다 초기에 해결하지 않으면 나중에는 걷잡을 수 없게 된다고."

유진이 고르고 하얀 치아를 드러내며 웃었다. 그녀가 학부 1학년 때부터 육년간 끼고 있던 교정기를 빼고 자신

있게 입을 벌리고 웃기 시작한 지 아직 반년도 지나지 않은 때였다. 내게는 충치와 빚이 모두 있었다.

유진의 소개로 반포 상가단지에 있는 치과를 찾아갔을 때, 원장은 입을 벌리고 누운 내게 대뜸 왜 이제야 왔느냐며 호통부터 쳤다. 유진은 만족스러운 교정 결과와 그 치과가 자신의 동네에서 얼마나 유명한지에 대해서만 오랫동안 이야기했을 뿐 원장의 성격이 괴팍하다는 말은 해주지 않았다. 어쩌면 내 입안이 누군가의 화를 돋울 만큼 심각했는지도 모르겠다. 원장은 이 지경이 될 때까지 무얼 했느냐고, 엉망진창이라며 혀를 찼다. 마치 내 인생 전체에 대한 비난같이 들려 주눅이 들었다. 이 지경이 될 때까지, 그러니까 석사 2학기를 마칠 때까지 대체 무얼 했는지 조용히 곱씹어보았지만 답을 내놓기 어려웠다.

충치 네개를 치료하는 데 이백만원이 넘게 든다는 이야기를 듣자 다시 좀더 참아보겠다는 인내심이 발동했다. 당장 치료를 시작해야 한다는 다그침을 뒤로하고 나는 조금 생각을 해보겠다며 집으로 돌아왔다. 밤이 되자 어김없이 치통이 시작되었다. 손톱만 한 치아가 온몸과 정신을 송두리째 망가뜨릴 수도 있겠다는 두려움이 엄습했다.

스스로 참을성이 좋다고 말할 수 있는 건 참을 만한 상황에 처했을 때에만 가능한 일이었다. 이불 속을 기어다니면서 날이 밝자마자 치과를 찾아가겠다고 다짐했다.

성희를 만난 치과는 한시간 가까이 지하철을 타고 찾아간 곳이었다. 전차가 흔들릴 때마다 어금니의 통증도 찌릿찌릿하게 번져갔다. 가산디지털단지역 앞의 그 치과를 알기까지 얼마나 많은 웹페이지의 링크를 타고, 타고 건너갔는지 기억조차 나지 않았다. '서울 저렴한 치과' '싸고 잘하는 치과'로 검색을 하다보면 어김없이 성희가 근무하는 병원명이 거론되었다. 조금 미심쩍다는 생각을 하다가도 환자들이 직접 올린 후기가 많은 점에 마음이 움직였다. 나는 한번도 가본 적이 없었던 서울의 서남쪽으로 향했다.

치과는 20층 빌딩의 16층을 차지하고 있었다. 안내받은 상담실은 통유리창이 크게 나 있어서 채광이 좋았다. 성희는 햇살을 등지고 앉아 치아 배열이 그려진 차트를 내게 보여주며 윗니 두개, 아랫니 네개에 체크를 했다. 인레이, 레진, 크라운, 신경치료…… 이의 위치와 썩은 정도에 따라 치료 방법이 다르다며 앞으로 진행될 복잡한 치료

과정을 사근사근한 말투로 설명해주었지만, 어려운 용어가 뒤섞인 말을 제대로 알아들을 수 없었다. 나는 그녀의 등 너머로 보이는 유리창 밖을 멍하니 바라보았다. 건너편에는 아웃렛 쇼핑몰 건물들이 즐비하게 늘어서 있었다.

"언니니까 특별히 잘해주는 거야. 여섯개 치료에 백삼십만원이면 거저나 다름없는 거야. 다른 치과에서는 재료비만 받아도 이렇게 못해줘."

60~80% 세일. 맞은편 아웃렛에는 건물 절반 크기만 한 붉은 현수막이 내걸려 있었다. 이 지역이 예전에 '가리봉 공단'으로 불리던 곳이라는 사실이 떠올랐다. 값싼 노동력으로 저렴한 경공업 제품을 생산하던 이곳이 어떻게 옷과 신발을 싸게 파는 패션단지로 바뀌고, '서울에서 가장 저렴한 치과'까지 들어서게 되었는지는 관심이 없었다. 하지만 바로 전날 견적을 받은 치과에서는 충치가 네개라고 했는데, 그사이에 치료해야 할 충치가 어떻게 두개나 더 늘었는지는 의아했다. 늘어난 충치만큼 치료비가 늘지 않은 점이 그나마 다행이었다.

"음, 치과에 따라서 치료를 할지 말지 결정하는 기준이 조금 다르기도 해. 그렇지만 거기도 다 썩어들어가기 직전이야. 그냥 뒀다가는 큰일 나!"

확신에 찬 목소리로 겁주듯 내 얼굴을 정면으로 바라보는 성희의 눈빛이 어린 시절의 모습과 영락없이 닮아 있었다.

성희와 나는 같은 평수, 같은 구조의 아파트에서 살았다. K동 주공아파트 105동이 우리의 주소지였다. 십오년 이상 거주하면 분양권을 가지게 되는 임대아파트였다. 18평 복도식 아파트 11층에 우리 가족이, 바로 위층에는 성희네 가족이 살았다. 내가 다섯살, 성희가 세살 되던 해 입주했으니 유년 시절의 많은 기억이 서로 겹쳤다. 나와 성희는 위아래 층을 오가며 병원놀이와 인형놀이를 했다. 엄마들끼리도 친했다. 집 근처 재래시장 가는 길목에 있는 미용실을 같이 다녔던 우리 엄마와 성희 엄마는 헤어스타일마저도 똑 닮아서, 길을 걷다가 뽀글뽀글한 뒤통수만 보고 성희 엄마를 우리 엄마로 착각한 일도 있었다. 엄마는 화장품 방문판매 일을 했던 성희 엄마가 나눠준 샘플을 썼다. 엘리베이터에서 성희 엄마를 만날 때면 그녀에게 나는 냄새가 우리 엄마와 너무 비슷해 코끝이 아찔해졌다.

6개 동 750세대 규모의 주공아파트에는 우리 또래의 아이들을 키우는 고만고만한 형편의 사람들이 모여 살았다. 유치원에 다니지 않는 아이들이 대부분이라 놀이터는 아침부터 북적거렸고, 공터에 놓인 평상에 모여 앉은 노인들이 볕을 쬐며 아이들이 노는 모습을 지켜보곤 했다.

내가 초등학교에 입학하던 날, 성희는 학교에 따라가겠다고 떼를 쓰며 엉엉 울었다. 이따금 성희는 빈 운동장에 철퍼덕 주저앉아 흙바닥에 그림을 그리면서 학교가 파할 때까지 나를 기다리기도 했다. 이년 후 성희가 같은 학교에 입학하면서 우리는 매일 아침 같이 등교했다. 성희 엄마의 귀가가 늦어질 때면 성희는 우리 집에서 저녁을 먹었다. 성희는 외동이었고 아빠 없이 엄마와 둘만 살았다. 위로 나이 차가 많이 나는 오빠만 있던 나는 성희와 자매처럼 가까이 지냈다. 학교에서는 우리를 친자매로 아는 친구들도 있었다. 성희와 나는 동갑내기 단짝 친구처럼 보이기도 했다. 학교에 들어가기 전부터 이미 그 아이는 나보다 키가 한뼘쯤 더 컸다. 성희는 또래 중에서 체구가 큰 편이었고, 나는 반에서 가장 작은 아이였다. 눈치가 빠르고 몸놀림도 쟀던 성희는 언제나 동네 아이들의 놀이에 서 주도적인 역할을 했다. 장난꾸러기 남자애들조차 성희 가 눈을 치켜뜨고 달려들면 슬그머니 꼬리를 내렸다. 깡 이 세서 규칙을 어겼네 마네 아이들끼리 시비가 붙을 때 에도 좀처럼 밀리지 않아 편 가르기를 할 때마다 가장 먼 저 뽑혀갈 정도로 인기가 좋았다. 성희가 아니었다면 나 는 동네 아이들과 어울리기가 쉽지 않았을 것이다. 달리 기가 느린데다 놀이 규칙도 늘 한박자 늦게 깨우치던 나 를 성희는 언제나 같은 편으로 데려가주었다.

K동 주공아파트 아이들은 서로 똘똘 뭉쳐 다니기로 유 명했다. 초등학교 4학년 1학기 반장 선거에서 같은 아파 트 아이들의 전폭적인 지지로 내가 반장이 되었을 때 담 임선생은 마뜩지 않은 표정을 지었다. 우리 엄마가 다른 반장 엄마들처럼 활발하게 어머니회 활동을 하고 햄버거 를 돌릴 수 없다는 게 가장 큰 이유였을 것이다. 담임은 같은 동네 아이들끼리 너무 친한 티를 내면서 '위화감'을 조성해서는 안 된다고 말했다. 아무도 그 단어를 알아듣 지 못하자 '위화감'은 '차별'과 비슷한 말이라고도 했다.

나는 '위화감'을 조성하는 나쁜 아이 취급을 받으면서 정작 차별받는 쪽은 우리 동네 아이들이라는 느낌을 받았다. 얼굴이 넓적하고 머리가 반쯤 벗어진 담임이 반복해서 상기시키지 않았더라면 반 아이들은 각자가 어디에 사는지 크게 의식하지 않고 잘 지낼 수 있었을 것이다.

가정환경조사서를 제출했을 때 담임은 나를 교탁 앞으로 불러 세웠다. 주거 형태에서 '아파트'와 '자가'란에 동그라미가 되어 있는 것을 긴 자의 모서리로 가리키며 날을 세운 목소리로 말했다.

"'자가'라는 것은 자기 소유라는 말이잖아. 그런데 주공아파트는 임대아파트잖니. '임대'는 빌린 집이라는 거야. 자신을 나타내는 것에 대해서는 뭐든지 정확하게 써야 하는 거야. 제대로 써야 한다고! 반장이 되어서 그 정도는 알아야 하지 않겠니?"

담임이 시키는 대로 원래 답변을 지우고 기타란에 동그라미를 치고 괄호 안에 '공공임대주택'이라고 써넣는데 왈칵 눈물이 쏟아졌다. 생각지도 못한 문제로 꾸지람을 당하자 괜스레 서러워지면서 묘한 수치심마저 느껴졌다. 그것이 숙제로 내준 가정환경조사서를 정확하게 쓰지 못했다는 데서 기인한 것인지 아니면 나의 '가정환경'에 관해 처음으로 제대로 인식하면서 생긴 부끄러움인지는 알 수 없었다.

그 일 이후로 동네 아이들과 어울려 노는 일이 거짓말처럼 재미없어졌다. 시시하고 멍청한 아이들이 몰려다니는 것이 한심해 보이기까지 했다. 무엇보다 학교에서 주공아파트에 대한 이미지가 좋지 않은 이유가 101~103동에 해당하는 영구임대주택에 사는 아이들 때문이라는 것을 알고 더 기분이 상했다. 장애가 있는 부모나 기초수급자인 할머니, 할아버지와 사는 1, 2, 3동 아이들과 5동에 사는 나는 다르다고 아무나 붙잡고 변명하고 싶었다. 어제까지 같이 손을 잡고 뛰놀던 친구들이 한순간에 미워졌다.

동네 아이들이 같이 놀자고 초인종을 누르고 현관문을 두드릴 때에도 모른 척했다. 어차피 나는 놀이를 할 때면 인기가 없어서 가장 늦게 뽑혔다. 저희들끼리 놀려다가 짝이 맞지 않아 부르는 것일 뿐 내가 좋아서 찾는 것도 아니었다. 그렇다고 다른 동네 아이들과 친하게 지낼 수 있지도 않았다. 방과 후 피아노학원과 영어학원을 다니고,

피자집에서 생일 파티를 하는 아이들과 나는 자연스럽게 어울릴 수 없었다. 그쪽이야말로 위화감이 느껴지는 세계였다.

"언니야 — 놀자. 라영주 나와라!"

집 앞에 찾아온 성희가 현관문을 발로 쿵쿵 차면서 내 이름을 크게 불렀을 때 내가 문을 열고 나가 화를 냈던 일을 성희도 기억하고 있을까.

"야, 백성희. 너 내 이름 왜 함부로 불러? 내가 니 친구야?"

"아니, 언니지. 언니야, 어서 나가 놀자."

"바빠, 나 숙제해야 해. 너 근데 요즘도 학교에서 내가 니 언니라고 말하고 다니니?"

"응! 우리 언니가 반장이라고 자랑했어."

"내가 왜 니 언니야? 그냥 아랫집 사는 언니잖아. 말 똑바로 하고 다녀."

내가 쏘아붙인 말에 한대 얻어맞은 듯한 표정을 짓던 성희의 얼굴이 지금도 잊히지 않는다. 문을 쾅 닫아버리자 잠깐 멍하니 있다가 어깨를 한번 으쓱하고는 뒤돌아 엘리베이터로 뛰어가던 그 아이의 모습을 현관문에 달린

조그만 렌즈에 눈동자를 갖다대고 바라보면서, 이상하게
도 정작 상처받은 쪽은 나 같다는 느낌이 들었다.

중학교 2학년이 되던 해 가을, 나는 K동 주공아파트를
떠났다. 그곳을 떠나게 해달라던 내 기도는 아주 나쁜 방
식으로 이루어졌다. 우리 가족은 분양권을 얻을 수 있는
거주 기간을 채우지 못한 채 그 집을 떠나야 했다. 우리가
'자가'로 집을 소유할 수 있는 처음이자 마지막 기회를 잃
어버린 셈이었다. 불행은 한꺼번에 찾아들었다. 아버지가
다니던 공장에서 해고됐고, 오빠가 군대에서 작업을 하다
가 한쪽 눈을 다쳤다. 그곳을 떠나고 나서야 내가 얼마나
따스하고 정겨운 곳에서 유년 시절을 보냈는지를 깨달았
다. 사춘기에 접어들면서 성희는 물론 그곳 아이들과는
이미 데면데면해진 후였다.

주삿바늘이 오른쪽 아래 잇몸을 깊게 찔렀다. 입술과
볼, 턱까지 얼얼해지자 전동 드릴이 입안에 들어와 위
잉― 소리를 내면서 치아를 깎았다. 충치를 제거하는 과
정이라는 것을 알면서도 몸에 잔뜩 힘이 들어가고 뒷목
이 뻣뻣해졌다. 옆에서 석션 기계가 바삐 움직이며 이에

서 떨어져나온 이물질을 빨아들이고 있었지만 갉아낸 치아 가루의 촉감과 피 맛이 느껴졌다. 나는 혹시나 혀끝이 드릴에 닿을까봐 혀를 목구멍 안쪽으로 힘껏 당겼다. 뇌까지 파고들어 뚫어버릴 것만 같은 드릴의 공세가 잠깐씩 멈출 때면 성희가 의자 등받이를 올려주며 입을 헹구게 했다. 썩은 부분을 모두 도려내고 신경을 노출시킨 후, 신경관에 기구를 넣어 신경을 제거하는 작업이 진행될 차례라고 했다. 나는 다시 의자에 눕는 시간을 조금이나마 늦추려 일부러 입을 여러번 더 헹구었다. 뾰족한 끌과 같은 도구가 구멍 뚫린 치아 속을 무자비하게 긁어댔다. 치아 내부의 신경이 아니라 뇌의 깊숙한 곳까지 푹푹 찔러대는 것처럼 날카로운 동통이 느껴졌다. 언니, 잘하고 있어. 온몸에 잔뜩 힘이 들어간 채 주먹을 쥐고 부르르 떨고 있는 내 손을 부드럽게 감싸며 건네는 성희의 말 한마디에 신경 곳곳을 헤집고 있는 예리한 바늘 끝이 조금은 뭉툭해지는 듯한 기분이 들었다.

성희는 오른쪽 대구치의 썩은 부위가 너무 커서 뿌리만 겨우 살렸다며 금으로 된 크라운을 덮어씌워야 한다고 했다. 금니는 더 비싸지 않느냐는 말에 성희는 치아를 감싸는 면적이 크기 때문에 메탈이나 도자기 재질은 부서질 확률이 크다며 꼭 금으로 하라고 전도하듯 종용했다.

"크라운이라는 게 말 그대로 왕관이라는 뜻이야. 썩은 치아를 삭제한 부위, 그러니까 치아의 머리 부위에 왕관을 씌워서 보호하는 거지. 금은 단단한 정도가 치아와 거의 유사해서 변형 없이 오래 쓸 수 있어. 다른 약한 재료로 하면 또 부서져서 다시 치료하기 십상이니까."

무엇보다 다른 재료를 택하면 다시 해야 할 가능성이 높다는 말에 나는 뜨악하면서 고개를 내저었다. 이 짓을 다시 할 수는 없었다. 나는 마취로 얼얼한 입술을 천천히 움직이면서 비용은 얼마나 추가되는 거냐고 조심스럽게 물었다. 성희가 잠깐 뜸을 들이다가 말했다.

"정 그러면…… 언니 SNS 있지? 페북이나 인스타에 후기 글 하나 올려줄래? 그러면 좀더 디스카운트해줄 수 있어. 내가 원장님께 잘 말해볼게."

나는 다른 SNS 계정은 없고 오래된 블로그만 하나 가지고 있었다. 논문 자료나 좋아하는 책에 대한 감상을 저장해놓은 곳이었다. 나중에 유학 가서 살고 싶은 도시에 관한 정보를 모아두기도 했다. 대학원 수업과 과제, 아르바이트에 치이면서 점점 관리할 여력을 잃어 마지막으로 접속한 게 언제였는지조차 잘 기억이 나지 않았지만 한때는 공들여 가꾸던 공간이었다.

"블로그 좋네. 길게 쓸 수도 있고…… 전체 공개 글이 포털 사이트에서 검색되도록 설정해야 해."

성희는 절대 강요하는 게 아니라며 나더러 선택하라고 말했다. '선택'이라는 말 앞에서 나는 조금 머뭇거렸다. 사실 크게 어려운 일은 아니었다. 그럼에도 그것이 강압적으로 느껴졌던 것은 다른 선택지가 없었기 때문이다.

학과 사무실 앞 게시판에는 학회 참가 관련 공지문이 붙어 있었다. 지도교수는 하이델베르크에서 열리는 국제 학술대회의 참여를 독려했다. 항공비만 마련하면 체류비는 학교 측에 지원을 요청해보겠다고 했다. 나는 통장 잔고를 보고 한숨을 쉬었다. 항공비가 더 비싼데…… 차라리 항공비 지원이 낫겠다고 생각하며 틈날 때마다 특가 항공권을 검색하고 있던 차였다. 지난 방학 기간 내내 무리하게 아르바이트를 하면서 여윳돈을 마련해놓았다. 독일 학회에 가려고 준비한 돈이었다. 하지만 치과 치료를 시작하면서 그 돈을 고스란히 내 입안에 털어넣을 수밖에 없었다. 늘 반복되는 일이었다. 조금이라도 여유가 생길 만하면 기다렸다는 듯 돈 들어갈 일이 생겼다. 그것도 아주 급박하게. 여유라는 건 무리를 한다고 만들어지는 게 아니었다. 처음부터 그것을 당연히 가지고 있었던 사람만이 누릴 수 있는 넉넉함이 여유였다.

처음부터 분에 넘치는 욕심을 부렸던 걸까. 내가 독문학을 전공으로 삼도록 이끈 작가는 괴테나, 카프카, 토마스 만이 아니라 전혜린이었다. 학창 시절 내내 동경의 대상이었던 전혜린과 나는 태생부터 다르다는 것을 모르지 않았다. 그럼에도 그녀라면 나를 이해해줄 수 있으리라는 기이한 믿음에 사로잡혔다. 내 책상 앞에는 "출발하기 위해서 출발하는 것이다(partir pour partir)"라는 시구절이 붙어 있었다. 전혜린의 에세이 『그리고 아무 말도 하지 않았다』에서 발췌한 문장이었다. 'Fernweh(먼 곳에의 그리움, 동경)'라는 독일어 단어도 성경처럼 끼고 살았던 그 책에서 배웠다. 낯선 언어 사이에서 혼자이고 싶은 마음, 텅 빈 위와 향수를 안고 돌로 포장된 음습한 길을 거닐고 싶은 욕망, 그리고 낯익은 곳이 아닌 모르는 곳에 존재하고 싶은 욕구가 항상 나에게는 있다는 전혜린의 문장은 내 속마음을 그대로 옮겨 적어놓은 것만 같았다. 그녀가 공부한 뮌헨으로 유학을 떠나는 것이 내 꿈이었다. 다른 이유는 없었다. 출발하기 위해서 출발하고 싶을 따름이었다.

발표 주제가 정리되지 않는다는 핑계로 학회 등록을 포기했다. 학회보다는 잠을 못 잘 정도로 괴로운 치통을 해결하는 것이 더 급했다. 독일 학회를 포기한다고 해서 유학길까지 막히는 것은 아니었다. 하지만 이런 기회조차 잡지 못하는 내가 계속 공부를 할 수 있을지 자신이 없었다. 점점 지쳐가고 마모되어간다는 생각이 들었다. 충치는 감기나 위장병과는 달랐다. 그냥 둔다고 저절로 나아질 가능성 따위는 없었다. 지금의 내 상황도 참고 견딘다고 해서 좋아질 가능성이 없는 것은 마찬가지였다. 석사가 끝나면 독일로 유학을 가겠다는 꿈은 이미 천천히 썩어가고 있었다. 남은 석사과정조차 제대로 끝낼 수 있을지 자신이 없었다. 썩은 꿈을 도려낸 자리에 무엇을 채울 수 있을지 막막하기만 했다.

건물 옥상에 오르자 인근의 풍경이 환하게 펼쳐졌다. 대로변에 각을 잡고 늘어서 있는 회색 고층 빌딩숲 뒤편으로는 외벽이 붉은색을 띠는 야트막한 다세대주택들이 어지럽게 널려 있었다.

"언니, 저 뒤편 언덕으로 올라가면 가리봉 벌집촌이야. 옛날에는 공장 노동자들이 많이 살았는데 지금은 중국인들이 많이 산대. 내 방도 저기서 멀지 않아. 원룸 오피스텔도 그나마 저쪽이 저렴하거든. 물가도 서울치고는 싼 편이야."

성희가 주절주절 떠드는 소리를 들으며 난간에 팔을 걸친 채 옥상 아래를 내려다보았다.

"왜 서울은 죄다 비싼 걸까……"

나는 혼잣말을 하듯 낮게 읊조렸다.

"언니, 고향에 있는 우리 집 팔아도 여기 원룸 하나 사기 어렵더라."

우리가 끝까지 지키지 못한 임대아파트를 성희네는 무사히 분양받았다. 내심 부러운 기색을 보이자 성희는 어차피 도긴개긴이라며 웃었다.

"난 그 동네에서 부자 돼서 나가는 사람 못 봤어. 거기에서조차 쫓겨나거나 아니면 우리 엄마처럼 떠나지 못하고 붙박여 있거나. 계속 그렇게 늙어가는 거지. 회벽이 벗겨지고 녹물이 새는 그 집처럼……"

성희는 실업계 고등학교를 졸업하고 바로 취업을 했다. 조립 라인에서 하루 종일 서서 일을 하다가 이건 아니라는 생각이 들어 재수 끝에 지방 전문대 치위생학과에 들어갔다고 했다. 그런데 여기 와서도 종일 서서 일하는 건 똑같다며, 이번에도 도긴개긴이라고 웃었다. 나는 1번부터 26번 방까지 칸막이로 구분된 진료실이 양옆으로 길게 늘어서 있던 치과의 복도를 떠올렸다.

성희는 얼굴이 비칠 만큼 반짝거리는 하얀 복도를 종종걸음으로 오가며 각 방으로 바삐 옮겨다녔다. 그러면서도 서울의 대형 치과에 취업한 자신을 과 동기들이 부러워한다며 자랑스러운 기색을 숨기지 않았다. 그녀는 본인이 졸업한 치위생학과에서 가장 치아가 깨끗한 학생이었다고 한다. 전문대를 졸업하자마자 서울로 쉽게 취업할 수 있었던 것도 하얗고 반짝거리는 치아 덕분이라며 이ー 발음을 하면서 입꼬리를 가로로 길게 늘어뜨려 보였다.

성희는 나를 만나면 치과 생각에서 잠시나마 벗어날 수 있어서 좋다고 했지만, 그녀의 입에서 나오는 모든 이야기의 결론은 치과로 이어졌다. 성희가 하는 말을 들으면 들을수록 나는 그녀가 근무하는 병원이 기형적으로 운영되고 있다는 생각이 들었다. 성희는 따로 정해진 월급이 없어 수입이 들쭉날쭉했다. 환자를 얼마나 많이 유치하고 유지하느냐에 따른 수당으로 임금이 결정되고, 그건 진료를 보는 원장들도 마찬가지라고 했다. 성희는 블로그에 올릴 원고와 사진을 주면서 자신이 준 내용으로만 올려야 한다고 단호하게 말하기도 했다. #서울저렴한치과, #싸고안아픈치과, #친절하고부담없는치과 등 몇몇 키워드와 치과 이름을 여러번 반복해서 검색어 유입을 유도하는 포스팅이었다. 시커멓게 구멍 난 내 이를 확대해 촬영한 다음, 나중에 찍은 것과 나란히 배치해 '비포(Before)'와 '에프터(After)' 사진을 비교해놓기도 했다. 이런 사진까지는 좀 그렇지 않니. 내가 영 내키지 않는다는 반응을 보이자 성희는 얼굴이 나오는 것도 아닌데 뭐 어떠냐며 능치듯 말했다.

임시 크라운을 덮어놓은 양쪽 어금니가 밥을 먹을 때

마다 신경 쓰였다. 임시로 쓰는 동안 딱딱한 음식이나 껌처럼 끈적거리는 주전부리는 피해야 한다는 주의를 받았다. 며칠 후 본을 떠놓은 크라운이 완성되면 완전히 치아를 감싸는 시술을 할 예정이었다. 성희는 오염된 신경의 길이가 생각보다 깊어서 까다로운 치료였지만 잘 메워졌으니 걱정하지 않아도 된다는 말도 덧붙였다. 그 말을 믿어도 되는 건지 불안했다. 이곳 치과의 원장들은 어떻게든 치료 시간을 줄여서 환자를 많이 보는 데 혈안이 되어 있다고 실컷 험담을 했던 게 마음에 걸렸다.

직사각형 모양의 방에 들어섰을 때 내 방에 온 듯한 기시감을 느꼈다. 내 자취방과 모양이나 가구 배치가 너무 흡사했다. 작은 창을 면한 자리에 놓인 책상이나 방 안쪽 가장 구석진 자리에 놓인 침대의 위치까지.

"원룸이 다 똑같지 뭐."

성희는 대수롭지 않게 말했지만, 어린 시절 우리가 썼던 방의 모습과 비슷해서 친숙하면서도 비루한 느낌이 동시에 들었다. 가리봉동과 이문동, 서울의 반대편에 위치한 각자의 방은 우리가 떠나온 K동 주공아파트의 문간방보다 조금도 나아지지 않았다는 생각에 서글퍼졌다.

방 안에는 침묵이 감돌았다. 교수의 학회 참가로 이번 주 내내 휴강이라는 말에 성희는 함께 저녁을 먹고 제 방에 와서 자고 가라고 했다. 오랜만에 옛 추억에 잠겨보자고 말하는 성희의 목소리가 한껏 들떠 있었다. 어린 시절 성희와 한방에서 종종 자곤 했다. 성희 엄마의 귀가가 늦어지거나 인형놀이가 밤늦도록 끝나지 않을 때면 남는 잠옷을 빌려 입고 나란히 누워 잠들었다. 그 시절처럼 밤새도록 도란도란 이야기를 나누고 싶었던 걸까. 아니면 나처럼 그저 혼자 불 꺼진 방에 들기 싫었던 걸까. 서울에 온 이후 늘 혼자였고, 외롭다고 느꼈지만 정작 다른 누군가와 함께일 때면 더 불편하고 어색해지곤 했다는 것을 나는 그만 깜빡하고 말았다.

밖에서 저녁을 먹고, 커피를 마실 때만 해도 성희는 생글거리며 많은 말을 쏟아냈다. 까페에서 이만 지하철을 타러 가겠다고 했을 때 좀더 놀다 가라며 나를 붙잡은 이도 성희였다. 그런데 집에 들어오자마자 성희는 지친 얼굴로 다리를 뻗고 멍하니 앉아 있기만 했다. 무기력하고 공허한 표정의 지금 얼굴이야말로 어쩌면 성희의 진짜 모습일지도 모른다는 생각이 들던 순간, 성희의 휴대전화에서 메시지 도착 알람이 울렸다.

그녀는 소리를 듣자마자 용수철처럼 튀어올라 휴대전화를 확인했고, 책상 앞으로 가 앉았다.

"언니 잠깐만, 나 일 좀 할게. 치과 문의가 들어와서."

"지금? 밤 10시가 다 되어가는데 무슨 상담을 한다고 그래. 퇴근한 거잖아."

"잠깐이면 돼. 카카오톡 상담 문의는 24시간이라……"

성희는 급하게 노트북을 켰다. 자동 로그인된 카카오톡 피시 버전을 통해 빠르게 타자를 치면서 메시지에 답변을 했다. 손님을 내버려두고 자기 용무만 챙기기 바쁜 모습에 나는 살짝 부아가 치밀었다. 언니 미안해. 어휴, 이 시간까지 귀찮게 이게 뭐라고 말이야. 입에서 나오는 말과는 달리 자판을 두들기는 손가락이 경쾌해 보였다.

무엇보다 신경에 거슬렸던 것은 자신이 이렇게나 열심히 살고 있다는 것을 스스로 대견해하는 성희의 태도였다. 나는 미니 냉장고에서 맥주 캔을 꺼내 땄다. 어, 언니 아직 치료 중이라 술 안 좋은데. 성희가 등을 돌린 채 노트북 모니터를 바라보면서 말했다. 차가운 맥주를 삼킬 때마다 살짝 이가 시렸다.

성희는 상담이 끝난 뒤에도 노트북 화면을 한참 들여다보고 있었다. 치과 홈페이지 Q&A 게시판에 올라온 질문에 답을 달았고, 치과에서 따로 운영하는 블로그에도 로그인해 댓글을 달았다.

언제 끝나니, 딱히 성희와 할 얘기가 있는 것도 아니면서 나는 보채듯 말하고 있었다. 성희는 알겠다고 대답만 할 뿐 좀처럼 자리에서 일어날 생각이 없어 보였다. 나를 성가신 사람 취급하는 것 같아서 기분이 상했다.

"어, 언니. 왜 여기 댓글 답변 하나도 안 달았어?"

성희가 손짓을 하며 나를 불렀다. 모니터에 내 블로그 화면을 띄워놓고 있었다. 그녀가 준 원고와 사진으로 후기 글을 올린 포스팅에 댓글이 여섯개 달려 있었다. 가격 정보 좀…… 얼마에 하셨나요? 견적 얼마 나왔어요? 금니 몇개 하셨나요…… 굳이 대답할 필요가 없다는 생각이 드는 질문이라 그냥 넘겼던 거였다. 나는 인상을 찌푸렸다. 따지듯 묻는 말투가 묘하게 거슬렸다.

"내 블로그에 댓글 다는 거까지 니가 왜 참견이니?"

"우리 치과 얘기니까…… 언니가 댓글도 달아주고 도

와주면 좋잖아."

"이미 치과 이름 나와 있고, 하단에 배너 누르면 치과 홈페이지로 자동 링크까지 되잖아."

"그래도 치과에 실장이 열다섯명이 넘는데…… 이왕이면 댓글로 백성희 실장 추천한다고, 내 카톡 아이디랑 같이 좀 달아줘."

나는 잠시 입을 다물었다가 차가운 목소리로 말했다.

"굳이, 그렇게까지 하고 싶지 않은데?"

"아니 그게 뭐라고…… 지금 여기 방문한 사람들이 정보 달라고 먼저 부탁한 거잖아. 그럼 언니가 얘기해줄 수 있는 거지."

"이 사람들 내 블로그에 찾아온 사람들이야. 나중에 괜히 욕먹기 싫어."

"언니 말 되게 이상하게 한다. 왜 욕을 먹어? 언니 소개로 저렴하게 치료 잘 받는 건데."

"너야말로 말 이상하게 하는 거 알아? 나라서 그렇게 싸게 해주는 거라며. 어릴 적부터 한동네 살던 사이라서…… 다른 사람들은 이런 조건에 못해준다면서. 그런데 왜 이제 와서 소문을 내달래?"

성희가 약간 움찔했다. 그러다가 다시 웃으면서 말을
이어갔다.

"물론 언니만큼 할인해주진 못하겠지. 그래도 언니 소
개로 왔다고 하면 내 선에서 도움 줄 수 있는 부분도 있
고…… 언니, 우리가 어떤 사이인데 이거 하나 못 도와줘?
백성희 실장 추천한다고, 그 말 한마디 댓글에 달아주면
되는 거잖아."

"그러기 싫어."

"아니, 왜?"

"그만 엮이고 싶어."

"그게 무슨 뜻이야?"

"말 그대로야."

나는 맥주 캔을 우그러뜨리며 자리에서 일어났다. 가방
을 손에 쥐며 시계를 보았다. 버스도 지하철도 모두 끊긴
시각이었다. 이문동에 있는 내 자취방까지 택시를 타고
가려면 할증이 붙어 사만원도 족히 넘을 터였다. 머뭇거
리는 내 모습을 보고 성희가 한숨을 쉬면서 말했다.

"이 시간에 가긴 어딜 가. 자고 가기로 했으니 자고 가."

옷장에서 이불 한채를 꺼내놓고 성희는 욕실로 들어가

버렸다.

성희는 벽 쪽을 바라보며 등을 동그랗게 만 채 자고 있었다. 나는 침대 밑에 이불을 깔고 누워 성희의 동그란 등을 한참 동안 바라보다가 설핏 잠이 들었다.

그날 밤 지독한 악몽에 시달렸다. 이가 몽땅 빠지는 꿈이었다. 꿈속에서 나는 옥수수알처럼 후드득 바닥에 떨어지는 이를 주워 담으려 손을 뻗다가 깼다. 온몸이 땀에 절어 있었다. 침대 위에서 잠든 성희도 나쁜 꿈을 꾸는지 호흡이 거칠었다. 나는 머리맡에 놓인 휴대전화를 손에 쥐고 성희 쪽으로 몸을 기울였다. 휴대전화 불빛에 비친 성희의 얼굴은 땀으로 번들거리고 있었다. 숨을 거칠게 쉬면서 머리를 약하게 흔드는 모습이 꿈속에서 쫓기고 있는 것처럼 보였다. 나는 성희의 손을 잡았다가 축축하고 차가운 손바닥의 감촉이 불편해 이내 놓고 말았다. 이불을 끌어당겨 어깨 위로 덮어주려는데 성희가 움찔하면서 눈을 떴다. 자다 깬 성희의 눈동자는 붉게 충혈되어 있었다. 나는 희미하게 웃었다. 괜찮아, 성희야. 성희는 다시 눈을 감았고 몸을 벽 쪽으로 돌려 잠들었다.

나는 다시 잠들지 못했다. 등을 보인 채로 자고 있는 그 아이의 모습을 어둠 속에서 밤새 바라보다가 첫차 시간에 맞춰 조용히 방을 나섰다. 인적이 드문 골목길을 지나 중국어로 쓰인 전단지가 여러장 붙은 채 나부끼는 전봇대를 돌아 나오자 지하철역으로 향하는 대로가 펼쳐졌다. 지하철역이 가까워질수록 같은 방향을 향해 걷는 사람들이 조금씩 늘어갔다.

이곳에서 첫차를 타는 사람들의 행색은 죄다 고단하고 남루해 보였다. 한국인이든 외국인이든 상관없이. 지하철 의자에서 올라오는 따스한 기운에 몸이 노곤해지는 것을 느끼면서 나는 휴대전화로 인터넷에 접속해 검색창 화면에 이가 빠지는 꿈이라는 단어를 쳐보았다. 이가 빠진다는 건 소중한 사람을 잃게 된다는 암시라고 나와 있었다. 이미 소중한 것들을 많이 잃어버린 후라고 생각했는데, 여기서 무얼 더 잃어야 한다는 건가. 헛웃음이 나왔다. 이 빠지는 꿈 해몽에 이어 현실에서 이가 빠지는 현상에 대한 정보로 웹페이지 화면이 이어졌다. 무표정한 얼굴로 휴대전화를 터치하면서 스크롤을 내렸다. 이가 빠지는 이유에 대한 설명과 함께 임플란트 시술에 대한 광고가 이어졌다. 별생각 없이 휴대전화 화면을 하단으로 내리던 손가락이 갑자기 멈춘 것은 웹페이지의 맨 아래에서 익숙한 치과의 이름과 마크가 새겨진 배너를 발견했을 때였다. 꿈 해몽 밑에 '#서울저렴한치과, #싸고안아픈치과, #임플란트잘하는치과'라는 태그가 달려 있는 것을 본 순간 웃음이 터져나왔다. 너무 크게 웃느라 온몸이 떨리고 눈물이 날 정도였다. 배를 잡고 웃는데 가슴이 쿡쿡 쑤셨다.

1호선 지상철이 주황색 가로등이 줄지어 서 있는 도로변을 따라 달렸다. 희뿌연 새벽을 밝히고 있는 가로등 불빛을 보면서 내가 가닿지 못한 이국(異國)의 거리를 생각했다. 회색의 포도를 밝히는 레몬빛 가스등 아래를 거닐고 싶었던 꿈에 대해서도. 순간 가늘고 날카로운 통증이 귀 뒤를 훑고 지나갔다. 아직 아랫니 하나의 신경치료가 남아 있었다. 치근관 깊숙한 곳에 있는 썩은 치수까지 깨끗이 제거해야 한다고, 신경치료가 마무리되면 더이상 아프지 않을 거라던 성희의 말이 떠올랐다. 왜 신경제거라고 하지 않고 신경치료라고 하는 걸까. 신경이 제거되면 아무런 아픔도 느껴지지 않는 것이 당연했다. 이 도시에 온 이후 나는 점점 아무것도 감각할 수 없는 무신경한 사람에 가까워지고 있었다. 이유를 골똘히 생각해보고 싶었지만 쏟아지는 졸음을 이길 수 없었다. 팔짱을 낀 채 스르르 눈을 감았다.

탬버린

하루 중 가장 힘든 일을 꼽자면 출근이다. 아침마다 분초를 다투며 버스와 지하철을 갈아타고 사무실에 들어서는 순간, 이미 하루치 에너지의 90퍼센트 이상은 소진해버린 것처럼 기운이 빠진다. 축 늘어진 몸을 겨우 일으켜 탕비실로 걸어가 믹스 커피를 한잔 탔다. 어제는 진짜 일찍 잤어야 했는데, 나는 커피를 홀짝이며 눈꺼풀을 치켜올렸다. 며칠 전 송의 소식을 들은 후부터 계속 밤잠을 설쳤다. 소식을 전해준 반장은 송과 자주 만나는 눈치였다. 고등학교 시절 둘은 상극이나 마찬가지였다. 송은 그사이 어떻게 변했을까. 잇따른 야근에 온몸이 무거웠지만 막상 침대에 누우면 좀처럼 잠이 오지 않았다. 오늘 점심시간에는 밖에 나가지 말고 모자란 잠을 보충해야지. 오전 내

내 모니터를 들여다보면서 내가 했던 유일한 생각이었다. 11시 55분, 나는 사무실 벽면에 걸린 시계를 힐끗거리며 책상 서랍 제일 아래 칸에 넣어둔 목베개를 슬그머니 꺼내던 중이었다. 어서 5분이 지나길, 12시 정각이 되면 잠시라도 책상 위에 엎드릴 수 있었다.

"은수씨, 자? 아까 그 시안 어떻게 됐어? 오전 내내 숨소리도 안 들리더니, 여태 졸고 있었던 거야?"

파티션 너머로 직원들을 둘러보며 윤팀장이 물었다. 아니라고 대꾸를 하려는데, 팀장이 먼저 고개를 끄덕이며 말했다.

"그래, 알겠어. 퇴근 전까지만 주면 돼. 오늘은 회식이라 야근도 못하잖아. 오늘 점심은 같이들 하지? 선곡이 혹시 겹치지는 않나 점검도 할 겸 말이지."

실내용 슬리퍼를 하이힐로 갈아신으며 팀장이 싱긋 웃었다. 점심시간이 되자마자 회사 근처 요가원으로 뛰어가던 평소와는 사뭇 다른 태도였다.

"자기들, 내 성격 알지? 지고는 못 사는 거. 팀별 회식에 대표가 디자인 1, 2팀을 모아서 보겠다는 이유가 뭐겠어? 절대로 2팀한테 밀려서 안 돼, 일이든 노는 거든."

전투적인 표정으로 팀장이 말했다. 점심시간이 되면서 조금 생기가 돌던 사무실 분위기가 갑자기 무거워졌다.

입사 사개월 차, 갓 수습을 뗀 나는 그동안 대표와의 회식 자리에 대해 이야기만 들었을 뿐 실제로 경험한 적은 없었기에 긴장되는 동시에 조금 기대되는 마음도 있었다. 오십대 초반의 대표는 중후한 목소리에 얼굴이 호감형이었고, 세련된 패션 감각을 자랑했다. 입사 면접 당시 그의 감색 정장 상의 앞주머니에 꽂혀 있던 연푸른색 행커치프의 컬러는 나중에 템플릿 시안의 바탕색으로 써보고 싶다는 생각이 들게 할 정도로 매력적이었다. 면접장에서 대표는 내게 에이미와 조니 킴 중에서 누구를 응원하느냐고 물었다. 말귀를 알아듣지 못한 내가 "네?"라고 되묻자 옆에 앉은 영업본부의 김상무가 오디션 프로그램인 「K팝스타」 파이널 진출자 중 누가 우승했으면 좋겠느냐는 뜻이라고 부연해주었다. 한번도 본 적이 없는 TV 프로그램이었다.

"여기가 그래도 광고기획사인데, 요즘 유행하는 음악이나 대중의 트렌드는 좀 알고 있어야 하지 않을까요? 두명 다 모른다니 다시 질문하죠. 에이미는 타고난 박자 감각과 소울을 가지고 있어요. 조니 킴은 아이비리그 출신의 모범생답게 아주 성실한 노력파예요. 은수씨는 어떤 가수를 더 응원하고 싶나요?"

나는 조니 킴이 우승했으면 좋겠다고 답했다.

"타고난 재능보다는 노력으로 성장하는 모습을 보여주는 사람을 더 응원하고 싶습니다. 왜냐하면 미술에 별 재능이 없던 제가 시각디자인학과를 졸업하고 여기까지 온 것은 백 프로 노력의 결과라고 생각하기 때문입니다."

대표는 흐뭇한 미소를 지으며 내게 가장 좋아하는 가수가 누구냐고 추가 질문을 던졌다. 업무와는 무관한 질문에 순간 당황했다. 막상 한명을 대라니 아무도 떠오르지 않았다.

"트…… 특별히 좋아하는 가수가 있다기보다는 다양한 음악을 듣는 것을 좋아합니다."

"음악을 좋아한다니 다행이네요. 본인에게 위로가 되는 노래 한곡 정도는 품고 있는 게 조금 더 인생을 풍요롭게 만들 거예요. 나는 그런 삶의 여유가 사람들을 감동시키는 디자인을 탄생시킬 수 있다고 봅니다."

같이 일하고 싶은 사람이라는 생각이 들었다. 이름 있는 회사도 아니고, 연봉이 높은 편도 아니었지만 졸업 후 이 년 가까이 백수로 지내온 내 입장에서는 어렵사리 찾아온 기회였다.

살아가면서 어떤 노래 한곡을 마음에 품게 된다는 것은 결국 그 노래와 관련된 추억을 간직하는 일이라는 걸 나는 송에게서 배웠다. 가장 좋아하는 가수를 꼽지 못했던 것도 아마 그 때문이었을 것이다. 송과 함께 고래고래 소리를 지르며 불렀던 모든 노래를 사랑했으니까.

대표 역시 쌓아놓은 추억이 많은 사람이었던 걸까. 그는 음악 애호가였다. 서라운드 오디오 음향 시설이 설치된 대표실에서는 언제나 기분 좋은 노래가 흘러나왔다. 어려운 클래식보다는 가요나 팝을 그날그날 기분에 따라 들었다. 하루 종일 수준 낮은 유행가나 듣는 주제에 음악이 어쩌고, 예술이 어쩌고 하는 대표가 볼썽사납다고 뒤에서 험담하는 직원들도 있었으나 윤팀장의 생각은 달랐다. 잔소리에 한번 발동이 걸렸다 하면 아랫사람을 말려죽이는 성정이 그나마 노래를 들으면 누그러지는 것 같다며, 직원들을 쥐어짜는 것보다야 유행가든 팝송이든 음악

감상에 골몰해주는 게 낫다는 팀장의 의견에 팀원들은 대체로 수긍했다.

초반부터 기세를 잡아야 한다고, 팀장이 아이스커피가 담긴 유리컵을 흔들며 목소리를 높였다. 얼음이 부딪히면서 덜그럭거리는 소리를 냈다. 디자인 2팀 이야기만 나오면 팀장은 눈빛이 매서워졌다. 인쇄 광고물을 담당하는 디자인 1팀과 웹 광고 디자인을 맡고 있는 2팀은 엄연히 영역이 달랐지만 팀장은 늘 2팀을 의식했다. 올해부터 성과연봉제가 도입된다는 소식에 팀장은 부쩍 더 예민해졌다.

"사실, 회식이 중요한 게 아니라 지금 회사 분위기가 좀 그렇다는 소리야. 내 말 무슨 뜻인지 알지?"

디자인 1팀과 2팀이 통폐합될 거라는 소문이 회사 내에 돌고 있었다. 지난해 연말에 실시된 구조조정은 시작에 불과하다는 것이다. 지난 연말 경력이 오래된 직원 여럿이 회사를 떠났고, 올해 초 채용된 나를 포함한 세명의 신입사원이 그 빈자리를 메우기 위한 인력이라는 것은 입사 후에야 알게 된 사실이었다.

빨대로 음료를 휘저으며 팀장 눈치를 살피던 박대리가 말했다.

"성과연봉제 말이에요, 설마 매출로만 평가하는 건 아니겠죠? 아무래도 시장 규모가 그쪽이 성장세다보니 2팀이 매출은 더 크잖아요. 인원도 우리보다 두명 더 많고…… 우린 신입 포함 세명뿐이고요."

직급에 따라 일괄적으로 지급되던 연말 보너스와 일년에 두번 나오던 명절 보너스를 없애고 성과에 따라 차등적으로 보너스를 지급할 계획이라는 공고가 나오자마자 사내는 술렁거렸다. 아직 정확한 평가 기준은 나오지도 않은 상태였다. 수습 기간을 거쳐 정규직 전환이 확정되면서 성과연봉제에 관한 급여 조항에도 동의한다는 싸인을 하긴 했지만, 내가 대체 어떤 성과를 내야 하는지는 짐작하기 어려웠다.

"어쨌거나, 최선을 다해야 한다는 거야. 뭐든지 다!"

결의에 찬 팀장의 말에 박대리가 한숨을 쉬었다.

"팀장님, 대표 어제도 관리부랑 회식했다던데요. 길 건너 소나타노래방 또 갔대요. 식당이야 바뀐다 해도 매일 똑같은 노래방이라니…… 지겹지도 않나?"

대표이사는 회식을 좋아하기로 유명했다. 그러나 사람이 많은 회식은 질색했다. 서른명이 넘는 직원이 떼로 몰려가 삼겹살을 구워 먹고, 2차로 홀이 넓은 호프집에서 기다랗게 테이블을 줄지어 붙여놓고 앉아 와자지껄 떠들다가 헤어지는 단체 회식을 특히 혐오했다. 누가 누구인지 알 겨를도 없이 친한 사람들끼리 붙어 앉아 끼리끼리 먹고 마시다가 찢어지는 회식에 아까운 회삿돈을 왜 쓰느냐고도 했다. 대표는 직원 한명 한명의 개성과 각 팀의 분위기를 보려면 팀별로 회식 자리를 만들어야 한다는 원칙을 지니고 있었고, 동료들 간의 거리감을 없애는 데 노래방만큼 좋은 장소도 없다고 자주 강조했다. 단체 회식 한번으로 끝낼 수 있는 일을 팀 단위로 쪼개 약속을 잡다보니 대표의 회식 횟수는 그만큼 늘어날 수밖에 없었다.

"진짜 좋아하면 그럴 수도 있죠."

입안에서 웅얼거리던 속마음이 나도 모르게 입 밖으로 튀어나왔다. 점심시간 내내 한마디도 없던 내가 던진 말에 윤팀장과 박대리의 시선이 한데 모였다. 나는 얼굴을 붉히며 낮게 말했다.

"안 지겨울 거예요. 노래방도 계속 가다보면 중독되거

든요. 저도 한때 그런 적 있어요."

*

송의 탁월한 리듬감을 기억한다. 처음 봤을 때 그 아이
는 마치 투명한 수족관 안에서 파닥거리는 한마리 물고기
같았다. 송은 오락실 한구석에 위치한 좁은 노래방 부스
안에 들어가 탬버린을 흔들고 있었다. 한 손에 마이크를
잡고는 있었지만, 노래보다는 탬버린에 집중하고 있는 것
처럼 보였다. 간간이 고성을 지를 때 목소리만 비어져나
올 뿐 탬버린 소리는 문밖으로 새어나오지 않았다. 그럼
에도 허공에서 춤추는 탬버린의 움직임이 상당히 감각적
이라고 느꼈다. 부스에서 송이 나오고 나서야 우리가 같
은 교복을 입고 있다는 것을 알아챘다. 먼저 말을 건 사람
은 송이었다. 전학생,이라고 말하며 나를 손가락으로 가
리켰다. "전학생 맞지?" 송이 한번 더 물었고, 나는 고개
를 끄덕였다. 나는 그때까지도 우리가 같은 반이라는 사
실조차 몰랐다.

열여덟살의 봄, 나는 엄마의 모교로 전학을 당했다. 당

했다고 표현한 것은 내 의지와 전혀 무관하게 이루어진 전학이었기 때문이다. 엄마는 강남 8학군 고등학교에서 바닥을 기는 내 성적을 보고, 여기서는 답이 없겠다며 나를 시골 학교로 전학시켜야겠다고 했다. 수준이 낮아서 내신 따기가 서울보다는 쉬울 거라고 나를 꼬였다가 통하지 않자, 그 지역에서 최고로 쳐주는 명문 여고라며 엄마 때만 해도 재수를 불사하는 좋은 학교였다고 말을 바꾸는 엄마를 보면서 나는 코웃음을 쳤다. 서울에서 버스로 세 시간 걸리는 지방의 소도시에서 외할머니와 함께 살면서 낯선 학교를 다녀야 하는 상황이 달가울 리 없었지만, 엄마의 새 애인과 사는 건 더 끔찍했다. 두번이나 결혼에 실패한 엄마가 새 애인과 혼인신고 없이 살림을 합쳐 살아보겠다고 했을 때, 나는 엄마의 끊이지 않는 삶의 활력이 그저 놀라울 따름이었다. 엄마는 맛집으로 유명한 퓨전 레스토랑의 사장이었다. 그녀는 규칙적으로 운동을 하고, 집 안을 먼지 하나 없이 깨끗이 정리하는 일이 몸에 배어 있는 등 매사에 지나치게 열심인 성격이었다. 엄마는 가게 일에 가장 정력적으로 매달렸다. 신메뉴를 개발하고, 반응을 살펴 다시 메뉴를 보완하고, 새로운 이벤트로 손님들의 이목을 끄는 데 열과 성을 다하느라 항상 바빴다. 그 와중에 연애까지 끊이지 않는 것을 보면 대단하다는 생각을 넘어서 이제는 지긋지긋하다는 생각이 들 지경이 있다.

십대 시절의 나는 늘 무기력하고 권태로운 얼굴을 하고 있었다. 내 의사와는 상관없이 결정된 일이었지만 적어도 전학 온 학교에서는 서울에 있을 때처럼 살인적인 스케줄로 학원에 끌려다니지 않아도 된다는 것 하나는 마음에 들었다. 마땅한 학원이 없는 시골이라 학생들 대부분은 사교육을 받지 않고 밤 10시까지 학교에서 야간자율학습을 했다. 공부에 별 뜻이 없었던 나는 엄마에게는 비밀에 부친 채 자율적으로 자습 불참을 결정했다.

학교 밖에서 나는 송과 동선이 자주 겹쳤다. 종례를 마치고 저녁시간이 되기 전 교실을 빠져나와 혼자 시내를 어슬렁거리다가 오락실에 가면 어김없이 노래방 부스에 혼자 들어가 있는 송을 발견할 수 있었다. 동전을 넣고 노래를 부를 때도 있었지만, 반주도 없이 좁은 부스에서 탬버린만 흔들고 있는 날이 더 많았다. 나는 용기를 내어 부스를 두드리고 물었다.

"뭐 해?"

"뭐 하긴. 혼자 노는 중이지."

송이 히죽 웃으며 답했다. 분명히 오락실 노래방 부스 안에는 탬버린이 비치되어 있지 않았는데, 송의 손에는 빨간색 탬버린이 들려 있었다. 여느 노래방에서 흔하게 볼 수 있는 탬버린이었다. 반달 형태의 빨간 탬버린은 지름선 양 끝에 세모난 두 귀가 솟아 있는 모양이라 고양이 얼굴 윤곽처럼 보이기도 했다.

"그 탬버린 니 거야?"

"응, 노래방에서 훔쳤어. 그러니까 지금은 내 소유."

지퍼를 열어 가방 속에 탬버린을 넣은 후 송이 일어났다. 차자자차자작. 등으로 여린 금속음을 울리며 밖으로 걸어나가는 그 아이의 모습은 마치 방울을 단 채 최소한의 소리만 내면서 걸어가는 고양이의 움직임처럼 우아했다. 나는 송이 단박에 좋아져버렸다.

송은 내게 유일한 친구였다. 반에서 야간자율학습에 참여하지 않는 사람은 나와 송뿐이었다. 어쩌다가 사정이 있어서 빠지는 아이들은 있었지만, 매일매일 빠지는 사람은 우리 둘밖에 없었다. 송에게 노래방에 가자고 제안했다. 나는 용돈이 많았다. 매일매일 노래방에 다닐 수 있을 정도로. 서울에서 엄마가 부쳐주는 용돈이 있었고, 외할머니에게도 따로 용돈을 받았다. 한달에 한두번 외할머니를 보러 오는 외삼촌과 이모들도 마주칠 때마다 얼마간의 용돈을 쥐여주었다. 더군다나 오후 6시 이전에 입장하면 한시간에 오천원으로 노래방을 이용할 수 있었기에, 나와 송은 늘 학교가 파하자마자 부리나케 시내 노래방으로 뛰어가곤 했다.

방을 배정받고 들어가 문을 닫으면 송은 환호성부터 질렀다. 송은 오락실 노래방에서 한곡에 오백원씩 내고 부를 때와 이렇게 음향 시설이 제대로 갖춰진 노래방에서 오천원을 내고 부를 때의 쾌감 차이는 열배가 훨씬 넘는다고 했다.

"방을 가진다는 건 말이야, 좀더 특별한 대우를 받는 거라고 나는 생각해. 고깃집에서도 룸으로 안내받으려면 인원이 어느정도 되거나 비싼 메뉴를 시켜 먹어야 하거든. 설렁탕이나 갈비탕만 먹는 사람들은 룸이 아니라 홀에 앉아야 하는 거라고."

우리는 그 누구에게도 간섭받지 않고 마음껏 놀 수 있

는 시간과 공간에 흠뻑 빠져들곤 했다. 혼자만 돈을 쓰게 해 미안하다는 송에게 나는 대신 탬버린을 가르쳐달라고 했다. 그런 조건이 아니더라도 그 돈이 조금도 아깝지 않았다. 우리는 괴성을 지르며 노래를 불렀고, 온몸을 흔들어대면서 춤을 췄다. 송이 현란한 탬버린 동작을 보여줄 때면 나는 발을 구르면서 웃어댔다.

송과 나는 노래를 잘 부르는 편은 아니었다. 하지만 매일 노래방에 다니다보니 나중에는 어지간한 노래는 수준급으로 부를 수 있는 실력이 돼버렸다. 뭐든지 계속하다보면 잘하게 되는 법이라고, 탬버린을 잘 치는 비결을 묻는 내게 송이 답했다. 송은 노래 부르는 것보다 탬버린을 치며 춤추는 것을 좋아했다. 좋아하는 수준을 넘어 거의 미쳐 있었다. 쉬는 시간이면 송은 선생들의 눈을 피해 학교 뒤뜰에서 다양한 방식으로 탬버린을 흔들어댔다. 다섯 손가락의 마디마디를 번갈아 치는가 하면, 팔뚝, 엉덩이, 무릎 등을 이용해 소리를 내면서 느낌을 비교했다. 나는 뭐든지 지나치게 열심히 사는 사람들에 대해서는 어떤 거부감을 가지고 있는 편이었는데, 아무짝에도 쓸데없는 탬버린을 잘 치기 위해서 손등과 손바닥에 멍이 들고 손가락에 물집이 잡힐 정도로 노력하는 송과는 그래도 잘 붙어다녔다. 음악 실기 시간에도 다루지 않는 탬버린 연주를 혼신의 힘을 다해 연습하는 송의 모습은, 연습보다는 연마에 가까워 보였다. 이상하게도 그 모습을 지켜보고 있노라면, 나도 모르게 몸속 깊은 곳에 숨겨둔 감정의 덩어리가 탬버린의 박자를 타고 올라오는 것 같았다. 그것은 일종의 흥(興)에 가까운 감정이었는데 마냥 신이 나지만은 않아서 묘한 형태의 한(恨)처럼 느껴지기도 했다. 나는 그것이 음악이 아니었다고 말하지 못하겠다.

우리는 2절을 부르지 않았고, 점수도 확인하지 않았다. 더 많은 노래를, 최대한 많이 부르며 다양한 레퍼토리를 쌓아가길 즐겼다. 송은 예약 번호를 찾는 시간도 아깝다며 노래방 책을 들고 다니면서 암기과목 공부하듯 번호를 외웠다. 송의 책가방에는 빨간색 탬버린과 노란색 표지의 노래방 책, 두가지만 들어 있었다.

하루도 빠지지 않고 들르는 단골이었기에 노래방 이용 시간은 우리가 원한다면 얼마든지 더 서비스를 받을 수 있었을 것이다. 하지만 언제나 우리의 종료 시각은 6시 30분이었다. 카운터에 들어서면서부터 송은 "6시 반까지만 시간 넣어주세요"라고 말했다. '종료 5분 전'이라는 공지 글이 노래방 화면에 뜨면 미처 부르지 못한 노래가 줄줄이 떠올라 괜히 더 아쉬운 기분이었지만 내일을 기약하며 헤어졌다. 그렇게 한시간 남짓 교복이 땀으로 흥건하게 젖도록 놀다가 송은 가방에 탬버린을 넣고 아르바이트를 하러 갔다. 매일 밤 7시부터 11시까지 고깃집에서 불판을 닦는 일이었다. 홀에서 불판이 본격적으로 나오기 시작하는 시간이 7시라고 했다.

불판을 닦는 일과 탬버린을 치는 일은 비슷하다고, 둘 다 힘으로만 덤비는 게 아니라 손목의 스냅을 이용해 리듬을 타는 게 중요하다고 송은 말했다. 송은 불판을 닦으면서 속으로 노래를 흥얼거린다고 했다. 시커멓게 그을린 불판을 잡고 송이 제일 먼저 하는 일은 노래를 선곡하는 것이었다.

"이게 한곡짜리인지, 두곡짜리인지 계산을 해보는 거야. 노래 한곡 부를 동안 두개까지 닦을 수 있는데, 그을음이 심한 건 두곡을 불러도 모자랄 때가 있어. 그럴 때는 최대한 긴 노래를 고르지. 중간에 랩이나 내레이션이 들어가는 노래면 더 좋아. 새카만 불판을 은빛이 돌도록 깨끗하게 씻어서 건조대 위에 올릴 때 말이야, 탬버린을 흔들듯 불판을 차라락 흔들어보곤 해. 그 순간 불판에 붙어 있던 물방울이 내 얼굴에 튀거든. 난 그 느낌이 좋아. 아주 시원해."

나는 밤마다 혼자 등으로 탬버린을 울리며 집으로 돌아가는 송의 뒷모습을 떠올려보곤 했다. 송은 발걸음에 맞춰 금속음이 들리면 탬버린을 흔들며 놀던 기억이 떠올라 즐거워진다고 했다. 요령이 있으면 별로 힘든 알바는 아니라고 했지만 송의 양팔은 언제나 단단하게 뭉쳐 있었다. 가느다랗고 딱딱한 송의 팔근육을 만져보고 화들짝 놀란 나는 무리해서 팔을 쓰지 말라고 했다. 탬버린이라도 살살 치라는 걱정 어린 말을 듣고도 송은 고개를 저었다.

"그럴수록 탬버린이 중요한 거야. 어떨 때는 양팔이 진짜 붙어 있긴 한 건지 의심 갈 정도로 아무 감각이 없을 때가 있거든. 바로 그때 허공에다 탬버린을 흔들어보는 거야. 그러면 알 수 있어. 아, 팔이 떨어져나가진 않았구나. 이런 소리를 낼 수 있는 건 내 팔밖에 없으니까."

송이 깔깔 웃으면서 말했다. 나는 웃기지 않았지만 송

을 따라 웃었다. 송과 함께 다니다보면 가끔 그럴 때가 있었다. 웃을 일이 아닌데 상대가 웃고 있어서 어쩔 수 없이 나도 웃어야 하는 상황들…… 내가 눈을 찌푸리며 어색하게 웃자 송은 더 크게 웃었다. 반장이 조용히 하라고 주의를 주기 전까지 우리는 얼굴을 맞댄 채 키득거렸다.

*

반장은 반 분위기를 해친다며 우리 둘을 대놓고 미워했다. 송이 얼마나 분위기를 잘 돋우고 아이들을 재미있게 해주는지 몰라서 하는 소리였다. 매일 야간자율학습을 빠지는 나와 송 때문에 반 아이들이 전체적으로 피해를 본다고 비난하기도 했다. 교육청 규정에 따라 학교는 자습을 강제할 수 없었고, 학생들은 야간자율학습을 자율적으로 선택할 권리가 있었다. 학교에서는 학생들의 자습 참여를 독려하기 위해 칭찬 스티커를 발부했다. 밤 9시경 감독교사가 1반부터 5반까지 교실을 돌면서 아이들의 숫자를 헤아렸다. 참여율이 가장 높은 반에는 다섯개의 스티커가 칠판 우측의 학급 게시판에 붙었다. 나머지 반도

자습 참여율 순위를 매겨 스티커를 받았다. 이탈자가 가장 많은 학급 게시판에 붙여지는 스티커는 한개였다. 나와 송이 고정적으로 자습에 빠졌기 때문에 우리 반이 스티커 다섯개를 받을 일은 없었다.

반장은 스티커 개수에 예민했다. 수업 시간에 각 과목 선생들이 이 반은 칭찬 스티커 게시판이 왜 이렇게 휑하냐고 한마디씩 할 때마다 고개를 돌려 나와 송을 흘겨보곤 했다. 그런 소리야 한 귀로 듣고 흘려버리면 그만이었다. 다만, 좀 못마땅하게 여겨진 것은 각 학급이 받은 스티커 개수를 매주 월요일 아침에 집계해 일주일간 급식을 먹는 순서를 정하는 데 활용한다는 규칙이었다. 주초에 열리는 학급 임원 소집에 다녀올 때마다 반장은 뿔난 표정을 지었다.

송의 탬버린을 담임에게 고자질한 것도 반장이었을 것이다. 이전에는 한번도 없었던 소지품 검사가 불시에 실시됐고, 송은 탬버린을 압수당했다. 탬버린을 돌려달라고 애걸복걸하는 우리에게 담임은 일주일만이라도 조용히 자습에 참여하라는 조건을 내걸었다. 일주일 동안 죽었다 생각하고 참아보기로 했는데, 주변이 새까매지는 밤까지 교실에 앉아 있는 것도 생각보다는 재미있었다. 송과 나는 자습 시간 내내 연습장을 펴들고 붙어 앉아 낙서를 하면서 놀았다. 그동안 몰랐는데 송은 그림을 잘 그렸다. 내가 휘갈긴 그림들은 낙서에 불과했지만, 송은 아무렇게나 그려도 근사한 작품처럼 보였다. 그중 압권은 탬버린을 그린 소묘였다. 몇시간 동안 말 한마디 없이 웅크리고 앉아 연필로 그린 탬버린은 실제와 너무도 흡사했다. 예전부터 그림을 배우고 싶었다고, 솔직히 고깃집 불판을 닦는 것보다는 이렇게 야간자율학습 시간에 남아 그림 그리는 게 더 좋다는 말도 했다. 나는 송의 그림에 색을 입혀주고 싶어졌다. 빨간색 색연필로 테두리를, 갈색과 노란색을 섞어서 심벌을 채색했다. 송은 완성된 탬버린 그림을 오려서 쉬는 시간에 반장 앞에 가서 일부러 흔드는 시늉을 했다.

우리 반이 일주일간 일등으로 급식을 먹게 되면서 반 분위기는 한결 부드러워졌다. 하지만 고작 남들보다 밥을 조금 더 일찍 먹겠다고 학교에 하릴없이 매일 밤 10시까지 있을 수는 없었다. 다시는 학교에 탬버린을 가지고 오지 않겠다는 반성문을 제출한 후, 겨우 탬버린을 돌려받은 날 우리는 여느 때처럼 수업이 끝나자마자 가방을 집어 들었다. 교실을 빠져나가려는 송과 나를 문 앞에서 가로막은 이는 반장이었다.

"너희들 진짜 이러기야? 너희 둘 때문에 전체가 피해를 보고 있는 건 생각 안 해?"

반장이 눈을 치켜뜨며 물었다. 인상을 쓸 때마다 그녀의 동그란 은테 안경과 이마에 돋은 좁쌀여드름이 동시에 움찔거렸다.

"뭐 어쩌라고! 우리도 나름대로 사정이 있어서 일찍 가는 건데."

송이 퉁명스럽게 반장의 말을 맞받아쳤다.

"사정은 무슨, 매일 노래방 가서 노느라 그런 거잖아. 너희 때문에 우리 반은 늘 오분, 십분씩 늦게 밥을 먹어야 하는데 조금도 미안하지 않니?"

"글쎄, 밥 오분 늦게 먹는다고 굶어 죽는 것도 아니잖아."

나는 심드렁한 목소리로 대답했다. 급식소가 좁아서 전교생을 동시에 수용할 수 없다면 누군가는 밥을 늦게 먹는 게 당연했다. 매번 우리 반이 밥을 제일 먼저 먹어야 한다고 여기는 게 오히려 이기주의라고 반장에게 힐난하듯 말했다. 이제 그만 비켜달라고 짜증스럽게 말하며 나가려다가 나도 모르게 반장을 살짝 밀쳐내고 말았다. 반장은 그 자리에 붙박여 선 채 씩씩거리며 우리를 쏘아보다가 갑자기 울먹거렸다.

"진짜 이기주의자는 니들이야! 너희는 점심시간 오분, 십분이 얼마나 중요한지 모르지? 최대한 빨리 점심을 먹고 다시 자리에 앉아야 오늘 목표한 영어 단어를 모두 외울 수 있다고. 그렇게 오분, 십분씩 날려버린 시간이 나는 너무 아까워. 너희 때문에 나 대학 떨어지면 책임질 거야? 너희가 우리 반 아이들의 소중한 점심시간을 망치고 있는 거라고."

히스테릭하게 소리를 지르며 울부짖는 반장의 모습에 나는 잠시 어안이 벙벙했다. 전교에서 가장 공부를 잘하고, 아마 전교에서 영어 단어를 가장 많이 알고 있을 반장이, 영어 단어를 외울 시간이 없다고 흐느끼고 있었다.

반장은 급기야 주저앉아 엉엉 울기까지 했고, 송은 난감한 표정을 지으며 그 옆에 쪼그려 앉았다. 송이 머리를 긁적이면서, 일부러 피해를 주려는 건 아니라고 그럴 만한 사정이 있다고 반장을 달래듯 말했다. 왜 나만 나쁜 사람 만드느냐며 반장은 더 크게 흐느꼈고, 송은 반장의 등을 토닥였다. 송의 몸이 반장 쪽으로 기울어질 때마다 찰랑찰랑하는 소리가 작게 울렸다.

*

손목시계를 여러번 힐끔거렸다. 십분 넘게 테이블 건너편 자리에서 노래방 책이 넘어오지 않고 있었다. 대표 옆에 앉은 김상무가 왜 이렇게 예약이 저조하냐며 어서 예약 버튼을 누르라고 재촉했다. 아직도 맞은편에 앉은 디자인 2팀 직원들은 노래방 책을 들여다보며 속닥거리고만 있었다. 설마 일부러 저러는 건 아니겠지, 짜증이 치밀어올랐다. 한참 서로 의견을 주고받으며 책자를 넘기고 있는 모습이 회식을 하는 건지, 회의를 하는 건지 헷갈릴 지경이었다.

아까부터 불필요한 긴장감을 조성하는 2팀의 태도에 괜히 신경이 곤두섰다. 2팀 직원들에게서는 어떤 결기마저 느껴졌다. 디자인 1, 2팀을 통틀어 유일한 남자 직원이기도 한 최팀장은 넥타이를 풀어 이마에 두르며 과격한 기합 소리를 냈다. 이제 겨우 저녁 9시였고 1차에서 그다지 술을 많이 마시지도 않았기에 그런 모습은 약간 딱해 보이기까지 했다. 최팀장이 노래를 시작하자 2팀 직원들은 자지러질 듯 소리를 지르며 호응했다.

대표는 노래를 예약하지 않았다. 오늘은 여러분이 주인공이니 마음껏 놀아보세요, 대표가 노래방 소파 중앙에 등을 기대앉은 채 옅은 미소를 지었다. 그는 직원들이 즐겁게 노는 것을 지켜보고 적절한 시상을 하는 것이 자신의 역할이라고 말했다. 그때까지만 해도 나는 회식에서 100점을 받으면 대표가 오만원을 준다는 박대리의 말을 속으로 반신반의하고 있었다.

처음 100점을 받은 사람은 대표의 비서 격으로 오늘 회식에 따라온 김상무였다. 대표가 지갑을 꺼내들자, 환호성이 터져나왔다. 허 이거 참, 제가 받으면 재미가 없는데 어쩌죠. 김상무가 지폐를 받아들며 멋쩍게 웃었다. 사람들이 박수를 쳤고, 다음 곡 예약자가 테이블 앞으로 나갔다. 직원들은 자기 순서가 되면 한명씩 앞에 나가 2절까지 모두 부르고 점수를 확인한 후 자리에 돌아왔다. 천장에 달린 미러볼 조명이 여러 방향으로 돌아가며 현란한 색깔로 사람들의 얼굴과 몸을 얼룩덜룩하게 물들이면서 훑고 지나갔다.

좋은 노래는 공짜로 들어서는 안 된다는 것이 대표의 지론이었다. 박대리의 말에 따르면 그녀가 입사할 당시만 해도 대표가 회식 중 마음을 울리는 노래를 불러준 직원에게 상금으로 오만원씩 내놓곤 했는데, 이를 두고 특정 직원을 편애한다는 등 사내에서 뒷말이 많아지면서 100점을 받으면 오만원을 주는 것으로 상금 수여 방식이 바뀌었다고 한다. 100점이 나오면 대표는 흔쾌히 지갑에서 지폐 한장을 꺼내 팁처럼 건넸고, 그 돈을 받은 직원은 환하게 웃었다. 나는 다른 직원들 앞에서 대표가 주는 현금을 받아드는 광경이 조금은 민망할 거라고 생각하고 있었다. 하지만 모든 과정이 내 예상과는 달리 아주 자연스러웠다. 오히려 대표의 지갑에서 튀어나오는 누런색의 빳빳한 지폐가 회식의 분위기를 고조시키는 데 지대한 역할을 하고 있었다.

노는 자리에서조차 모두가 최선을 다하고 있었다. 너나 할 것 없이 온 힘을 다해 노래를 부르고 몸을 흔들었는데, 즐긴다기보다는 보이지 않는 무언가를 선점하기 위해 싸우고 있다는 느낌이 들었다. 목에 핏대를 세워가며 부르는 노래를 통해 직원들 개개인이 얻고 싶은 것이 무엇인지는 가늠이 되지 않았다. 직원들은 회식 때 박수를 받는 것과 업무에 대한 평가는 별개라는 것을 알면서도, 심지어 노래 실력과 노래방 점수가 무관하다는 것을 알면서도, 또박또박 한음 한음 놓치지 않으려 애쓰고 있었다. 각자의 곡조를 타고 흐르는 통속(通俗)의 욕망이 어쩐지 너무 서글프게 느껴졌다. 그것은 단순히 상금 오만원을 향한 물욕을 넘어서는 마음이었다. 그럼에도 100점이 나오면 뛸 듯이 기뻐했던 것은 어떤 식으로든 잘하고 있다는 확인을 받고 싶어서였을 거라고 생각한다. 나 역시 같은 마음이었다.

*

양 팀 신입사원 노래 대결을 한번 시켜보자는 말만 없었더라도 내가 탬버린을 쥐고 나설 일은 없었을 것이다. 2팀의 신입사원인 영이 먼저 마이크를 잡았다. 요즘 가장 인기를 끌고 있는 걸 그룹의 노래를 춤까지 완벽하게 재현하면서 소화하는 영을 보면서 급격한 피로감이 몰려왔다. 2팀도 우리 팀 못지않게 야근이 많은 걸로 알고 있는데, 언제 저런 최신곡을 익혔지. 퇴근 후 집에 돌아가 혼자 유튜브를 보면서 걸 그룹 댄스를 연습하는 영의 모습을 상상하니 울적한 마음이 들었다. 팡파르 소리와 함께 '100'이라는 숫자가 화면에 크게 채워졌다. 영이 꺅 하고 감격에 찬 소리를 질렀다.

다음 순서로 나선 내가 선곡한 노래는 응원가로도 많이 쓰이는 박력 넘치는 1980년대 가요였다. 현란하게 탬버린을 치면서 부르기에 좋은 노래라 고른 곡이었다. 그나마 이 자리에서 내가 뭔가를 보여줄 수 있다면 그건 탬버린이었다. 탬버린을 칠 때에는 손목의 움직임이 가장 중요하다. 강하게 손목을 털었다 멈추기를 반복하면서 리듬을 타다보면 소리와 소리 사이에 여백이 생기게 된다. 금속 원반의 떨림과 떨림 사이 휴지기에도 지속되는 소리의 공명이 더 큰 박자의 여운을 만들어내는 법이라고, 송은 말했다. 노래의 절정에 다다랐을 때는 최대한 박자를 잘게 쪼개서 빠르게, 힘껏 떨어야 했다. 이른바 쉐이크 롤

142

(shake roll) 주법이었다.

나는 진지한 얼굴로 탬버린의 주법을 전하는 송을 볼 때마다 웃음이 나왔다. 왜 그렇게까지 탬버린에 집착하느냐고 물었을 때, 송은 대답 없이 한참 탬버린의 가장자리를 매만지다가 입을 열었다.

"탬버린에 달린 이 동그란 금속을 뭐라고 하는 줄 아니? 징글(jingle)이라고 해."

"징글? 징글벨 할 때 그 징글?"

"아마 그럴 거야. 악기에 달린 짤랑거리는 금속 방울을 통틀어서 징글이라고 하니까. 얘의 이름을 알고부터는 말이야, 탬버린을 흔들 때마다 징글징글징글, 하는 소리가 들리는 것 같아. 나는 그 소리가 좋아. 나만 징글징글하게 사는 게 아닌 거 같아서. 어때? 너도 들리니?"

송이 징글이 모두 떨어져나가지 않을까 걱정될 정도로 탬버린을 세게 흔들었다. 탬버린은 형체가 보이지 않을 정도로 빠르게 떨렸다. 송의 가느다란 팔목에서 푸른 심줄이 불거져나왔다.

열여덟살의 나는 삶이 징글징글하다는 송의 말을 제대로 이해하지 못했다. 그럼에도 무엇이 그 아이의 삶을 징글징글하게 짓누르는지 차마 물어볼 수 없었다. 송이 혼신의 힘을 다해 탬버린을 흔들 때면 뭔가를 털어버리려 한다는 인상을 받았기 때문이다. 동그란 금속들이 부딪치면서 퍼지는 소리가 요란하면서도 처연하게 마음을 울렸다.

내 인생에서 굳이 그렇게까지, 뭔가를 열심히 해본 것은 탬버린이 처음이었다. 정말 탬버린이 징글징글 하고 울리는 거라면 그것에 호응하는 게 우정이라고 생각했다. 나는 송과 같이 박자를 타고 노는 게 좋았다. 우리는 간주 점프 버튼을 누르는 대신 가사가 없는 구간에서 더 신나게 몸을 흔들었다. 때로는 노래를 불러야 하는 대목에서도 마이크를 내려놓고 서로 마주 보고 춤을 추면서 탬버린만 울려대기도 했다. 음악은 가사를 얹지 않아도 음악일 수 있지만, 탬버린은 누군가가 흔들어주지 않으면 존재의 의미가 사라지게 되는 거라고, 탬버린의 존재를 확인해주기 위해서는 힘껏 흔들어줄 수밖에 없다던 송의 말을 떠올리며 나는 간주를 틈타 가쁜 숨을 몰아쉬었다.

다행히 탬버린 실력이 녹슬지는 않은 모양이었다. 노래가 끝났는데도 열광적으로 박수를 치는 사람들을 보면서 신입사원 정은수의 존재감은 확실히 보여주었다는 생각에 뿌듯한 마음마저 들었다. 누군가가 앙코르를 외쳤다. 이런 재주가 있는 줄은 몰랐다며 상무가 일어나 엄지를 치켜들었다. 대표는 탁자를 두드리며 크게 웃었다. 점수는 86점이었다. 점수야 아쉽지만, 내용 면에서는 상대 팀 신입사원에 뒤지지 않았다는 생각을 하면서 자리로 들어가려는데 앙코르 소리가 잦아들지 않았다.

"한곡만 더 해요. 2팀 신입은 상금을 받아갔는데, 은수 씨는 못 줘서 서운하기도 하고."

대표의 요청에 다들 약속이나 한 듯이 박수를 쳤다. 나는 못 이기는 척 앙코르를 받아들였다.

이어서 부른 노래는 평소 내 목소리와 음색이 비슷하다는 이야기를 들었던 인디가수의 록발라드였다. 얼마 전 복면을 쓰고 노래하는 음악 예능 프로에 출연해 큰 인기를 얻으면서 이제는 인디가수라는 호칭이 어울리지 않게 된 그녀의 노래는 기승전결이 두드러졌다. 노래의 절정에 해당하는 고음 부분에서 나는 최대한 소리를 크게 지르며 탬버린을 세게 흔들었다. 평소 가장 자신 있는 노래였기에 점수도 잘 나올 거라 기대했다. 하지만 결과는 100점에서 딱 1점이 모자란 99점이었다.

대표가 한곡만 더,라고 외쳤을 때 나는 상금도 필요 없고 그냥 집에 가고 싶어졌다. 1점 때문에 상금을 못 주게 된 게 너무 안타까우니 한곡만 더 해보라고, 조금만 더 하면 할 수 있을 것 같다고, 대표는 부드러운 말투로 부탁하듯 말하고 있었지만 사실 강요나 다름없었다. 할 만큼 한 것 같은데 여기서 뭘 더 보여달라는 건지, 억한 감정이 솟았다. 굳은 얼굴을 풀고 억지웃음을 지어가며 한곡을 더 불렀다. 조금도 신이 나지 않았고, 점점 기운이 빠졌다. 노래가 끝나고 화면에 97이라는 숫자가 떴을 때 누군가가 탄식에 가까운 한숨을 내뱉었다. 나는 급기야 울상을 짓고 말았다.

"와, 97점이나 99점이나 100점이나 마찬가지죠! 은수씨 수고했어. 신나는 노래 잘 들었어. 은수씨 상금은 내가 줄게."

침체된 분위기를 수습하려는 듯 김상무가 너스레를 떨며 일어났다. 그는 바지 주머니에 손을 넣어 구겨진 오만원짜리를 꺼냈다. 아까 대표에게 받아 주머니에 꽂아둔 돈이었다.

"김상무님, 그건 아니죠. 룰에 어긋나잖아요. 규칙은 규칙이니까요."

대표가 돈을 도로 집어넣으라는 손짓을 하며 김상무를 싸늘하게 쳐다보았다. 상무의 얼굴이 붉게 달아올랐다.

"99점과 100점은 엄연히 다릅니다. 그건 신입사원뿐 아니라 여기 있는 직원들 모두에게 내가 하고 싶은 말이에요. 요즘같이 어려운 시기에는 더더욱 명심해야 하는 사안입니다."

테이블 위에 놓인 빈 마이크가 꺼지지 않았던 모양이었다. 대표의 말이 에코음으로 퍼졌다. 메아리처럼 대표의 음성이 울리는 노래방 안이 어두운 동굴처럼 느껴졌다. 불과 오분 전만 해도 음악에 맞춰 몸을 들썩이던 사람들이 눈을 내리깔고 땅바닥만 쳐다보고 있었다.

*

며칠 전 만났던 반장의 얼굴이 눈앞에 어른거렸다. 반장도 1점 때문에 인생을 망쳤다고 울먹거렸다. 반장과 마주친 곳은 노량진 한복판에 위치한 교원 임용고사 학원의 여자 화장실이었다. 옆 세면대에 서서 나란히 손을 씻고 있다가 내가 먼저 반장을 알아보았다. 트레이닝복을 입고, 머리를 질끈 묶은 채 찬물로 세수를 하고 있는 수험생의 옆모습이 십여년 전 여고 시절의 반장과 너무나 똑같아서 깜짝 놀랐다.

"어머 반장, 너 맞지? 정말 그대로네. 하나도 안 변했다."

동그란 은테 안경과 이마에 난 여드름마저 똑같았다. 반장은 처음에 나를 알아보지 못했다.

광고 전단지를 의뢰한 학원 관계자와 디자인 수정 미팅을 하고 회사로 돌아가던 길이었다. 첫 외근이라 평소 입지 않던 검은색 정장을 말쑥하게 차려입었고, 엄마에게 진주 귀걸이와 명품백도 빌려 나왔다. 반장은 내가 미대에 갔고, 디자이너가 됐다는 말에 입술을 잘근 깨물었다. 반장은 삼년째 영어 교사 임용고사를 준비 중이라고 했다. 재작년에는 2점 차, 작년에는 겨우 1점 차로 떨어졌다며 풀 죽은 목소리로 말했다.

"큰 회사야? 유명한 회사야? 돈은 많이 주니?"

얼마 전 취업을 했다고 하자 추궁이라도 하듯 반장이 물었다.

"아니야, 그냥 직원 서른명 정도 되는 작은 회사야. 월급도 적어. 그나마 정규직이라서 다행이라고 생각하면서 다니고 있어. 그나저나 진짜 반갑다."

내가 웃으며 악수를 청했다. 반장은 웃지 않았고, 무표정한 얼굴로 나를 빤히 바라볼 뿐이었다. 나는 어색하게 빈손을 거둬들이며 올해는 꼭 잘될 거라는 위로를 건넸다.

"전교 일등만 하던 너 같은 애도 삼수라니, 임용고사가 어렵긴 어려운 모양이네. 그래도 이번에는 진짜 잘될 거야. 그동안 잘해왔잖아."

반장의 눈빛이 매섭게 변했다. 입술을 실룩거리다 주먹을 한번 부르르 떨더니 성난 얼굴로 나를 노려보았다. 영문을 모르겠다는 눈빛을 보내는 내게 반장은 대뜸 비난 섞인 말들을 쏟아냈다.

"난 이런 게 정말 싫어. 너 같은 애들이 잘되는 게…… 너처럼 인생 쉽게 풀리는 애들이 너무 싫단 말이야."

내 딴에는 위로와 격려를 하고 싶었던 건데, 반장은 그조차 거북하게 느껴진 모양이었다. 그렇다 해도 십여년 만에 우연히 만난 동창에게 이런 폭언은 심하다 싶었다.

처음에는 말문이 막혀 아무 대꾸도 못하다가 혼자만

당하기 억울해 차가운 음성으로 쏘아붙였다.

"너 무슨 말을 그렇게 하니? 니가 뭘 알아? 내 인생이
쉬웠는지 어려웠는지 니가 봤어?"

그 순간 반장이 울음을 터뜨렸다. 내 말에 상처를 받아
서 운다기보다는 제 자신이 부끄러워서 우는 울음 같았
다. 반장이 겨누고 있는 미움의 칼끝이 실은 내가 아니라
자기 자신에게 향해 있다는 생각이 들었다. 반장은 지금
스스로에게 상처를 입히며 벌을 주는 것 같았고, 그래서
더 아파 보였다.

"하느라고 하는데도 잘 안 돼. 요즘은 공부는 잘 안 되
고, 작년에 놓친 그 한 문제만 계속 떠올라. 그 문제만 맞
혔더라도……"

반장은 몰릴 데까지 몰린 사람의 얼굴을 하고 있었다.
전교에서 공부를 가장 잘했고, 서울대 영어교육학과에 합
격해 교문 앞에 플래카드까지 붙었던 반장이었다. 점심
시간조차 쪼개 쓰던 반장도 번번이 낙방하는 시험이라니,
겨우 1점 때문에 교사의 꿈이 좌절돼야 하는 상황 자체가
반교육적이라는 생각이 들었다. 나는 더이상 아무 말도
하지 못하고, 흐느끼고 있는 반장의 어깨를 약하게 쓰다

들었다.

울음이 잦아든 반장이 다시 세면대로 가서 찬물로 세수를 했다. 핸드백에서 손수건을 꺼내 반장에게 건넸다. 반장은 손수건을 못 본 체하고 고개를 돌려 벽면에 걸린 종이 타월을 뽑아 얼굴을 닦았다. 나는 그 뒤에 멀뚱히 서서 거울에 비친 반장의 모습을 바라보았다.

"송현지, 소식 알아? 걔 지금 서울에 있는데."

송이 서울에 있을 거라고는 생각하지 못했다. 송과는 연락이 끊긴 지 오래였다.

"임용고사 2차 영어 면접 준비하느라 이태원에서 영어 회화 스터디를 하거든. 이태원 오가면서 우연히 만났어. 걔 지금 터키 아이스크림 전문점에서 일해. 춤추면서 아이스크림 파는 덴데 보고 있으면 꽤 재미있더라. 나한테 아이스크림도 몇번 공짜로 퍼주고 그랬어. 가끔 시간 맞으면 밥도 같이 먹기도 하고…… 연락처 아는데 알려줄까?"

반장의 말투가 한결 누그러들었다. 아직 눈가에 붉은 기운이 가시지 않은 상태였다. 이태원이면 이곳 노량진에서도, 회사가 있는 논현동에서도 멀지 않은 곳이었다. 내가 대답을 못하고 머뭇거리자 반장은 제 번호를 알려주었다.

"나중에라도 궁금하면 나한테 다시 연락해. 너희 둘 제일 친했잖아."

*

전학 후 겨우 한 학기 만에 나는 다시 서울로 돌아와야 했다. 더이상 떨어질 곳이 없을 정도로 급격하게 추락한 성적이 엄마가 내세운 표면적 이유였고, 엄마가 새 애인과 헤어지게 된 것이 결정적인 이유였다. 엄마는 그간 연애를 하느라 내게 소홀했던 시간들을 보상이라도 하려는 듯 내 진로와 성적에 더 극성맞은 관심을 쏟아부었다. 엄마는 내가 지방에 내려가 지내는 동안 이상한 친구를 사귀어 애를 버려놓았다며 혀를 끌끌 찼지만, 송이 아니었다면 나는 인생이 지루하다고 계속 불평만 하면서 무기력하게 살아갔을 것이다. 아무 일도 일어나지 않아서 인생이 재미없는 게 아니라 아무것도 하지 않아서 재미없었다는 것을 송은 내게 알려주었다.

전학 가던 날 나는 송에게 "연락할게"라고 했고 송은

"잊지 않을게"라고 했다. 이곳에서의 기억을 오래도록 간직하라며 송이 선물로 건넨 연습장은 직접 그린 소묘화로 처음부터 끝까지 채워져 있었다. 추억의 장소와 순간 들로 메워진 연습장을 넘겨보며 나는 조금 울었다. 탬버린을 치면서 놀았던 등나무 벤치라든지, 식사 순서를 기다리며 줄을 서던 급식소 건물이라든지 사진을 찍은 것처럼 사실적으로 그려진 교정(校庭)의 풍경에 잊었던 기억이 떠올랐다. 노래방과 관련된 그림이 특히 많았는데 역동적으로 뛰고 있는 단발머리 소녀는 나와 많이 닮아 있었다. 우리가 자주 가던 3번 방에 놓인 패브릭 소파의 꽃무늬까지 세밀하게 그려진 그림을 보고는 눈물을 흘리던 와중에도 크게 웃어버렸다. 나는 송이 생각날 때마다 송의 그림을 색연필로 덧칠했다.

엄마는 책상 위에 펼쳐진 연습장을 보고 내게 미술에 재능이 있는 것 같으니 지금부터라도 미대 입시를 준비하자고 했다. 내가 그린 게 아니라 친구가 그린 그림이고, 나는 채색만 했을 뿐이라고 해도 소용이 없었다. 너 초등학교 때 미술대회에서 상 받은 적도 있었잖아. 지금부터 열심히 하면 돼. 엄마는 자신의 정보를 총동원해 미술학원을 알아보고, 내게 불리한 과목을 공부하지 않고 갈 수 있는 대학의 전형을 알아보았다. 나는 하루 열두시간씩 미술학원에 앉아 데생 연습을 했다. 예전의 나였다면 하루 종일 공기가 탁한 화실에 앉아 코끝이 새카매지도록 선 긋기를 해야 하는 시간을 견디지 못했을 것이다. 그림을 그리는 일이 지루해질 때면 탬버린을 흔들던 손목의 감각을 떠올리려 애썼다. 리듬을 타면서 4B 연필을 움직였다. 그렇게 선이 늘어나 면이 그려지고, 음영이 채워지다보면 이것도 할 만하다는 생각이 들었다.

송에게는 자주 연락하지 못했다. 화실에서는 휴대전화 사용이 금지돼 있어서 밤늦게 집에 돌아갈 때가 되어서야 전화기를 돌려받을 수 있었다. 미술을 시작했다는 이야기를 처음 꺼낼 때 나는 마음이 무거웠다. 네가 배우고 싶었던 것을 배우고 있다고, 재미도 없고 힘들지만 그래도 연습을 해나갈수록 조금씩 실력이 느는 게 느껴져서 신기하다고, 조금 더 잘하고 싶어진다는 속마음을 털어놓기가 왠지 미안했다.

나는 첫해 대학 입시에 실패했다. 재능도 없으면서 이렇게 떠밀리듯 계속 그림을 그리는 게 맞는 건지 모르겠다고 오랜만에 송에게 전화를 걸어 말했다.

"하는 데까지 해봐야지. 안 되면 어쩔 수 없고."

송은 격려도 위로도 아닌 말을 하면서 씁쓸하게 웃었다. 송은 시내의 등산복 매장에 판매사원으로 취직했고, 몇달 지나지 않아 화장품 매장으로 일자리를 옮겼다. 송은 연락을 할 때마다 매번 말이 바뀌었다. 돈을 모아서 대학에 갈 거라고 했다가, 장사를 할 거라고도 했다. 일을 그만두고 당장이라도 새롭게 뭔가를 배울 것처럼 말하기도 했다. 뭘 배울 거냐고 물었더니 그림이라고 했다가, 네일아트라고도 했다가, 미용학원에 등록할 거라고도 했다. 계획이 바뀔 때마다 나는 송에게 잘 어울리는 일이라고, 잘할 수 있을 거라고, 용기를 북돋아주었다. 그러면서도 나는 송과 공유할 수 있는 화제가 점점 줄어든다는 생각이 들었다. 서로 바쁘다는 핑계로 연락하는 횟수가 뜸해져갔다.

나는 재수 끝에 시각디자인학과에 합격했다. 엄마가 원한 서울 소재의 사년제 대학은 아니었고, 본교가 서울에 있는 대학의 지방 캠퍼스였다. 외할머니, 그리고 송이 사는 곳과 그리 멀지 않은 도시였다. 대학에 합격하면 서로 만나기로 약속했지만, 그때는 이미 송과 연락이 끊어진 후였다. 나는 송이 변해버린 탓이라고 생각했다. 매사에 분명하고 자신감 넘치던 송이 사회생활을 시작하면서부터 매번 말이 바뀌고 앞뒤가 안 맞는 이야기를 하는 것이 내심 불편했고, 그런 송이 위태롭게 느껴졌다. 우리가 멀어진 것은 내 책임이 아니라고 나는 속으로 여러번 합리화했다.

반장의 말이 맞을지도 모르겠다. 송과 비교한다면, 내 인생은 너무 쉬웠고 잘 풀린 경우였다. 하는 데까지 해보고, 안 되면 어쩔 수 없고. 스무살의 송이 내게 건넸던 말이 다시 귓전을 울렸다. 나는 운이 좋아서 하는 데까지 해볼 수 있었고, 아마 송에게는 어쩔 수 없는 일들이 더 많았을 것이다. 송의 삶을 둘러싼 어쩔 수 없음을 나는 깊이 이해하려 하지 않았다. 최선을 다하는 삶의 무용(無用)함에 자주 빠져들었던 나는 사실 최선을 다해도 상황은 매번 쉽지 않다는 것을, 아무리 노력해도 100점을 받기가 어렵다는 삶의 잔인함을 뼈저리게 경험하지 못한 채 지금까지 지내왔다. 그렇다 해도 내 인생 역시 쉽지만은 않았다. 운이 좋았고 그나마 쉽게 풀린 축에 속해봤자, 고작 지금의 내가 되었을 뿐이다. 나 역시 하루하루 버텨내기에 급급했다. 그럼에도 버텨낼 자리 하나도 허락되지 않은 누군가에게는 이렇게 보잘것없는 나조차도 상처가 될 수 있다는 사실이 그저 답답할 따름이었다.

*

대표는 나에게 더 해보겠느냐고 물었다. 원하지 않으면 하지 않아도 된다고 해놓고, 그래도 안 되면 될 때까지 해보겠다는 자세가 이십대에는 중요하다며 한번 더 도전해보지 않겠느냐고 했다. 노래방 점수 가지고 도전씩이나, 비웃음이 터져나오는 것을 참느라 혼났다. 도전의 가치에 대해 일장 연설을 시작하려는 대표의 말을 막아서며 더 불러보겠다고 했다. 내가 가장 참을 수 없었던 것은 대표가 잔소리를 하는 동안에도 노래방 시간은 계속 줄어들고 있다는 사실이었다.

벌칙을 수행하는 심정으로 노래를 불렀다. 한 손은 마이크를, 나머지 한 손은 탬버린을 들고 있었지만 다시 탬버린을 흥겹게 칠 수 있는 기분이 아니었다. 건성으로 몸을 좌우로 흔들 때마다 탬버린 소리가 여리게 울렸다. 노래가 끝났을 때 모두가 긴장된 얼굴로 화면을 일제히 바라보았다. 이번에도 100점은 아니었다. 점점 지쳐갔지만 대표는 계속하라는 손짓을 했다. 여기까지가 한계라고, 하는 데까지 했다는 생각이 들었다. 그만해야겠다고, 여기에서 나가야겠다고 마음을 먹었다. 탬버린과 마이크를 테이블에 올려놓고 출구 쪽으로 발걸음을 돌리려는 순간, 윤팀장과 박대리가 동시에 내 이름을 부르며 일어섰다.

"은수씨, 한번 더! 한번 더! 파이팅! 파이팅!"

윤팀장과 눈이 마주쳤다. 팀장은 고개를 세차게 흔들며 애원하는 눈길로 나를 바라봤다. 거의 무릎이라도 꿇을 기세였다. 자리에서 일어난 윤팀장과 박대리가 한목소리로 파이팅을 외치면서 치어리더처럼 양팔을 높이 든 채 탬버린을 흔들었다. 골이 울릴 정도로 요란하고 시끄러운 소리에 몸이 떨렸다. 탬버린이 징글징글 하면서 울린다고, 그것이 삶의 징글맞음과 닮았다고 했던 열여덟살 송의 말이 떠올랐다. 송이 했던 말의 의미를 그제야 어렴풋이나마 이해할 수 있었다. 빌다시피 하는 표정으로 벌서듯 탬버린을 흔들고 있는 팀 선배들을 봐서 나는 마지막으로 한곡만 더 부르기로 했다. 천천히 테이블 앞으로 걸어가 탬버린은 그대로 둔 채 마이크만 집어 들었다.

나는 탬버린 없이 두 손으로 마이크를 꼭 쥔 채 절박한 도전에 임하는 사람처럼 노래에 집중했다. 절절하게 목소리를 쥐어짠 끝에 겨우 100점을 받았을 때 기쁘다기보다는 울컥 서러운 감정이 올라왔다. 대표는 수고했다는 말과 함께 오만원을 건네며 만족스러운 웃음을 지었다. 오늘의 귀한 경험을 잊지 말라는 대표에게 나는 절대 잊지 못할 것 같다고 대답했다.

2차 노래방 자리가 마무리되고 대표를 태운 차가 떠난 후, 남은 직원들은 3차 호프집으로 향했다. 맥주를 한잔씩 앞에 두고 사람들은 회식 분위기를 평하고, 서로의 활약상을 추어올렸다. 대표에게 상금을 받은 사람은 나를 포함해 네명이었다. 최팀장은 오만원을 두번이나 받아 기분이 좋다며 오늘 3차는 자신이 내겠다고 호기롭게 외쳤다. 탬버린은 대체 어디서 배웠느냐고 물으며 관심을 보이는 사람들 앞에서 나는 그냥 마음대로 쳐본 거라며 말끝을 흐렸다. 호프집 테이블에서는 오만원이 계속 화제에 올랐다. 1점, 2점 차이로 돈을 받지 못한 사람들이 아쉬움을 토

로했다. 성과연봉제 도입에 따른 각종 수당과 보너스 삭
감에 대해서는 아무도 이야기하지 않았다.

*

회식이 끝나고 집으로 돌아가는 막차 버스 안에서 나
는 여러번 헛기침을 했다. 목이 화끈거렸고, 갈증이 났다.
아이스크림을 하나 먹으면 나아지려나. 송이 일한다는 터
키 아이스크림 가게는 지금쯤 문을 닫았겠지. 기다란 봉
모양의 아이스크림 스푼을 휘두르며 멋지게 춤을 추는 송
의 모습을 상상했다. 송이 보고 싶었다. 지금이야말로 술
과 노래가 필요했다. 그리고 친구도.

반장에게 메시지를 보내려고 휴대전화를 꺼냈다. 처음
에는 송이 일하는 아이스크림 가게 이름만 물어보려다
가 카카오톡 친구 리스트에 올라온 반장의 프로필을 보고
마음이 바뀌었다. 반장은 우리가 함께 다녔던 여고의 교
문 사진을 메신저 프로필 사진으로 걸어놓고 있었다. 활
짝 열린 교문 너머로 운동장과 추억의 등나무 벤치도 보
였다. '조금 돌아가고 있을 뿐'이라고 적힌 반장의 프로필

글귀를 보면서 가슴이 먹먹해졌다. 반장은 선생님이 되어 이곳으로 다시 돌아가는 꿈을 꾸고 있는 걸까. 나는 심호흡을 한번 하고 나서, 천천히 메시지를 작성했다.

반장, 주말에 뭐 해? 나랑 같이 이태원에 아이스크림 먹으러 갈래? 현지 일 끝나는 거 기다렸다가 셋이 같이 노래방도 가자. 내가 쏠게. 공돈 오만원이 생겼거든.

버스가 두정거장 정도 되는 거리를 지나칠 무렵 반장에게 답신이 왔다.

수업은 없긴 한데 모르겠어. 음, 현지한테 한번 물어볼게. 아니다, 내가 방 만들어서 초대할 테니까 니가 직접 말해봐.

이윽고 진동음이 울리면서 채팅방이 새로 만들어졌다. 송이 채팅방에 입장했다는 안내문이 떴다.

안녕, 송? 나 은수. 오랜만이야.

떨리는 마음으로 인사를 건넸다. 다시 송을 만나게 된다면 할 말이 아주 많을 것 같기도, 아무 말도 할 수 없을 것 같기도 했다. 송의 메신저 프로필에는 아무런 사진도, 글귀도 올라와 있지 않았다.

차가 드문 밤길을 달리는 버스는 거칠게 덜컹거렸다. 기사는 속도를 한껏 높였다가 정지신호에 걸릴 때마다 급정거를 했다. 나는 버스 차체와 함께 흔들리는 휴대전화 화면을 계속 바라보았다. 새로 생긴 대화방에서는 아무런 기척이 없었다. 드디어 메시지 옆에 떠 있던 1이라는 숫자가 사라졌다. 송이 내 메시지를 읽었다는 표시였다. 나는 눈에 힘을 준 채 휴대전화 화면에 집중했다. 송에게서는 아직 답이 오지 않고 있었다.

멀고도 가벼운

보배 이모는 엄마와 오촌지간이었다. 이모는 엄마를 오촌 아주머니라고 부르는 대신 언니라고 불렀고, 엄마는 이모를 보배라고 불렀다. 보배는 이모의 일곱살 난 딸 이름이었다. 이모와 나는 육촌, 보배는 나의 칠촌 동생. 엄마는 보배 이모와 우리가 가까운 친척이라고 강조했지만 촌수를 따지는 게 더 거리감이 느껴졌다. 내게 보배 이모는 그냥 이모, 보배는 내 동생이었다. 우리가 살던 동네는 엄마의 집성촌이었다. 어른들은 처음 만난 사람과 통성명을 하며 항렬과 촌수를 따져보는 것이 인사였다. 엄마는 태어난 동네를 한번도 떠난 적이 없는 사람이었고, 이모는 대도시로 떠났다가 돌아온 사람이었다. 엄마는 그런 이모를 깎아내리지 못해 안달이었다.

"서울 가가 공부하고 좋은 대학 나온 남자 만났다고 자랑은 씨게 하드만 지금 사는 꼴이 그기 머꼬. 그 잘난 남편 혼자 외국 보내놓고 딸캉 여 내리와가 친정에 얹히사는데, 말이 친정이지 엄마 돌아가고 계모가 들어앉아 있는 집에 출가외인이 들어와가 즈그 아부지 얼굴에 똥칠을 하고 있는 기라. 하이고, 고만할란다. 그래도 우리캉은 남이 아니라 일가데이. 엄마 오촌이믄 니랑도 육수로 가까운 사이인 기라."

이모의 뒷담화를 한참 쏟아내다가 갑자기 표정을 바꾸며 이모에게 인사 잘하고 예의 바르게 굴어야 한다고 나를 다그치는 엄마의 일관성 없는 태도에 나는 자주 어리둥절해했다.

엄마는 작업반장이었다. 초벌과 재벌을 거친, 거의 완제품에 가까운 도자기가 트럭에 실려 와 우리 집 현관에 부려졌다. 엄마와 열명이 넘는 동네 아주머니들은 민짜 도자기에 꽃이나 과일 문양의 전사지를 붙였다. 물에 불린 전사지를 찻잔이나 그릇에 붙이고 나서야 디자인이 정해지고 운명이 결정되는 거라고 엄마는 진지한 목소리로 말하곤 했다. 본차이나라는 이름을 달고 백화점에서 팔려

나가는 도자기 무늬 하나하나를 손수 붙여내면서 엄마가 손에 쥐는 돈은 약소했다. 품삯은 일한 만큼 돌아갔는데 단가는 찻잔 백오십원, 밥그릇 삼백원, 국그릇 사백원 내외였다. 하루 종일 땅바닥에 엉덩이를 붙이고 앉아 작업을 해도 하루 만원을 벌기가 쉽지 않은 부업이었다.

큰돈은 아니지만 일을 해서 돈을 벌고 있다는 사실 자체로 엄마는 자긍을 느꼈다. 학교에서 집으로 돌아오면 마당에서부터 여자들의 웃음소리가 들려왔다. 현관이 넘쳐날 정도로 많은 신발이 어지럽게 널려 있는 것도 일상적인 풍경이었다. 오래된 주택이었던 우리 집 마루에는 난방이 들어오지 않았다. 방석을 깔고 앉아 도란도란 이야기를 나누며 전사지 작업을 하는 사람들 덕에 차가운 마룻바닥에 온기가 돌았다. 부엌에서는 멸치육수 냄새가 항상 은은하게 풍겼다. 우리 집에 모여 작업을 하는 동네 여자들의 점심 메뉴는 주로 잔치국수나 수제비, 칼국수 등 밀가루 음식이었다. 엄마는 커다란 스테인리스 들통에 멸치육수를 내 수제비를 끓였다. 감자와 호박을 썰어 넣은 엄마의 수제비를 후후 불며 떠먹다보면 배꼽 언저리까지 따뜻해지는 기분이 들었다. 밥상 위에는 서너가지 이상의 김치가 놓여 있었다. 저마다 김치와 밑반찬을 조금씩 가지고 와서 여러 집 음식을 비교하며 먹는 것도 나름의 재미였다.

"「응답하라 1988」 같은 건가?"

은호가 고개를 살짝 갸웃거리며 물었다. 나는 그를 흘겨보며 내 어깨에 올라와 있는 그의 손을 치웠다.

"아니, 1990년대 후반인데? IMF 이후에 도자기 공장에서 일하던 사람들이 대거 해고되고 전사지 붙이는 작업을 그렇게 외부 인력에 맡겼던 거 같아."

"그럼 집이 작은 공장이었네."

"공장이라기보다는 작업장? 시끄러운 기계가 돌아가고 그런 건 아니었으니까. 이제 자기 엄마 이야기도 해줘."

내가 재촉하자 은호는 곰곰이 생각에 잠긴 표정을 지었다가 고개를 저었다.

"그다지 할 얘기가…… 우리 엄마는 결혼한 후로 지금까지 계속 평범한 가정주부였어. 따로 돈을 벌어본 적도 없으셔."

우리 엄마 역시 평범한 주부였다. 끼니마다 반찬거리를 걱정하고, 매일 쏟아져나오는 식구들의 빨래를 빨아

널고, 집 안 곳곳을 걸레질하느라 하루 종일 허리 한번 펴기 힘들다 불평하는 와중에도 손에서 부업거리를 놓지 못하던, 공장에 다니는 아버지의 수입으로는 숨만 쉬고 살기도 벅차다며 팔을 걷어붙이던 엄마였다. "놀면 뭐 하노, 한푼이라도 벌어야지. 노느니 염불이라도 하는 기다." 실제로 우리 집에 드나드는 동네 여자들은 놀러 오는 것처럼 표정이 밝았다. 둥그렇게 둘러앉아 야무진 손끝으로 찻잔에 전사지를 붙이며 명랑하게 떠드는 말소리와 도자기가 달그락대는 소리가 동시에 마루를 채웠다. 쉴 새 없이 수다가 이어지는 가운데 고운 무늬를 입은 그릇들이 상자에 차곡차곡 쌓여가는 풍경은 경이로울 정도였다. 때로는 흥에 겨워 돌아가면서 노래를 부르기도 했다. 실제로 부업에는 관심이 없고 마실 삼아 놀러 오는 사람들도 있었다. 엄마는 그런 이웃도 내치지 않았다. 그릇 한두개 겨우 작업을 해놓고 못하겠다며 나가떨어져선 수다를 떠느라 한나절씩 마루에 엉덩이를 붙이고 있는 옆집 여자에게도 인심 좋게 수제비를 한그릇 가득 떠서 내놓았다. 오히려 엄마는 가장 일을 잘하고 열심히 하던 보배 이모를 미워했다.

이모의 남편은 뉴질랜드로 유학을 떠났다고 했다. 나는 뉴질랜드라는 이국의 이름을 여러번 중얼거리며 혀끝으로 굴려보았다. 일기장에 한번도 만난 적 없는 뉴질랜드 이모부에 대한 이야기를 길게 쓰기도 했다. 그는 국비 초청 유학생으로 학비와 생활비를 지원받으며 뉴질랜드에서 공부를 하는 중이라고, 이모도 머지않아 뉴질랜드로 떠날 거라고, 나는 이모에게 들은 이야기를 그대로 써내려가다가 마지막으로 이모와 이모부처럼 더 크고 넓은 세계에서 살아보고 싶다는 포부를 밝히면서 일기장을 덮었다. 이전에는 한번도 해본 적 없는 생각이었지만 그날 일기를 완성한 순간부터 나도 고향을 떠나 먼 곳으로 가고 싶다는 꿈을 꾸게 됐다. 일기 글로 담임선생에게 칭찬을 받았다고 말했을 때 이모는 옅은 미소를 지으며 내 머리를 쓰다듬었다. 이모가 웃는 일은 드물었기에 나는 조금 달뜬 기분이 됐다. 담임에게 제출한 일기장에는 이모가 다시 고향에 와서 어떻게 살아가고 있는지에 관해서 구체적으로 쓰여 있지 않았다. 이모는 우리 집 마루 한구석에 앉아 하루 종일 입을 꾹 다문 채 전사지 작업에 매달렸다. 동네 사람들은 이모가 자리를 비울 때면 진짜 남편이 있긴 한 거냐며 수군거렸다.

"「응답하라 1988」이랑 되게 비슷하네. 진주 엄마랑 캐릭터 겹치잖아. 남편 없고 어린 딸 있고…… 아니다, 응팔에서는 고등학생 아들도 있으니까 좀 다른가?"

은호는 당시 인기리에 방영되던 케이블 TV의 드라마에 빠져 있었다. 1980년대가 아니고 1990년대 후반의 일이라고 해도 "지방과 서울의 격차가 십년은 되니까"라고 장난스럽게 말하기도 했다. 서울 토박이인 은호는 나와 다른 점이 많았다. 그래서 나를 잘 이해하지 못했다. 취업 전까지는 연애를 할 수 없다고 그의 고백을 거절했을 때 은호는 이해할 수 없다는 얼굴로 나를 바라봤다. "취준생인 게 뭐가 문제야? 내가 지금 결혼하자고 한 거 아니잖아. 같이 도서관 다니면서 공부하고, 시간도 많이 안 뺏을게. 다 똑같지, 너나 나나 취업 못하고 있는 건." 은호는 나의 초조와 불안이 어디에서 기인하는지 몰랐다. 그런 게 뭔지를 모른다는 게 오히려 나를 편하게 해주는 면이 있었다.

은호와는 취업 스터디 모임에서 만났다. "괜찮아요. 전 커피 마셨어요. 안 먹을게요." 스터디 첫날 고집스러운 얼굴로 앉아 있던 내게 은호는 이상하게 마음이 갔다고 했다. 그즈음의 나는 더이상 밀려날 곳이 없다는 강박에 시달리고 있었다. 졸업 후 일년 반 동안 수백장의 이력서를 썼지만 제대로 된 면접 기회 한번 얻어본 적이 없었다. 화려한 스펙은 없지만 풍부한 아르바이트 경험을 통해 쌓은 사회 경험이 실무에 값지게 쓰이리라 믿습니다,라고 쓰인 자기소개서를 수백가지로 변형해 지원하는 기업과 직무에 맞게 돌려쓰던 중이었다. 학교 게시판에 올라온 하반기 공채 준비 스터디 모집 글 중에서 일부러 장소 이용비가 필요하지 않은 모임만 골라 지원했지만 스터디 모집에서조차 번번이 떨어졌다. 은호는 내가 보낸 이메일에 유일하게 긍정적인 회신을 해준 스터디장(長)이었다.

"오늘은 첫날이라 스타벅스에서 모인 거고, 다음 스터디부터는 학교 세미나실 빌려서 모이는 거 맞죠? 스터디 모집할 때 학교에서 할 거라고 올려놓고 이렇게 하루 전에 장소 바꾸는 건 경우가 아니라고 보는데요."

그럴 의도는 아니었는데 처음 만난 자리에서 나는 은호에게 따지듯 묻고 있었다. 은호는 진땀을 흘리며 미안하다고 사과까지 했다. 예약이 마감되어서 어쩔 수 없었다고, 앞으로는 미리 예약을 해서 학교에서 스터디를 하도록 하겠다며 정중하게 양해를 구했다.

"그날 네가 너무 세게 나와서 내가 뭔가 큰 잘못이라도 한 것처럼 느껴졌다니까. 그때 너 진짜 이상했어. 네가 이상하다는 게 아니라 너에 대한 느낌이 그랬어. 말은 진짜 싸가지 없게 하는데 나쁜 사람 같지가 않았어. 스터디 첫날 각자 신문 하나씩 맡아서 시사 상식 자료를 정리해 오기로 한 약속을 지킨 사람이 너 하나밖에 없었잖아. 알고 보면 좋은 사람일 거라는 생각이 들었어."

알고 보면 좋은 사람. 나는 그 말이 계속 마음에 남아서 집에 가는 길에 여러번 곱씹어보았다. 하지만 그것이 나에 대한 특별한 이해라기보다는 은호가 기본적으로 사람을 이해하는 방식이라는 사실을 깨닫기까지는 오랜 시간이 필요하지 않았다. 지각과 결석이 잦고 성실하지 못한 선배를 스터디에서 내보내자고 했을 때에도 은호는 고개를 저었다. "그 형 알고 보면 좋은 사람이야, 스터디 자료도 늦게 올려서 그렇지 한번도 펑크 낸 적은 없어. 형 동기들이 거의 다 취업해서 은근히 정보도 많이 주잖아." 좁아터진 집성촌에서 동네 어른들의 입방아에 오르내릴 짓을 해서는 안 된다는 말을 귀에 인이 박이도록 들어왔고, 끊임없이 친척이자 이웃인 누군가의 험담을 접하며 자랐던 나는 스스로는 물론 타인에게도 엄격한 잣대를 들이댈 때가 많았다. 나와는 달리 누구를 만나든 그 사람의 장점을 쉽고 빠르게 찾아내는 은호의 재주는 놀라운 구석이 있었다.

데이트 비용을 아끼려고 싼 집만 찾아다니는 나를 은호는 시골 깍쟁이라고 장난 삼아 놀리곤 했다. "내가 낼게. 비싼 거 먹어도 돼." 나는 고개를 저으며 내 몫의 밥값을 냈다. 서로 백수인 처지에 은호에게 부담을 지우기는 싫었다. 우리의 연애가 어떤 식으로든 서로에게 부담이 되어서는 안 된다고 여겼다. 연애라는 것이 서로가 서로에게 얼마간의 부담을 지우고 그것을 기꺼이 감당하는 일이라는 걸 그때의 나는 알지 못했다. 나는 두려웠다. 여자친구에게는 아까울 게 없다며 사람 좋은 웃음을 짓던 은호도 쌓이고 쌓이다보면 내게 비난의 화살을 겨누게 될 것 같았다. 도대체 염치라는 게 없다고 보배 이모를 비난하던 엄마처럼.

세상에 공짜는 없다고 엄마는 자주 강조했다.

"말이 공짜지, 우리 집에서 공짜로 점심 얻어묵는 사람은 보배밖에 없다카이. 다들 맨입으로 얻어묵기 미안타 카믄서 김치도 갖고 오고, 밀가루나 쌀도 팔아 오고, 하다못해 즈그 집 마당에 있는 상추나 파 한뿌리라도 뽑아가갖고 오는데, 그기 다 정 아이가. 근데 걔는 우째 눈곱만한 정도 없노. 지 잘났다 이거지. 지는 대학도 나오고 서울 물도 묵고, 그래 잘났으믄 우리캉 겸상은 와 하나 몰라."

저녁상을 치우고 아버지의 작업복을 다리면서도 엄마는 이모를 욕하느라 바빴다. 한참 묵묵히 듣고 있던 아버지조차 역정을 낼 정도였다.

"고마해라, 같은 집안 사람들끼리. 오죽하믄 그라겠나."

"내가 같은 집안 사람이라서 더 그란다 안 카요. 내가 딴 사람들 보기 넘사시럽다니까. 우리 집안에 그래 얼굴 뚜껍은 사람이 없는 기라. 맨날 보배까지 델꼬 와가 두 식구 배부르게 묵고 놀다 간다 아이가. 지연이 쟈가 보배랑 놀아주는 동안 지는 돈 벌고, 우리 집이 즈그 아 봐주는 탁아손 줄 아나. 그라믄서 지연이 쟈한테 눈깔사탕 하나 사주는 꼴을 몬 봤다."

174

"엄마, 내가 보배 봐주는 거 아닌데. 우리 같이 노는 건데. 그리고 보배 이모가 나한테 아이스크림 많이 사줬는데."

"언제? 무슨 아이스크림?"

"보배랑 놀이터에서 놀고 있으면 아이스크림 사 와서 셋이 같이 먹었어요. 백원짜리 쭈쭈바."

"쭈쭈바? 하이고, 갸가 그렇다니까. 빵빠레를 사줘도 모자랄 판에 불량식품이나 사주고. 니 앞으로 이모가 사주는 거 묵지 마라. 드룹고 앵꼽아서 안 묵는다 캐라."

보배는 유치원에도 다니지 않았고, 제 엄마를 따라와 하루 종일 우리 집에서 시간을 보냈다. 내가 학교에서 돌아오면 그 아이는 강아지처럼 달려나와 기뻐했다. 보배를 데리고 나와 동네 놀이터에서 시간을 보내고 있으면 일을 끝낸 이모가 우리를 찾아왔다. 서로 다른 색깔의 쭈쭈바를 입에 문 채 보배와 나, 그리고 이모는 시소를 타곤 했다. 보배와 내가 같은 편에, 이모가 반대편에 앉은 채로 시소를 탈 때의 이모는 평소와는 달랐다. 잘 웃었고, 묻지도 않은 말을 길게 늘어놓기도 했다. 주로 이모부가 살고 있는 뉴질랜드에 관한 이야기였다. 뉴질랜드가 얼마나 넓은 나라인지, 그 나라 자연환경이 얼마나 아름다운지에 대해 이모는 마치 그곳에서 오래 살다 온 사람처럼 이야기했다. 뉴질랜드에서의 삶을 들뜬 표정으로 그리고 있는 이모의 얼굴을 정면으로 마주한 채 시소를 타다보면 나도 덩달아 신이 났다. 나는 시소가 땅에 닿는 순간 최대한 높이 튀어오르려 발을 세게 굴렀다. 이모가 뉴질랜드 이야기를 해줄 때마다 보배는 "엄마 우린 뉴질랜드 언제 가요?" 하고 반복해서 물었다. "보배가 영어 잘하게 되면, 보배가 영어 동화 전집 마스터하면." 이모 역시 같은 답을 여러번 되풀이했다. 해가 뉘엿뉘엿 지고 놀이터에 있던 아이들이 하나둘 저녁을 먹으러 가는 시간에도 이모와 보배는 놀이터 벤치에 앉은 채 집에 돌아가지 않았다.

"이모, 왜 집에 안 가요?"

이모는 내 물음에는 대답하지 않고 엄마가 기다리시니 어서 집에 가서 저녁을 먹으라고 말했다. 어린 시절 좀처럼 잘 먹지 않는 아이였던 나는 배가 고프지 않다며 보배 옆에 자리를 잡고 앉았다.

"우리 비밀 편지 읽을 건데. 언니 있으면 안 되는데."

보배가 나를 빤히 바라보며 말했다. 나는 영문을 모르

겠다는 얼굴로 이모를 바라봤다. 이모는 조금 곤란한 표정을 짓다가 목소리를 낮춘 채 내게 물었다.

"음, 오늘은 지연이도 같이 읽을까? 이모랑 보배랑 뉴질랜드에서 온 비밀 편지 읽을 건데 지연이도 비밀 지킬 수 있어?"

나는 고개를 끄덕였다. 이모는 천으로 된 작은 손가방에서 가장자리가 빨간색과 파란색으로 장식된 국제우편 봉투를 꺼냈다.

이모는 남자 어른의 목소리를 흉내 내면서 동화 구연을 하듯이 편지를 읽었다. 나는 숨을 죽인 채 이모 쪽으로 몸을 기울였다. 비자 문제가 해결되어 아빠는 그 어떤 때보다 편하게 주말을 보냈고, 농장 근처로 숙소를 옮기면서 예전보다 여유 시간이 생겨 소식을 전한다. 우리 보배 오늘도 엄마 말씀 잘 듣고 밥 잘 먹었니? 보배가 목청을 높여 "네" 하고 대답했다. 비밀 편지라는 말에 괜히 가슴이 두근거리면서 심각한 표정을 짓고 있던 나와는 달리 보배의 얼굴에는 웃음기가 가득했다.

명절 전 납품 물량이 많은 주간에는 우리 집에 모이는

사람들이 평소보다 많아졌고, 마루에는 긴장감이 감돌았다. 동네 여자들은 수다는커녕 화장실 갈 틈도 없이 전사지 작업에 매달렸다. 부엌에서 국수를 끓이고 설거지를 할 시간도 없었다. 그런 날은 중국집에서 점심을 시켜 먹었다. 자기가 고른 음식 값은 개개인이 치르고, 탕수육 값만 엄마가 내주는 식이었다. 이모는 입맛이 없다며 점심을 먹지 않고 계속 일을 하겠다고 말했다. 평소의 엄마라면 밥값을 내줄 테니 억지로라도 한그릇 먹으라고 했을 텐데, 그날따라 못마땅한 표정을 지으며 이모에게 눈을 흘겼다. 엄마가 그럼 보배는 어쩔 거냐고, 애도 굶길 생각이냐고 물었다. 이모는 머뭇거리다가 나를 바라보고 눈을 찡긋하며 웃었다.

"지연이랑 나눠 먹으라고 할게요. 지연이 어차피 짜장면 한그릇 혼자 다 못 먹지?"

나는 이모를 따라 웃으며 고개를 끄덕였다. 순간 엄마가 소리쳤다.

"짜장면 한그릇을 몬 묵기는 와 몬 묵어! 안 그래도 반에서 작은 축에 드는데 묵는 기 부실해서 우짤라 카노!"

나는 이번에는 잔뜩 눈을 부라리고 있는 엄마를 보며

고개를 끄덕였다. 이모는 더이상 가타부타하지 않고 짜장면 한그릇을 주문했다. 이모는 자기 몫의 짜장면을 거의 먹지 않고 보배에게 덜어주었다. 식사 중인 동네 여자들 중 누구도 이모에게 왜 먹는 게 시원찮느냐고 묻지 않았고, 탕수육이나 서비스로 나온 군만두도 권하지 않았다. 나는 절대 남겨서는 안 된다는 엄마의 엄포에 울다시피 하며 짜장면 한그릇을 겨우 다 비웠다.

동네에 피시방이 처음 생겼을 때 나는 보배를 데리고 그곳에 가보았다. 나는 보배와 피시방 의자 하나에 엉덩이를 나란히 붙이고 앉아 이메일 주소를 만들었고, 보배의 것도 만들어주었다. 각자의 이름에 생일로 숫자를 붙인 주소였다. 박지연이라는 내 이름의 영문 이니셜을 따서 만든 jyp1016이라는 아이디의 이메일 주소를 나는 지금껏 쓰고 있다. 갓 스무살이 된 내게 보배가 'Hi, Jiyeon unny!'라는 제목으로 이메일을 보내왔을 때, 당시 어렸던 보배가 그 주소를 그때까지 정확하게 기억하고 있다는 사실이 반갑고 기뻤다. 그 아이는 외국 사이트의 이메일 계정을 쓰고 있었지만 내가 만들어줬던 treasure0428이라는 아이디는 그대로 쓰고 있었다. 보배는 내게 영어로 짧은 메시지를 보내왔다. 대학에 입학한 것을 축하한다, 어머니가 선물을 보내고 싶어하니 지내는 곳의 주소를 알려달라는 내용이 전부였다. 이메일의 어조는 지극히 사무적이고 건조했다. 외국어에서 오는 거리감 때문인지 이제 다정한 인사를 나누기에는 너무 긴 세월이 지난 탓인지는 알 수 없었으나 짧은 글에 답신을 길게 보내는 것도 조심스러웠다. 나 역시 영어로 간단한 인사와 함께 내 주소를 보냈다. 내가 머리를 빗겨주고 그네를 밀어주었던 보배가 어떻게 자랐을지 궁금했지만 살갑게 근황을 묻기는 망설여졌다. 당시 보배는 일곱살에 불과했으니 나와의 시간을 제대로 기억하지 못한다고 해도 이상할 것이 없었다.

이모가 내게 보내온 것은 뉴질랜드산 양모 이불 한채였다. Hye-ok이라고 적힌 영문 이름을 보고서야 이모의 이름이 안혜옥이라는 사실을 처음 알았다. 대학 입학을 축하한다. 객지에서 춥지 않기를 바라며. 나는 단 두줄만 적혀 있는 혜옥 이모의 카드를 손에 쥔 채 한참 들여다보았다. 이모라고 불렀지만 진짜 이모는 아니었던 사람, 먼 나라에서 육촌 조카에게 국제우편으로 양모 이불을 보내온 이모의 마음이 어떠한 것이었는지 나는 모른다.

이모가 보내온 이불은 보드랍고 폭신했다. 그 이불이 아니었다면 서울에서의 시간이 더 춥고 시렸을 거라고 생각한다. 뉴질랜드산 양모 이불은 내가 가진 것 중 가장 값나가는 것이었다. 자취방 침대에 누워 그것을 덮고 있노라면 대단한 호사를 누리고 있다는 기분마저 들었다. 특별히 좋은 것을 누리고 살아오지 않았다고 생각했는데 서울에 온 이후 과거에 당연하다고 여겼던 것들 중 많은 것을 포기하게 됐다. 번듯하게 차려진 따뜻한 밥 한끼, 햇볕에 보송하게 말린 빨래 같은 것들이 사치가 되어버린 지 오래였다. 고향 집의 내 방보다 더 좁고 누추한 방에서 고향에서 입던 잠옷을 그대로 입고 누워 잠을 설칠 때면, 고집을 피워 서울로 왔지만 결국 변한 것은 아무것도 없다는 우울감에 휩싸였다. 그런 나에게 선물로 당도한 새 이불의 질감은 내가 과거와는 다른, 새로운 세상에서 눈 감고 눈뜨고 있다는 것을 실감하게 해주었다. 두툼한 이불 속에 몸을 넣어 온기를 느끼면서 먼 타국에서 살아가고 있을 이모를 생각하는 일은 내게 다정한 마음을 불러일으켰고, 그것은 당시의 나에게 도움이 되는 일이었다.

휴학과 복학을 반복하고, 졸업을 한 이후에도 이모가 보내준 이불은 나와 함께했다. 잠자리가 바뀌어 매일 덮던 이불이 없으면 밤새 잠을 제대로 자기 어려웠다. 나와는 달리 은호는 어디에서든 쉽게 곯아떨어지는 편이었다. 학교 앞 모텔에서 밤을 보낼 때마다 내 옆에서 깊은 잠에 빠진 은호를 혼자 두고, 걸어서 십분 거리의 자취방으로 가 내 이불을 덮고 편안하게 자고 싶다고 생각했다. 내 방으로 가자고 했을 때 은호는 놀라면서도 기뻐했다. 좁고 누추한 공간이었지만 은호는 개의치 않아했고, 내 방에 초대받았다는 사실 자체에 상당히 들떠 있는 것처럼 보였다. 우리는 옆방으로 소리가 새어나가지 않도록 주의하며 숨죽여 서로의 몸을 더듬었다.

좁은 침대에서 은호의 몸에 바짝 붙은 채 내가 칠년째 쓰고 있는 뉴질랜드산 양모 이불에 대한 이야기를 들려주었다. 사실 은호는 내가 이야기를 시작할 때부터 이미 반쯤 눈꺼풀이 감겨 있었다. 가수면 상태에서 건성으로 대답하고 있다는 걸 알면서도 나는 이모에 대한 이야기를 길게 늘어놓았다.

"이불 부드럽고 따뜻하지? 오래 썼는데도 솜이 별로 죽지도 않았어."

"무거워."

은호가 잠꼬대하듯 말했다. 나는 은호의 몸에 반쯤 올라타다시피 붙어 있는 내 몸을 두고 하는 말인 줄 알고 흠칫 놀라 그를 감싸안고 있던 팔다리를 풀었다.

"무겁고, 불편해."

은호가 이불을 걷어내고 그 위로 올라가 다시 잠을 청했다. 무겁다고 한 게 내가 아니라 이불이라는 걸 그제야 알았다. 나는 이불을 깔고 누운 은호 옆에서 같은 이불을 덮은 채 밤새 잠을 설쳤다. 은호가 이불을 짓누르고 있어서 자는 도중에 자세를 바꾸기도 쉽지 않았다.

다음 날 아침, 은호는 자신이 잠결에 한 말을 기억하지 못했다.

"밤새 안 추웠어? 무겁다면서 이불도 안 덮고 잔 거 기억나?"

"내가? 자면서 그런 말을 했어? 완전 잘 잤는데."

"어떻게 머리만 대면 바로 잠드는지, 정말 그것도 재주다. 근데 은호 너 집에서도 이불 안 덮고 자?"

"이불? 덮고 자지."

"너는 집에서 이불 뭐 덮어?"

"구스 이불. 그게 가볍긴 하거든. 덮었는지 안 덮었는지도 잘 모를 정도야."

은호는 이년 전 형수가 결혼하면서 선물한 헝가리산 구스다운 침구 세트를 쓰고 있다고 말했다.

서울에 다니러 온 엄마는 내 자취방에 누워 태어나서 이렇게 좋은 이불은 처음 덮어본다고 말했다. 사람은 역시 베풀고 살아야 한다고, 어렵게 사는 동생을 거둔 은덕이 돌아왔다고 말하는 엄마에게서 이모를 험담하고 은근히 따돌리던 과거의 모습은 찾아볼 수 없었다.

엄마는 수다도 떨지 않고 휴식 시간도 따로 없이 묵묵히 일만 하는 이모 때문에 작업장 분위기가 너무 삭막해진다고 마뜩지 않아하면서도 이모만큼 일을 똑 부러지게 하는 이도 드물다고 인정했다. 하루 종일 젖은 전사지를 찻잔에 붙이느라 손에 물 마를 새 없이 바쁜 이모에게 사람들은 왜 그렇게까지 악착같이 일을 하느냐고 물었다. 이모는 진지한 목소리로 이 일이 자신에게는 부업이 아니라 생업이라고 답했다. 남편이 뉴질랜드에서 자리를 잡는 동안 돈을 보내줄 수 없는 상황이라 보배 우유라도 사 먹이려면 돈을 벌어야 한다고 했다. 그 말을 듣고도 사람들은 이모가 독하다며 뒷담화를 했다. 가장 일을 열심히 했던 이모가 왜 그 공간에서 가장 무시당하는 사람이었는지 나는 지금도 모르겠다. 전사지 작업을 하기 위해 우리 집에 모인 사람들은 돈 때문에 이 일을 하는 게 아니고 그냥 재미 삼아 하는 거라고 자주 강조했다. 다들 한푼이 아쉬운 처지였지만, 여자가 그악스럽게 돈을 벌러 다니는 건 남편의 체면을 깎는 일이라는 분위기가 당시 시골 마을에는 있었다.

　이모는 스스로 정해놓은 할당량을 채울 때까지 집에 돌아가지 않았다. 어쩌다 아버지가 일찍 귀가한 날이면 사람들은 하던 일을 바로 접고 재빠르게 집으로 돌아갔다. 하지만 이모는 엄마가 아무리 눈치를 줘도 아랑곳하지 않은 채 자기 몫의 일을 모두 끝낼 때까지 마루에서 한 자리를 차지하고 있었다. 왜 저렇게 눈치가 없는지 모르겠다고 엄마는 혀를 끌끌 찼지만 나는 그 이유를 짐작할 수 있었다. 아마 이모부 생각을 했을 것이다. 이모부가 일하는 농장에서는 빈이라고 불리는 커다란 상자에 만다린을 따서 채워야 하는데 그는 언제나 기본량으로 정해진 3빈을 넘어 5빈 이상 채우고 퇴근해 남들보다 급여를 많이 받는다고 했다. 하루 종일 나무에 매달려 만다린을 따느라 손이 부르틀 정도인 이모부에 비하면 물에 불린 전사지를 만지느라 손가락 끝이 쭈글쭈글해지는 건 아무것도 아니라고 이모는 담담하게 말했다. 공대를 나와 박사가 되려고 뉴질랜드에서 공부를 하고 있다던 이모부가 대학의 실험실 대신 농장에서 과일을 따고 있다는 상황이 이상해 보이긴 했지만 그것이 구체적으로 무엇을 의미하는지, 그가 타국에서 어떤 시간을 견디고 있는지 열한살에 불과한 나는 잘 알지 못했다. 오히려 편지글을 낭독해주는 이모의 목소리와 어조가 너무 사근사근하고 안온해서 이모부의 일상이 낭만적으로 들리기까지 했다. 만다린은 귤과 비슷하게 생겼지만 귤보다 더 크고 달콤하지. 지금 아빠의 방 안은 농장에서 가져온 만다린 향기로 가득하단다. 아마 이 편지에도 향긋한 냄새가 배어 있을 거야. 보배와 나는 이모의 낭독이 끝나기가 무섭게 편지지에 코를 대고 킁킁거렸다.

엄마가 유난히 물량을 많이 받았던 주간에 손이 달려

평소보다 더 많은 사람이 우리 집에 불려 왔다. 부업 경력이 많지 않은 사람들까지 동원되어 겨우 작업을 끝내고 납기일을 맞추기는 했는데 공장의 검사 기준을 통과하지 못한 불량품이 많이 나왔다. 공장에서는 불량품에 대한 임금은 지급하지 않았고, 누구의 것에서 불량이 얼마나 나왔는지는 정확히 알 수 없어서 엄마는 난감해했다. 어쩔 수 없이 일괄적으로 돈을 깎아서 줄 수밖에 없다고 사람들에게 통보하자, 속으로는 불만이 있었겠지만 누구 하나 대놓고 항의하지는 못했다. 양반가 집성촌에서 돈 몇 푼을 더 받으려고 목소리를 높이는 것은 부끄러운 일로 여겨졌다.

그 일에 대해 엄마를 찾아와 따져 물은 사람은 보배 이모뿐이었다. 이모는 밤 10시가 다 되어가는 시간에 우리 집 대문을 두드렸다. 밖에는 비가 많이 내리고 있었다.

"언니도 아시잖아요. 저는 한번도 불량품을 내본 적이 없어요."

이모는 현관에 선 채로 부들부들 떨고 있었다. 엄마는 이모에게 집 안으로 들어오라는 소리도 하지 않았다.

"니가 일 잘하는 건 나도 알지. 그래가꼬 매번 니 불러

주잖아. 니 이카니까 나도 서운하네. 내 딴에는 우리가 일
가라서 니를 더 많이 챙기왔다고 생각하는데."

"저야말로 계속 참아왔는데요, 그동안도 매번 조금씩
깎여서 돈 나올 때마다 제가 말 안 하고 있었다고요. 말이
나와서 말인데 백원짜리 끝전은 왜 매번 떼고 주세요?"

"시상에! 니 그동안 그거 다 세알리고 있었나. 니 우째
그래 계산적이고?"

"계산적인 게 왜 나쁜 거예요? 저는 계산적인 게 나쁘
다고 생각 안 해요. 계산을 틀리게 하는 게 나쁜 거죠."

비가 억수같이 내리던 날 이모는 온몸이 비에 젖어 물
이 뚝뚝 흘러내리는 가운데 우리 집 현관에 신발도 벗지
않고 서서 자신이 작업한 물량 개수대로 정확히 돈을 받
아야겠다고 소리쳤다. 엄마는 그런 이모를 기가 찬다는
표정으로 팔짱을 끼고 내려다보았다. 나는 방문을 겨우
반뼘 정도 열어놓고 그 광경을 훔쳐보았다. 나는 엄마와
이모가 싸우는 것을 원치 않았다. 나는 늘 내가 엄마보다
는 이모와 비슷한 점이 많다고 생각했고, 심심풀이처럼
이모를 헐뜯는 엄마가 싫었다. 하지만 비 오는 날 밤 우리
집에 찾아와 소리를 지르고 엄마를 몰아붙이는 이모를 나

도 모르게 문틈으로 노려보고 있었다.

　그로부터 얼마 지나지 않아 이모는 고향을 떠났다. 그리고 몇년 후 뉴질랜드에 정착했다는 이야기를 전해 들었다. 이모가 고향을 떠나 바로 뉴질랜드로 간 것인지, 아니면 다른 도시로 갔다가 출국한 것인지는 정확히 모른다. 그날 밤 결론이 어떻게 났는지도 생각나지 않았다. 언쟁이 아주 길었고 이모가 어서 우리 집에서 나가주길 속으로 간절히 바랐던 기억만 남아 있다. 그때 엄마가 이모가 요구한 대로 돈을 제대로 주었는지, 이모가 포기하고 그냥 집으로 돌아갔는지 나중에 물었을 때 엄마는 그런 일이 아예 없었다고, 이모와 싸운 적이 없다고 말했다. 엄마와 이모는 친자매처럼 사이가 좋았다고, 이모가 사정이 어려워 엄마가 가까이에서 많이 챙겼다고, 지금도 뉴질랜드 이모가 많이 보고 싶다고 그리움에 젖은 표정으로 말하는 엄마는 눈가마저 촉촉이 젖어 있었다.

　은호의 부모님이 일본 여행을 떠나 집이 비었던 날은 마침 우리의 기념일이었다. 그의 집은 서울 시내에 있는 평범한 아파트였다. 버스를 타고 한강을 건너갈 때 맞은

편에서 줄줄이 불을 밝히고 있는 수많은 집 중 하나였다. 거실과 주방은 깨끗하게 정돈되어 있었고, 베란다에는 싱싱한 화분들이 있었다. 집 안 전체에서 온기가 느껴졌다. 집에 오기 전 은호가 예약한 프렌치 레스토랑에서 저녁을 먹으며 마신 와인의 취기 탓인지도 몰랐다.

"내가 낼 테니까 제발 우리 좋은 거 좀 먹자."

비싼 코스 요리 대신 단품으로 된 파스타를 먹겠다고 했을 때 내게 제발 부탁한다며 사정하는 은호의 말투에는 짜증이 섞여 있었다. 좋은 음식을 챙겨 먹고, 좋은 옷을 입고, 좋은 것들을 보는 삶. 그런 좋은 삶을 위해 우리가 공부하고 취직하려는 거 아니냐고 은호가 말했다. 나는 더 이상 고집을 피우지 못하고 은호가 하자는 대로 했다. 와인을 마시며 셰프가 추천한 특선 요리를 먹은 후 그의 집까지 따라왔다.

은호의 방에 들어가 그가 공부하는 책상을 손으로 쓸어보았다. 그가 누리고 있는 좋은 것, 그리고 앞으로 그가 가지고 싶어하는 더 좋은 것이 내게는 닿을 수 없는 다른 세계에 있는 것으로만 여겨졌다. 내가 원하는 것은 지금보다는 깔끔한 월세방, 안정적인 학자금 대출 상환 같은 거였으니까. 그게 내가 취직을 해야 하는 이유였다.

거실로 다시 나왔을 때 은호는 식탁에 와인과 치즈를 차려놓고 기다리고 있었다. 둘이서 와인을 한병 나눠 마시고 키스를 하다가 갑자기 은호가 웃음을 터뜨렸다.

"이상하게 집중이 안 되네. 방에 들어가면 안 될까?"

은호가 거실에 걸려 있는 가족사진을 가리키며 웃었다. 액자 속에서 턱시도를 입은 신랑과 웨딩드레스를 입은 신부를 중앙에 두고 은호와 그의 부모님이 나란히 서 있었다.

은호의 침대로 가서 우리는 알몸이 된 채로 한참 키들거렸다. 헝가리산 구스 이불이 내 몸 위에서 바스락거렸다. 부드럽고 가벼운 질감이었다.

"형수님 부잣집 딸인가봐? 이불 비싸 보인다."

이불 끝을 매만지며 내가 물었다.

"아냐, 되게 평범해. 아버지는 공무원 퇴직하셨고 어머니는 선생님이랬어. 시부모님 예단 이불 해오면서 시동생 하나인데 모른 척하기 좀 그렇다고 내 이불까지 보낸 거야. 근데 왜 예단으로 이불을 준비해오는지 알아? 허물을 덮어달라는 의미래. 되게 웃기지 않냐? 허물이라니, 무슨 나방도 아니고."

은호는 또다시 키득거리며 웃었다. 나는 따라 웃을 수 없어 가만히 듣고 있었다.

"걱정 마. 난 그런 거 다 생략할 거야. 내가 우리 형 지켜보면서 느낀 건데 우리나라 결혼 과정에서 허례허식 너무 많아."

등줄기에서 식은땀이 흘렀다. 갑자기 내가 덮고 있는 이불이 너무 무겁게 느껴지면서 숨이 막혀왔다.

나는 그해 하반기에 지원한 모든 기업의 공채에서 탈락했다. 은호는 대기업 계열의 생명보험사와 전자회사 두 군데에 합격해 고민하다가 서울 본사 근무가 확정된 보험회사를 택했다.

"전자회사는 지방 공장으로 많이들 보낸대. 난 지방에서는 못 살 거 같아."

지방 출신인 나를 앞에 두고 지방은 절대 사람 살 곳이 못 된다고 아무렇지 않게 말하는 은호의 무신경함에 마음이 상했지만 굳이 티내지 않았다. 은호가 입사한 후 주말마다 그를 만나 회사생활 이야기를 들어주는 것이 점점 불편해지고 있었다.

은호는 회사에서 맺어준 멘토 선배 이야기에 열을 올리는 중이었다.

"고등학교 선배에 대학 선배, 더군다나 사는 동네도 같은 거야. 우리 아파트 길 건너 단지 사는 동네 형인 거지. 완전 소름 돋지 않아? 그 선배가 그러더라. 우리 회사가 우리 같은 타입의 인재를 좋아한대. 근데 그게 뭔지 나는 잘 모르겠어. 그 형이랑 나는 성격이나 스타일이 완전 다르거든? 전공도 다르고."

나는 은호 같은 타입이 무엇인지 확실히 알 수 있었다. 서울 중산층 가정 출신에 서울 소재의 사년제 대학을 나온 남자 사원. 애초부터 그곳에 내 자리는 없었다.

"여자 선배들은? 다른 여자 동기들은 어떤 사람들이야?"

"이번에 여자를 거의 안 뽑았더라고. 연수 갔더니 신입 사원 서른명 중에 여자는 세명밖에 없어. 그 셋 다 학벌이며 스펙이 완전 후덜덜이야."

"그 정도면 처음부터 채용공고에 여자는 거의 안 뽑습니다,라고 공지해야 하는 거 아냐?"

"그러게, 우리 회사지만 진짜 너무해. 소문에 회장이 보수적이라 여자 직원 뽑는 걸 싫어한대. 지연이 너 아무래도 다음 공채 때 H그룹은 아예 패스하는 게 낫겠어. 다른 쪽으로 뚫어보자. 기분 나쁘게 듣지는 말고…… 현실이 그렇다는 이야기야. 그러니까 떨어진 거 네 잘못 아니라고. 너무 상심하진 말았으면 좋겠어."

"내 잘못 아닌 거 알면 상심 안 해도 되는 거니?"

그날 우리는 심하게 다퉜다. 은호는 평범한 신입사원다운 긴장과 피로를 하루하루 견뎌내는 중이었고, 나 역시 평범한 취업준비생다운 울분과 공격성으로 무장하고 있었다. 그날은 같이 취업준비를 하던 중 남자친구만 합격했다는 자격지심까지 더해져 평소보다 더 신경질적으로 은호를 대했다. 그 일 때문에 우리가 헤어진 것은 아니다. 우리는 아주 자연스럽게 멀어졌고, 더이상 복구가 어려운 수준으로 관계가 망가졌을 때 이별이라는 수순을 밟았을 뿐이다.

나는 올해 서른이 되었고, 삼년 차 직장인이 되었다. 은호와 헤어진 후에도 나는 무수히 많은 회사로부터 불합격 통지를 받다가 겨우 지금의 회사에 취업했다. 내가 다니고 있는 유통회사는 취업준비생들 사이에서 절대 가서는 안 되는 곳, 박봉을 주면서 사람을 갈아넣는 곳, 대다수 신입사원들이 견디지 못하고 나가는 곳으로 유명한 회사다. 그리고 이곳에서 직장생활을 하는 동안 그 소문 이상의 일들을 겪었다. "여기에서는 비전이 없어." 입사 동기나 함께 일하던 선후배들이 회사를 떠나며 했던 말은 나에게 생채기를 남겼다. 하지만 버티다보니 버텨졌고, 시간이 흘렀다. 우리 회사에서 오년 근속하고 대리 달아 나가면 이 업계 어디에서든 인정받을 수 있을 거라는 말을 들을 때마다 그런 걸 인정이라고 할 수 있는 건가 하는 생각에 헛웃음이 나왔다. 견딜 수 없는 상황에 몰아넣고 그것을 견뎌낸 자에게만 주는 훈장 같은 것을 업계의 인정이라고 일컫는 모양이었다.

이모를 다시 떠올린 것은 야근 중에 충동적으로 '해외 이민'을 검색창에 쳐보던 순간이었다. 영단어 treasure와 숫자를 조합해 만든 이메일 주소를 구글링한 끝에 보배의 인스타그램을 찾았을 때 나는 아무도 없는 사무실에서 탄성을 내뱉었다. mom & daddy…… hahahahahaha……라고 장난스럽게 캡션을 달아놓은 사진 속에서 이모와 이모부가 긴 장화를 신고 해맑게 웃고 있었다. 뒤로는 푸른 산이 펼쳐져 있고 한가로이 초원을 거니는 양도 몇마리 보였다. 보배가 올린 다른 동영상에서 이모는 능숙한 솜씨로 트랙터를 몰며 너른 들판을 누비고 있었다. 이모는 머리가 회백색으로 세긴 했지만 웅크리고 앉아 전사지를 붙이던 젊은 시절보다 더 밝고 건강해 보였다. 그후로도 나는 가끔 보배의 인스타그램을 몰래 살펴보곤 했다. 퇴근길 버스 뒷자리에 앉아 휴대전화로 초록빛이 충만한 뉴질랜드의 풍광을 들여다보는 것만으로도 두 눈이 시원하게 트이는 기분이었다.

내가 자란 동네는 이제 더이상 집성촌이라 부르기도 어려운, 쇠락한 시골 마을이 되었다. 나이 든 친척 어른의 다수가 세상을 떠났고, 젊은 사람들은 집을 떠났다. 그곳에서 유일하게 변하지 않은 사람이 있다면 우리 엄마일 것이다. 엄마는 이모의 계모, 엄마에게는 사촌 올케가 되는 할머니의 장례식장에 다녀온 후 혜옥 이모가 해도 너무한다며 목소리를 높였다.

"아무리 계모라도 그렇지 보배 엄마 그년은 코빼기도

196

안 비추는 기라. 뉴질랜드가 달나라라도 되는갑지? 즈그 언니 오빠들캉도 소식 다 끊어가 연락도 안 된단다. 뉴질랜드 가서 출세해가꼬 대저택 같은 데 산다 카데."

대저택이 아니라 뉴질랜드 북섬의 작은 농가라고 정정하려다가 입을 다물었던 것은 이모네 가족에게 그것이 결코 '작은' 의미가 아닐 거라는 생각이 들어서였다.

혹시 이모에게 연락이 닿지 않아 소식을 몰랐던 것은 아닐까, 나라도 부고를 전해야 할까 고민하다가 그러지 않기로 했다. 엄마와 나, 서로의 기억 속에서 혜옥 이모는 각각 다른 사람으로 존재했다. 과연 이모는 나와 우리 가족을 어떻게 기억하고 있을지 궁금했지만 직접 물어보기는 껄끄러웠다. 가계정을 만들어 반년 넘게 보배를 팔로우하고 있었다는 사실을 이제 와 알리기도 겸연쩍었다. 어린 시절 이모는 내게 뉴질랜드 이야기를 다채롭게 들려주면서도 빈말로라도 나중에 크면 놀러 오라는 말을 절대로 하지 않았다. 그것이 내심 서운하기도 했지만, 지금 생각해보면 이모와 나는 딱 그 정도의 거리가 적당했다. 우리는 그저 먼 친척에 불과했고, 서로의 삶에 지나치게 관심을 가지는 친척 관계가 얼마나 지긋지긋한지 너무 잘 알고 있었으니까.

이모는 내게 소읍의 집성촌을 벗어난 새로운 삶의 방식도 존재한다는 걸 알려준 사람이었고, 스스로 더 멀리 날아가 씩씩하게 살아가는 모습을 보여준 사람이었다. 이모에게는 미안한 이야기지만 비전도 보람도 없는 직장에 매달리고 있다는 자괴감이 밀려와 모든 것을 그만두고 고향에 내려가버리고 싶다는 생각이 들 때에도 이모를 생각하면 마음이 바뀌었다. 이모가 고향에서 어떤 취급을 받았는지 떠올리면 절대 그곳에 돌아가고 싶지 않았다. 그녀가 낯선 나라로 건너가 양 농장의 주인이 되기까지 얼마나 많은 시행착오와 좌절을 겪었을지 나는 짐작조차 하기 어려웠다. 아니, 지금까지도 이모는 쉽지 않은 시간들을 견디고 있을지도 모른다. 내가 볼 수 있는 건 인스타그램에 올라온 사진뿐이니까. 동화 구연을 하듯 부드러운 목소리로 전하던 뉴질랜드의 삶이 그저 아름답게 느껴졌던 것처럼 필터링을 거친 인스타그램 사진에 담긴 이모의 일상을 보는 것은 지치고 성마른 마음을 조금이나마 달래주는 효과가 있었고, 먼 곳에 있는 누군가에게 다정한 마음과 응원을 보내는 행위는 내 일상에도 약간의 온기를 돌게 했다. 나는 아무런 정보가 없는 가계정으로 보배의 인스타그램 게시물에 하트 하나를 보탠 후 해외 이민에 대한 정보를 조금 더 찾아보다가 인터넷 창을 닫았다.

가져도 되는

인희는 거실 소파에 옷을 산처럼 쌓아놓고 마땅한 옷이 없다며 한숨을 쉬었다. 다섯살 난 딸아이도 옆에 걸터앉아 옷가지들을 같이 헤집고 있었다. 아직 입기에는 이르다 싶은 초겨울 코트까지 소파 등받이 위에 걸쳐놓은 모습을 보고 나는 얼굴을 찌푸렸다.

"우리 이사 가? 아니면 어디 피난이라도 가니?"

"이 코트 보풀이 너무 심하게 일었지? 작년에 입을 땐 미처 몰랐는데, 오늘 보니 이 모양이네."

인희는 비꼬는 투의 질문에 대해서는 대꾸하지 않은 채 내 시선이 향한 코트를 집어 들며 심각한 표정을 지었다.

딸아이가 갑자기 재미있는 생각이 났다는 듯 눈을 빛내더니 소파에 발을 딛고 일어났다.

"아빠, 나 좀 봐."

아이는 옷더미 위를 밟고 다니며 장난스럽게 웃어댔다. 아이의 발에 닿은 옷 몇벌이 미끄러지듯 거실 바닥으로 떨어졌다.

"그만해. 아빠 정말 화낸다."

나는 목소리를 낮게 깔며 소파에서 뛰고 있던 아이를 들어올렸다. 아이는 내 목을 끌어안으며 더 크게 깔깔거렸다. 퇴근 후 집에 들어와 난장판이 된 거실 꼴을 마주한 순간 짜증이 치밀어올랐지만 화를 낼 기운조차 없었다. 밤 10시가 넘은 시각이었다.

"조명아 기억나지? 청첩장 보냈더라."

인희가 바닥에 널브러진 옷들을 주워 들며 말했다.

"청첩장? 걔 아직 결혼 안 했나?"

실은 오늘 인터넷 뉴스로 조명아의 결혼 소식을 접했다는 내색은 하지 않고, 의외라는 말투로 되물었다. 조명아가 청첩장을 보냈다는 게 의외이긴 했다. 하객이 없지도 않을 텐데. 인희는 양손에 옷을 든 채 턱짓으로 식탁 쪽을 가리켰다. 나는 아이를 내려놓고 천천히 식탁 앞으로 다가갔다. 영어유치원, 영어학원, 발레학원 등 요란한 색깔의 브로슈어들이 겹쳐진 더미 위에 하얀색 봉투가 올려져 있었다. 뜯긴 봉투 안에서 삼단으로 곱게 접힌 청첩장을 꺼냈다.

*

대학 신입생 환영회 자리에서 나는 조명아와 같은 테이블에 앉아 있었다. 눈에 띄는 이목구비, 세련된 옷차림으로 신입생 중에서도 확연히 튀었던 조명아의 옆자리에 우연히 앉게 된 나는 괜스레 들뜨면서도 기가 죽었다. 집이 어디냐고, 선배가 던진 의례적인 질문에 조명아는 담담한 얼굴로 자신이 사는 아파트 이름을 댔다.

"거기가 어딘데? 그렇게 말하면 누가 알아?"

남중, 남고를 졸업한 나는 또래 여자아이들과 말을 섞어본 경험이 거의 없었다. 내 딴에는 친밀감을 표현한답시고 농담처럼 던진 말에 조명아의 표정이 굳었다. 맞은편에 앉은 선배가 짓궂은 표정으로 내게 말을 걸었다.

"야, 도곡동 T아파트도 모르냐. 너 빼고 다 알아, 인마. 그러는 너야말로 어디서 온 거냐? 말투가 서울이 아닌

데?"

좌중에 웃음이 터졌다. 그제야 조명아도 굳은 얼굴을 풀고 옅게 미소를 보였다.

조명아를 중학교 때부터 알았다는 남자 동기에게 어떻게 아는 사이냐고 물었을 때 녀석은 히죽 웃으며 답했다.

"아는 사이는 아니고 나만 걔를 아는 거지. 강남 얼짱으로 예전부터 유명했잖아. 인근에서 조명아 모르는 애들 없을걸."

나는 입학 전부터 조명아가 강남에서 '얼짱'으로 유명세를 떨쳤다는 것보다 그 사실을 모르는 동기들이 거의 없다는 것에 놀랐다. 그러니까 강남 인근에서 학창 시절을 보낸 이들이 절반 이상을 차지하는 학과 분위기가 어리둥절할 따름이었다.

지방의 소도시에서 나고 자란 나는 서울에 있는 대학에 진학하면서 더 넓은 세상으로 발을 내디뎠다고 생각했다. 서울은 현기증이 날 정도로 넓고 많은 사람으로 붐볐지만, 결국 내가 몸담게 된 대학교라는 세계는 한 다리만 건너면 누군지 알 수 있는 내 고향과 크게 다를 바가 없었다. 우리 과에는 서울 출신 아이들이 압도적으로 많았고,

그중에서도 소위 말하는 '강남3구'에서 학창 시절을 보낸 경우가 대다수를 차지했다. 공교롭게도 수시모집 전형으로 입학한 신입생들은 다녔던 학원이 서로들 겹쳤다. 자기소개서 컨설팅은 대치동 A학원, 면접 전형은 B학원, 논술은 C학원…… 대치동의 유명 학원과 강사 이름을 꿰고 있는 건 강남 출신 아이들에게만 해당하는 이야기는 아니었다. 강북이나 수도권 일대에서 고등학교를 다녔던 아이들도 학원만은 대치동으로 다닌 경우가 허다했다. 지방에서 혼자 기차를 타고 올라와 수시모집 면접을 보고 내려갔던 나로서는 전혀 알지 못했던 정보였다. 내가 수시모집에서 같은 대학의 경영학과에 지원해 떨어졌고, 수능시험을 본 후 정시모집에서는 담임의 조언에 따라 심리학과로 지망 학과를 바꿔 합격했다고 조금 허탈한 목소리로 말했을 때, 다른 동기가 원서 쓰면서 컨설팅은 따로 받지 않았느냐고 놀랍다는 반응을 보였다.

"그 점수면 경영학과 추가 합격할 수 있었을 텐데, 담임 말만 듣고 원서를 썼다고? 참 이상하네."

그 순간 내가 이상한 세계에 도달했다고 느꼈다. 내 꿈을 펼칠 수 있는 넓은 세계가 아니라 이미 공고하게 자리

206

잡고 있는 사람들의 세상, 아주 이질적인 공간 속으로 좁은 틈을 비집고 겨우 머리를 들이밀게 된 것에 불과할지도 모른다는 생각이 들었다. 초조하고 긴장한 눈빛으로 과방에 나타나곤 하던 인희가 눈에 들어오기 시작한 것도 그때부터였다.

나는 인희와 비슷한 점이 많다고 생각했다. 지방에서 올라와 넉넉지 않은 형편으로 학교를 다니고 있었고, 강남 아이들이 유난히 많은 학과 분위기에 좀처럼 적응하지 못하는 것도 닮아 있었다. 인희는 월 28만원짜리 여성 전용 고시원에, 나는 40만원짜리 하숙집에 살았다. 아침과 저녁이 제공되는 조건을 생각하면 하숙이 고시원보다 턱없이 비싼 것도 아니었지만, 인희는 우리가 분명히 다르다고 선을 그었다. 한달에 12만원, 일년으로 치면 144만원의 차이라고, 그 차이만큼 누리고 가질 수 있는 게 서로 다를 수밖에 없다고 인희가 딱 잘라 말했을 때 나는 왠지 모르게 비난을 당하고 있다는 기분이 들어 억울했다.

인희와 명아는 여러모로 대조되는 캐릭터였다. 조명아는 항상 사람들의 중심에 있었고 자신감이 넘쳤다. 그런 명아에게 다른 남자 동기들과 선배들은 꼼짝을 못했다. 동기 중에는 공강 시간에 과방 문을 빼꼼 열었다가 조명아가 있는지 없는지 확인하고 들어올지 말지 결정하는 녀석도 있었다. 반면에 인희는 말수가 적은 편이었고, 있는 듯 없는 듯 지냈다. 공강 시간에 인희가 과방에 있었는지도 몰랐다가 나중에 날적이로 쓰는 연습장에 끼적여놓은 낙서를 보고 알아챌 정도였다. 동기 여자애들은 두 부류로 나뉘었다. 조명아를 싫어하거나, 조명아와 가까이 지내려 하거나. 전자의 경우, 1학기가 지나고 2학기가 시작되면서 전공 수업 시간 외에는 과에서 자취를 감추게 되었다. 후자들은 조명아가 있어야 다른 남자 동기나 선배 들과 술이나 밥을 먹는 자리가 만들어지는 과 분위기에 순응하며 그 아이 주변에서 떨어지지 않았다. 인희는 둘 중 어느 쪽도 아니었다. 조명아와 잘 지내지 못했지만, 과 활동에 열심이었다. 늦은 밤 술자리가 2차나 3차로 이어지면서 다들 한창 취기가 오른 시점이 되어서야 인희는 아르바이트를 마치고 나타나곤 했다. 사람들과 잘 어울리는 편도 아니면서 가장 늦게까지 자리를 지키고 앉아 있는 인희를 볼 때면 나는 괜스레 마음 한편이 무거워졌다.

*

    샤워를 끝내고 거실로 나왔을 때 인희는 식탁에 앉아 심각한 얼굴로 유치원 브로슈어와 입학 설명회 자료집을 살피고 있었다. 나는 냉장고에서 맥주 캔 하나를 꺼냈다. 소파는 말끔하게 치워져 있었다. 소파에 앉아 맥주를 한 모금 마시려는데 인희가 나를 불렀다.

    "윤지 아빠, 제일 싼 곳이 한달에 90만원이야. 동네 엄마들 사이에서 평이 좋은 곳은 150만원까지 해."

    "우리 형편에 영어유치원은 무리야. 지금 갚고 있는 전세 대출 이자만 떠올려도 밤에 잠이 안 올 지경이다."

    나는 피로한 목소리로 대답했다. 딸아이가 다니고 있는 어린이집은 5세 반까지 운영되고 있다. 내년에 여섯살이 되는 딸아이의 유치원을 미리 알아보느라 인희는 요즘 신경이 부쩍 곤두서 있었다. 벌써부터 왜 그리 유난을 떠느냐며 마뜩잖은 반응을 보이는 내게 인희는 뭘 몰라도 너무 모른다며 날 선 목소리로 말했다.

    "인희야, 우리 사교육 없이도 시골에서 공부해 서울에 있는 대학 잘 들어왔잖아. 영어유치원 안 다녀서 뒤처진다는 말에 흔들리지 말자."

"우리 때랑 윤지 때랑은 다르다는 거 몰라? 부모가 얼마나 서포트해줄 수 있는지 없는지에 따라 운명이 갈린다고. 솔직히 그건 우리 때도 마찬가지였지. 우리 둘이 벌고 애 하나인데 이 정도도 투자를 못하는 게 말이 된다고 생각해?"

나는 대답 없이 맥주만 들이켰다. 사실 이건 교육적 신념이 아니라 경제적 상황에 관한 문제였다. 회사 분위기도 예전 같지 않았다. 건설업 경기가 날이 갈수록 나빠지고 있는 상황이라, 올해는 성과급도 지급되지 않을 예정이었다. 해외 수주가 줄면서 연차가 낮은 직원들에게도 명예퇴직 신청을 받고 있었다.

"네 말대로 우리가 둘이 벌어 윤지 하나만 신경 쓸 수 있는 상황도 아니잖아. 양가에 매달 부쳐야 하는 돈도 있고…… 앞으로 시골에 계신 노인네들 아플 일만 남았어."

결혼생활은 늘 녹록지 않았다. 허방을 피해 조심스럽게 발을 디뎌 걸어가려 애써도, 곳곳에 숨겨진 예상치 못한 문제들이 자주 닥쳐왔다. 특히 처가 쪽 문제로 우리는 자주 갈등을 빚었다. 인희에게 대놓고 말은 못했지만 처가는 그 자체로 커다란 허방이나 다름없었다. 지난해 장인이 뇌졸중으로 쓰러졌을 때 수술비와 입원비를 급하게 마련해야 했던 인희가 천만원짜리 마이너스 통장을 만들었다. 처가에 일이 터질 때마다 반복되는 일이었다. 이혼 후 혼자서 아이 둘을 키우는 처형이나 아직 직장도 잡지 못한 채 걸핏하면 사고만 치는 처남은 도움이 되기는커녕 손만 벌리지 않아도 다행이었다. 결혼 전 인희네 사정을 제대로 알기 전까지만 해도 인희와 내가 비슷하다고 생각했다. 28만원짜리 고시원에 살면서 살인적인 아르바이트에 시달려야 했던 인희와 40만원짜리 하숙방에 살면서 적은 돈이나마 고향에서 올라오는 용돈에 의지할 수 있었던 내가 달라도 한참 다르다는 것을 연애 시절에는 잘 알지 못했다.

차가운 맥주 캔 표면에 맺힌 물방울에 젖은 손바닥을 잠옷 바지에 문질러 닦았다. 축축한 손바닥과는 달리 거실 공기가 유난히 건조하게 느껴졌다. 브로슈어를 한참 뒤적이던 인희는 옆에 놓인 청첩장을 손에 들고 길게 한숨을 내쉬었다.

"W호텔이면 밥값만 일인당 10만원이 넘을 텐데, 조명아 축의금은 얼마나 해야 할까. 우리 세 식구 가서 밥 먹고 올 거면 적어도 봉투에 20만원은 넣어야겠지? 아니, 30 정도는 돼야 하나? 그건 너무 과한 것 같은데……"

"너도 가려고? 윤지까지?"

조명아의 결혼식에 가겠다는 인희의 말에 나도 모르게 자세를 고쳐 앉으며 물었다.

"그럼 안 가? 청첩장 보내기 전에 나한테 먼저 연락 왔어. 주소 물어보면서 꼭 와달라더라. 그래서 아까 옷장 뒤져본 거잖아. 입고 갈 옷도 변변한 가방 하나도 없네."

"난 당연히 네가 안 간다고 할 줄 알았지. 그래서 그냥 나 혼자 다녀올까 했는데…… 인희 너, 조명아 싫어하잖아."

조금 전까지 아이 유치원 문제로 다툴 때와는 달리 어느새 나는 인희의 눈치를 보고 있었다.

"맞아, 나 개 별로 안 좋아해. 그래도 우리 결혼식 때 외국에서 축의금 보냈잖아."

"인희야, 그냥 나 혼자 다녀올게. 축의금도 10만원만 내고."

"그게 더 이상해. 승규 네가 혼자 거길 왜 가?"

무언가 들킨 사람처럼 내 얼굴이 붉어졌다. 머쓱한 표정으로 머리를 긁적이며 말했다.

"네가 불편해하니까 나라도 대표로 가서 축하해주려고…… 너 기억 안 나? 우리 사귀게 된 데에도 조명아 공이 없다고 하기 어렵지. 그때 과방에서 조명아가 롯데월드 이야기 안 꺼냈으면 지금 너랑 나랑 또 어떻게 되어 있을지 모른다고. 하하, 안 그래?"

"그래, 퍽이나 고맙네."

인희는 미심쩍은 눈길을 거두고 피식 웃음을 흘렸다. 예전에 연애하던 시절 이야기가 나오면 그녀가 보이곤 하는 특유의 표정이었다.

*

지하 광장 초입에서부터 물비린내가 풍겼다. 분수대가 가까워질수록 물 냄새가 짙어졌다.

나 지금 역 도착. 분수대 앞에서 기다리고 있을게.

나는 십분 전 인희가 보낸 문자메시지를 한번 더 확인하며 고개를 갸우뚱했다. 얘가 대체 어디 간 거지. 분수대 주변을 크게 한바퀴 돌았지만 인희는 보이지 않았다. 폴더 폰을 열어 단축번호 1번을 길게 눌렀다. 전화는 연결되지 않았다. 전화를 받을 수 없다는 안내 메시지를 세번쯤 연달아 듣고 난 다음에야 인희의 목소리를 들을 수 있었다.

"너 지금 어디야?"

"나 지금 줄 서 있어."

"어디? 너 없는데?"

정면에 보이는 롯데월드 매표소 쪽으로 시선을 옮기며 물었다. 오전 11시, 아직 중고등학생들의 방학이 시작되기 전이라 평일 오전의 매표소는 한산했다. 단체 창구 앞에 노란색 원복을 입고 줄지어 서 있는 유치원생 무리 외에 다른 손님은 눈에 띄지 않았다.

"매표소 아니고, 뒤쪽에 백화점. 지하 광장이랑 바로 연결된 통로로 들어오면 있어. 입구 들어오자마자 보이는 대행사장 앞이야."

얼굴을 찌푸리며 지하 광장 주변을 다시 두리번거렸다. 매표소를 등지고 2시 방향으로 롯데백화점 입구가 보였다. 매표소 맞은편, 그러니까 백화점 입구 바로 옆에 위치한 롯데리아에서 나는 기름 냄새가 코끝을 자극해왔다. 허기가 졌다. 등 뒤의 롯데월드 입구에서는 탈 인형을 쓴 직원들이 신나는 음악에 맞춰 춤을 추면서 입장객을 맞고 있었다. 뭔가 잘못되었다는 느낌이 들었지만, 우선 인희를 만나야 했다. 인희의 스무번째 생일이었고, 이날 하루만큼은 인희에게 잊지 못할 추억을 만들어주겠다고, 내 나름대로 야심찬 계획을 세우고 있었다.

따지고 보면 그날 잠실역에 가게 된 것은 조명아 때문이었다. 과방에서 동기들끼리 수다를 떨다가 무슨 이야기 끝에 조명아가 롯데월드 얘기를 꺼내면서 저마다 롯데월드에 대해 한마디씩 떠들어대기 시작했다. 조명아는 초등학교 시절 매년 생일마다 롯데월드에서 생일 파티를 했다고, 자유이용권과 간식 값 등등을 모두 자신이 부담했기 때문에 파티에 초대받고 싶어하는 아이들끼리 은근히 신경전을 벌이기도 했다는 이야기를 약간은 피로한 목소리로 말했다. 어쩌면 조명아의 매력은 화려한 외모가 아니라 언제 어디에서나 거리낌 없는 태도에 있는지도 모르겠다고, 나는 그때 생각했다. 몇몇 선배는 조명아를 추종하는 동기 남자애들을 '대명(對明) 사대주의자'라고 조롱하기도 했다. 하지만 그들 역시 조명아에게 관심이 많다는 것을 눈치챌 수 있었다.

"난 롯데월드 한번도 가본 적 없는데."

잠자코 있던 인희가 불쑥 던진 말 한마디에 조명아가 믿기지 않는다는 표정을 지으며 크게 웃어버렸다. 의도한 건 아니었겠지만, 조명아에게 잘 보이고 싶은 얼간이들이 달려들면서 인희는 순식간에 놀림거리가 되어버렸다. 고 등학교 2학년 수학여행 때 롯데월드에 갈 기회가 있었지 만 하필 그날 신종플루에 걸려서 가지 못했다고 인희가 변명처럼 말하자 아이들은 더 심하게 웃어댔다.

"수학여행을 서울로 온다고? 서울 관광 오는 거야? 와, 진짜 골 때린다."

"김인희, 내가 퀴즈 하나 낼게. 롯데월드가 어디 거게? 1번 삼성, 2번 엘지, 3번 현대. 맞춰봐."

그때 인희는 왜 화를 내지 않았을까. 동기들이 장난으로 던진 말에 정색을 해서 분위기가 이상해지는 게 싫었던 걸까. 어색하게 웃으며 앉아 있던 인희를 보면서 나는 화가 났다. 아니, 그보다 왜 묻지도 않은 이야기를 해서 놀림감을 자처하게 됐는지 이해가 가지 않았다. 실은 나 역시 그 상황에서 아무 말도 하지 못한 것 때문에 더 화가 났다. 동류(同類)의 인간에게 느끼는 호감과 불편함이 뒤섞인 감정을 나는 인희에게 느끼곤 했고, 스무살의 나는 그것을 사랑이라 확신했다.

'M브랜드 창고 정리, 최대 70% 파격 세일'이라는 광고 문구가 적힌 커다란 현수막이 내걸린 행사장 앞을 나는 수차례 왔다 갔다 했다. 차단봉 벨트 라인을 따라 길게 줄을 선 사람들 사이를 한참 헤매다가 겨우 인희를 찾았다.

"인희야, 너 여기서 뭐 해? 갑자기 백화점에는 왜?"

"그냥, 한번 구경이나 해볼까 해서. 이렇게 줄이 긴 거 보면 세일 혜택이 좋긴 한가봐."

롯데월드 후룸라이드도 아닌 롯데백화점 대행사장 앞에서 한시간이나 줄을 서게 될 줄은 전혀 예상하지 못했다. 길게 목을 빼어 앞줄을 살펴보니 행사장 안에 들어가 쇼핑을 하는 고객 수를 제한하면서 입장을 통제하는 모양이었다. 먼저 입장한 사람들이 쇼핑을 끝내고 행사장을 벗어나야 뒷사람들이 제품 구경이라도 할 수 있었다.

어렵사리 행사장에 들어간 다음에야 왜 그렇게 대기 시간이 길었는지 알 수 있었다. 인희처럼 매대 곳곳을 살피며 시간을 오래 끌고 있는 쇼핑객이 한둘이 아니었다. 인희는 여러종류의 가방을 만지작거리며 어깨에 메어보거나 손에 들어보느라 바빴다. 가방을 바꿔 들 때마다 직사각형 모양의 기다란 전신 거울 앞에 몰려 있는 사람들 사이를 비집고 들어가 거울에 자신의 모습을 여러번 비춰보았다. 세일을 해도 비싸다며 투덜거리던 인희가 끝까지 손에서 놓지 못하던 것은 책 한권도 들어가지 않을 것같이 생긴 작은 핸드백이었다.

인희는 복주머니처럼 생긴 작은 손가방을 쓰다듬으며 다급한 말투로 내게 물었다.

"승규야, 너 지금 얼마 있어?"

"20만원 정도?"

수능시험이 끝난 직후 논술학원에서 일주일간 아르바이트를 하면서 번 돈이었다. 일당 4만원을 받으며 육일 내내 밤 10시까지 논술 채점에 매달렸다. 기말고사가 끝나면 인희와 롯데월드에 가려고 모아둔 돈을 고스란히 들고 온 거였다.

"미안한데, 나 오늘 10만원만 좀 빌려주면 안 될까? 다음 달에 알바비 받으면 갚을게. 이거 세개밖에 안 남았어.

오늘이 마지막 날이래."

36만원짜리 가방을 55퍼센트 세일가인 16만 2천원에 살 수 있는 기회라고 인희는 힘주어 말했다. 기회라는 단어를 내뱉던 그 짧은 순간 인희의 눈이 강렬하게 빛났다.

나는 어리둥절한 얼굴로 서서 인희와 그녀의 손에 들려 있는 검정색 가방을 번갈아 쳐다보았다. 복주머니와 마찬가지로 가방을 여닫을 때 가방 상단에 달린 가죽 끈을 느슨하게 풀거나 잡아당겨야 하는 스타일이었다. 언뜻 보면 작은 단지를 닮은 것 같았고, 꼭지가 잘린 원뿔 모양 같기도 했던 가방의 정면 가운데에는 금장으로 둘러진 M 브랜드의 로고가 크게 박혀 있었다. 재질은 소가죽으로, 표면이 복학생 형들이 입고 다니는 군용 깔깔이처럼 올록볼록하게 퀼팅 처리가 되어 있었다. 가방 입구에 달린 끈을 조였다 풀었다 하는 이러한 형태의 가방을 드로스트링백(drawstring bag)이라고 일컫는다는 것은 나중에야 알았다.

"내가 사줄게. 좋아하는 여자한테 생일 선물로 이 정도는 해줄 수 있는 거잖아."

도떼기시장처럼 붐비는 계산대 앞에서 나는 인희에게

불쑥 고백을 해버렸다. 계산대를 지키던 점원이 우리를 쳐다보며 귀엽다는 듯 쿡 웃음을 터뜨렸고, 인희도 덩달 아 피식 웃어버렸다.

우리는 결국 그날 롯데월드에 가지 못했다. 매직 아일 랜드에서 석촌호수 야경을 바라보며 인희에게 고백을 하 려던 계획이 틀어지고, 아주 이상한 방식으로 고백을 해 버렸다는 사실이 나는 못 견디게 수치스러웠다. 인희의 얼굴도 제대로 쳐다보지 못한 채 황급히 계산을 하고 나 와 한걸음 앞서 걸어갔다. 인희와 나란히 앉아 순환선 지 하철을 타고 돌아가는 내내 나는 아무 말도 하지 않았다. 인희는 새로 산 가방이 든 쇼핑백을 허벅지에 올려놓은 채 약하게 다리를 떨었다. 나는 미세하게 리듬을 타면서 움직이는 인희의 발끝을 물끄러미 바라보았고, 얼굴을 돌 린 인희와 눈이 마주쳤다. 인희는 싱긋 웃으며 내 손을 잡 더니 슬그머니 내 어깨에 머리를 기댔다. 이상한 일이었 다. 따뜻하고 동그란 인희의 머리통이 내 어깨에 올라온 순간, 거칠게 덜그럭대던 마음이 지그시 누그러졌다. 금 방이라도 어디론가 튀어나갈 듯 덜컹거리던 마음 위로 묵 직한 누름돌이 올려진 것 같은 기분이 들었다. 정말 고마워. 인희가 내 손을 감아쥐며 속삭이듯 말했다.

그동안 의식하지 못했는데, 그날 이후 인희가 산 브랜드의 가방을 들고 다니는 여학생들이 캠퍼스 곳곳에서 눈에 띄었다. 인희처럼 작은 사이즈의 가방은 드물었고, 대부분이 60~70만원대의 가격표가 붙어 있던 숄더백을 아무렇지 않게 학교에 들고 와서 강의실 바닥에 놓고 수업을 들었다.

"대학생이 저런 명품백을 들고 다니는 게 정상인 건가?"

내가 의아하다는 듯 물었을 때 인희는 피식 웃으며 답했다.

"이 정도는 명품이 아니지. 준명품 수준? 소위 말하는 명품 브랜드 가방은 기본이 100만원부터 시작이야."

나는 명품의 기준을 확실히 알지는 못했지만 가방을 맵시 있게 쓰는 법 정도는 알 것 같았다. 백 안에 소지품은 최소한으로 넣고 여유 공간을 확보해야 본래의 모양을 잘 유지할 수 있을 텐데 인희의 가방은 항상 가득 채워져 있어서 입구가 제대로 조여지지도 않았다. 사실 인희가 물건을 유별나게 많이 넣고 다니는 것도 아니었다. 지갑, 파우치, 휴대전화, 펜 한두개만으로도 가방은 터질 듯이 빵빵해졌다.

인희는 손가방에 들어가지 않는 전공 책, 노트 등을 손잡이 지퍼가 달린 파일 케이스에 따로 넣어 다녔다. 두꺼운 교재들은 문과대 사물함에 넣어두었기에 전공 수업을 연달아 들어야 하는 날에는 쉬는 시간마다 책을 바꾸러 사물함으로 뛰어가기 바빴다. 그 와중에 당이 떨어져 어지럽다며 급하게 자판기에서 밀크 커피를 한잔 뽑아 들어 입에 문 채 핸드백과 전공 책을 양손에 거머쥐고 빠르게 걸어가는 인희의 뒷모습은 불안하고 아슬아슬해 보였다. 멋을 부리기 위해서 그 정도 불편은 감수해야 한다고 생각할 수도 있겠지만 조금도 멋스럽지 않고 궁색해 보이는 지경이었던 것을 인희는 알고 있었을까. 손바닥만 한 핸드백이라도 다른 여학생들이 하나쯤 가지는 브랜드의 가방을 들고 다니고 싶었던 거냐고 나중에 물었을 때 인희는 "예뻐서"라고 답했다. 유행이라서가 아니라, 정말 제 눈에 예뻐서 그 가방이 그렇게 갖고 싶었다는 인희의 말은 분명히 진심처럼 느껴졌다. 그러나 나는 지금까지도 인희의 취향을 잘 모르겠다. 인희가 예뻐서 탐난다고 했던 많은 것은 매번 서울 번화가에서 아주 흔하게 만날 수 있는 아이템이었다. '3초 백'으로 불리던 L사의 모노그램 가방이라든지, 인기 탤런트가 신어서 유명해진 에나멜 재질의 구두 같은 것들…… 물론 흔하다고 해서 쉽게 가질 수 있는 것은 아니겠지만.

                              *

작은방에 들어가 잠든 딸아이의 이불을 어깨까지 당겨 덮어주었다. 아이는 잠버릇이 험한 편이었다. 아마 얼마 지나지 않아 이불을 걷어차고 잠결에 몸을 뒤틀어댈 것이다. 나는 잠에 빠져 있는 아이의 얼굴을 가만히 들여다보았다. 쌍꺼풀이 진 눈은 인희를, 뭉툭한 턱선과 짱구 머리는 나를 닮았다. 고집을 꺾을 줄 모르는 성미는 아무래도 인희를 닮은 것 같은데, 인희는 제 아빠와 똑 닮았다며 혀를 끌끌 차곤 했다.

아이의 책상 위에는 노란색 어린이집 가방과 검정색 손가방이 나란히 놓여 있었다. 인희가 대학 시절 들고 다녔던 드로스트링 백은 딸아이의 애착 가방이 되었다. 올해 초 이사를 하던 중 먼지 쌓인 잡동사니 박스 안에서 그 가방을 찾았다. 나와 인희는 아주 잠깐 감상에 젖었으나 새로 이사를 가는 집에 옛 추억까지 들고 갈 필요는 없다는 데 동의했다. 버리려고 내놓은 가방을 도로 집에 들이게 된 것은 딸아이가 그 가방을 제가 갖겠다고 고집을 피운 탓이었다. 곳곳에 흠집이 나고 귀퉁이가 까진 드로스트링 백을 닦아서 안겨줬더니 좋아서 어쩔 줄을 몰랐다. 심지어 그걸 어린이집에까지 들고 가겠다고 떼를 써서 가뜩이나 바쁜 아침에 곤욕을 치렀다. 어린이에게 어울리는 새 가방을 사주겠다고 해도 소용이 없었다. 그 가방을 못 가지고 가게 하면 어린이집에 가질 않겠다며 막무가내로 고집을 피워댔다. 결국 아이는 등에는 노란색 어린이집 가방을 메고, 손에는 검정색 핸드백을 든 채로 매일 등원을 하게 됐다. 맞벌이 부부인 우리에게 어린이집에 가지 않겠다고 떼를 쓰는 것만큼 골치 아픈 일도 없다는 것을 아이는 벌써부터 아는 눈치였다.

"완전 곯아떨어졌네. 우리도 이제 자야지. 안 들어가?"

혼자 골똘한 생각에 잠긴 듯한 표정을 짓고 있는 인희에게 다가가 물었다.

"응, 자야지. 그러지 않아도 내일 출근 전에 병원 들러야 해."

인희는 육개월 주기로 간 기능 정기검진을 받고 있었다. 그녀는 자신이 비활성 B형 간염 보균자라는 것을 대학 졸업 후에야 알게 되었다. 졸업을 하고도 인희는 한동안 직장을 구하지 못했다. 학부 시절 내내 아르바이트로 바빠 학점 관리도 엉망이었고, 스펙이 될 만한 경험도 쌓지 못했으니 어쩌면 당연한 결과일지도 모르겠다며 인희는 씁쓸하게 웃었다. 남자 선배들은 인희보다 학점이 좋지 않아도 취업이 쉬웠지만, 내세울 것 없는 문과대 출신 여학생이 취업 관문을 뚫기는 예상했던 것보다 더 어려웠다. 취업에 큰 뜻이 없지만 당장은 돈을 벌어야 하는 상황이라 어쩔 수 없이 구직 활동을 하는 거라고, 몇년 돈을 열심히 모아서 학교로 다시 돌아와 공부를 할 거라고 당차게 말하던 인희는 날이 갈수록 초조해하는 기색이 역력했다. 심리학자를 꿈꾸던 내 여자친구는 어느새 인생의 목표를 정규직이라고 외치며 매번 지원 회사에 맞게 자신의 꿈을 바꾸어가며 입사 원서를 썼다. 어렵사리 최종 면접까지 통과한 중견 식품회사에서 합격 취소 통보를 받던 날 인희는 많이 울었다. 입사 전 신체검사에서 간염 보균자라는 사실이 확인되었고, 인희의 채용은 취소되었다.

"난 내 부모에게서 받은 게 없다는 사실이 참 원망스러웠어. 이제는 아니야. 지독하게 나쁜 것들만 물려받았다는 걸 알았거든."

고향의 가족들이 너무 지긋지긋해서 도망치듯 서울로 올라와 부모 형제와 무관한 삶을 사는 것이 목표라고 인희는 입버릇처럼 말했지만, 내가 보기에 그녀는 자신이 버리고 온 것들로부터 한시도 자유롭지 못했다. 여러가지 악조건에도 불구하고 자신을 떠나지 않았던 이유가 뭐냐고, 모두가 조명아를 쳐다보던 대학 신입생 시절 왜 하필 자신에게 관심을 가진 거냐고, 혹시 동정은 아니었느냐고 인희가 내게 추궁하듯 물은 적이 있다. 서른다섯이 된 지금의 나라면, 어쩌면 인희를 선택하지 않았을지도 모르겠다. 하지만 나는 인희의 조건에 대해 생각하기 이전에 어쩌다 그녀 곁에 있게 되었고, 그 이후로는 그냥 인희라는 여자 자체가 내가 처한 조건이 되어버렸다. 우리는 스무살에 만나 스물일곱이 되던 해부터 같이 살았다. 그러고는 당연한 수순이라는 듯 서른에 결혼식을 올리고 아이를 낳았다.

건강상 문제를 알게 된 이후 인희는 아무래도 사기업에 취업을 하기는 어려울 것 같다며 공무원 시험을 준비하겠다고 했다. 내가 원룸을 얻어 같이 살자고 제안한 것은 고시원 월세라도 아끼게 해주고 싶었기 때문이었다. 동기들이 대기업에 취업하거나 유학을 떠날 때 인희는 노량진의 독서실을 오가며 9급 공무원 준비를 하면서 자괴감에 시달렸다. 겨우 9급을, 그것도 삼년째 떨어지고 있는 제 모습이 다른 사람들에게 얼마나 한심하게 보이겠느냐며 괴로워했다. 남들은 네게 전혀 관심이 없다고 여러 번 말해줘도 별 소용이 없었다. 공무원 시험에 합격해 구청에서 근무하게 된 후에도 좀처럼 직장에 마음을 붙이지 못하던 인희의 얼굴이 눈에 띄게 밝아지게 된 것은 남들을 신경 쓰지 말라던 내 조언을 받아들여서가 아니라 남의 시선을 선명하게 자각하면서부터였다. 공무원 시험의 경쟁률이 하루가 다르게 치솟고, 자신의 자리가 선망의 대상이 된다는 것을 알게 된 이후 인희는 더이상 직장 동료나 민원인 들에 대한 불만을 토로하지 않았다. 대기업에 다니던 몇몇 동기가 인희에게 전화를 걸어와 공무원 시험 준비에 대해 물을 때 인희는 목소리가 평소보다 한 톤쯤 높아진 채 말했다.

"아이 참, 이게 뭐라고 그 좋은 직장을 관두고 다시 공부를 하겠다고 하는 건지."

어느 순간부터 인희는 지나치게 일을 열심히 하는 공무원이라는 평가를 받고 있었다. 고향에서 벗어나기 위해 발버둥 쳤던 것처럼 인희는 항상 자신이 처한 현실에서 조금이라도 나아져야 한다는 강박에 시달렸다. 처음 동거를 했던 반지하 원룸에서 지금 살고 있는, 서울 외곽에 위치한 삼십년 된 복도식 아파트로 옮기기까지 우리는 흔한 해외여행 한번 가지 못하고 살았다. 가까운 동남아라도 다녀오자고 할 때마다 인희는 다음에 가자고, 아직은 그럴 여유가 없다며 고개를 저었다. 매사에 '가성비'를 따지며 절약이 몸에 배어 있던 인희도 별수 없이 아이 교육에 관해서라면 이성을 잃은 사람처럼 굴었다.

"승규야, 자니?"

깜깜한 방 안에서 인희의 목소리가 나직하게 울렸다.

"할 말 있으면 해. 영어유치원 얘기만 빼고."

"우리 이만큼도 참 힘들었는데, 그게 다 우리 부모보다 조금이라도 낮게 살아보려고 애쓴 거잖아. 그래도 조금 나아지긴 한 거지? 그런데 말이야, 나는 지금도 내가 좀더 나은 환경이었더라면 어땠을까 하고 생각해. 우리 딸은 어떨까. 우리가 윤지에게 괜찮은 스타트라인이 되어줄 수 있을까."

나는 길게 한숨을 쉬었다. 하루하루 벅찬 임무를 수행하는 기분이었다. 이년마다 집을 옮겨 다니는 전세 난민 처지에 비싼 사교육까지 감당할 자신이 없었다. 아마 다음 계약 때 전세금은 지금보다 더 오를 게 자명했다. 더 늦기 전에 집을 사야 한다고 생각은 하면서도 우리 형편에 맞는 집을 찾기가 쉽지 않았다. 나는 아마 죽을 때까지 우리 회사에서 분양하는 아파트에는 살 수 없을 거야. 평생 일해도 집 한채 살 수 없는 월급으로 사람을 뼛속까지 빨아먹으려 안달이지. 회사에 대한 불평을 늘어놓다가도 사내에 구조조정 대상자 명단이 돌고 있다는 소문을 떠올리면 입을 꾹 다물게 됐다. 여기마저 다니지 못하는 상황을 생각하면 앞날이 깜깜했다.

조명아와 한번 잔 적이 있다. 인희가 졸업 후 건강 문제
로 잠깐 고향에 내려가 있던 때였다. 나는 군대에 다녀와
경영학과 복수 전공을 하면서 회계사 시험을 준비하고 있
었고, 조명아는 아나운서 공채를 준비하느라 매일 학교
도서관에 나왔다. 사심 없이 공부에만 전념할 수 있는 동
료가 필요하다며, 생활 스터디를 먼저 제안한 이는 조명
아였다. 매일 아침 8시에 중앙도서관 앞에서 만나 출석 체
크를 하고 12시에 학교 식당에서 같이 점심을 먹었다. 점
심을 먹고, 서너시간 더 공부를 한 후 아나운서 학원에 가
서 연습을 한다고 했다. 이미지 트레이닝을 한다는 명목
으로 하루도 빠짐없이 아나운서처럼 정장을 입고 진하게
화장을 한 채 도서관에 나타났던 조명아는 단연 이목을
끌었다. 조명아와 함께 교정을 걸어갈 때 쏠리는 다른 사
람들의 시선을 나는 은근히 즐기기도 했다. 조명아가 공
중파 아나운서 시험 면접에서 떨어진 날, 둘이서 처음으
로 술을 마셨다. 조명아는 사람들이 보거나 말거나 소리
내어 울었고, 나는 그런 그녀가 창피했다. 우리는 속상해

서, 창피해서, 기분이 나쁘다가 나중에는 왠지 기분이 좋
아져서 정신없이 술을 마셨고 필름이 끊겼다. 다음 날 잠
이 깬 장소는 학교 근처의 모텔이었고, 한 침대에서 둘 다
알몸으로 누워 있었다. 나는 그런 경험이, 그러니까 인희
외에 다른 여자와 관계를 맺은 게 처음이었다. 지난밤의
일을 어떻게 받아들여야 할지 혼란스러워 하는 가운데 조
명아가 먼저 일어나 욕실로 갔다. 샤워를 하고 나와 드라
이어로 머리를 말리는 조명아의 모습을 나는 제대로 쳐다
보지도 못한 채 커튼이 쳐져 있는 창 쪽을 향해 등을 돌리
고 누워 있었다.

"안 자는 거 아니까, 이제 일어나지?"

조명아가 수건으로 머리를 털면서 말했다. 나는 이불로
몸을 감싼 채 상체만 일으켜 침대 위에 앉았다.

"책임지지 못할 일을 저질러서 미안하다"라고 내가 말
했을 때 조명아는 비웃음이 담긴 시선으로 나를 빤히 쳐
다보았다.

"책임? 너 정말 생긴 대로 노는구나, 촌스럽게."

나는 그것이 나를 모욕하는 말인 줄 알면서도 말없이
고개를 끄덕였다. 나는 촌스러운 인간이야, 나는 너에게

해를 끼치거나 상처를 줄 수 있는 종류의 인간이 아니라고, 조명아에게 무언의 제스처를 취했다. 평소 그토록 감추려 애쓰던 촌스러움을 무기 삼고 있는 자신이 스스로 경멸스럽기도 했지만 어떤 식으로든 이 상황을 빨리 수습하고 싶었다.

앞으로 어떻게 하길 바라느냐고 내가 더듬더듬 물었을 때 조명아는 기가 막힌다는 표정을 지으며 되물었다.

"바라긴 뭘 바라, 그러는 너는 어떻게 했음 좋겠는데?"

나는 인희에게 상처주고 싶지 않다고, 인희를 배신하고 싶지는 않다고 기어들어가는 목소리로 말했다. 조명아는 어이가 없다는 눈빛으로 나를 바라보며 실소를 터뜨렸고, 등을 돌린 채 다시 드라이기를 들고 머리를 말렸다.

"애, 넌 이미 인희를 배신한 거야. 걱정 마. 내 쪽에서 어제 일 말하고 다닐 일은 없을 테니까. 인희는 물론 다른 누구한테도 말이야."

그후로 조명아는 도서관에서 나와 마주쳐도 알은체하지 않았다.

조명아는 이후에도 원하던 방송사에 취직하지 못했다. 동기들에게 전해 듣기로는 졸업 후 삼년 더 아나운서 시험을 준비하다가 접고, 샌프란시스코로 어학연수를 떠났다고 했다. 나 역시 회계사가 되지 못했다. 졸업 전까지 회계사 시험에 도전해보고 안 되면 빨리 취업을 해야겠다고 마음을 먹고 있었기에, 나는 졸업을 하자마자 지금 다니고 있는 건설회사에 들어갔다. 회계사 1차 시험에서 탈락했을 때 나는 술에 취해 조명아에게 전화를 걸었다. 함께 도서관에 다니던 시절 나중에라도 회계사 시험에 합격하면 꼭 연락하라고, 축하주 한잔 기울이자 했던 조명아의 말이 떠올라서였다. 시험에 합격한 것은 아니었지만, 왠지 그날 전화를 걸어보고 싶었다. 조명아는 전화를 받지 않았다.

*

출근길 만원 지하철 안에서 어깨를 옹송그리고 두 팔을 가슴 앞으로 모은 채 휴대전화를 들고 서서 조명아의 이름을 검색해보았다. 방송인, 심리학 박사, 색채심리연구가, 조명아색채심리연구소 소장. 포털 사이트 검색창에 이름을 치자 가장 먼저 조명아의 프로필이 떴다. 조명아가 색채심리연구가라는 정체불명의 타이틀을 달고 텔레비전에 얼굴을 내밀게 된 지 일년 남짓 지났다. 정통 심리학에서 제대로 된 연구 파트로 취급하지도 않는 분야의 전문가를 자청하며, 조악한 지식을 늘어놓는 것에 불과해 보였지만 방송가에서는 꽤 인기가 좋았다. 내 아이의 성격에 맞는 공부방 인테리어 컬러 배치, 갱년기 우울증을 벗어던질 수 있는 스카프 컬러 코디법, 다이어트에 도움이 되는 컬러테라피 식단 등을 아침 방송과 종편 채널에 출연해 소개하면서 인기를 끌더니 요즘은 본업과는 전혀 관계없는 먹방이나 예능 프로그램에서도 자주 볼 수 있었다.

조명아의 프로필 아래로 그녀의 결혼 기사가 줄줄이 떠 있었다. '미국 유학파 출신의 금융계 종사자 일반인 남성, 신접살림은 청담동에 차리기로……' 틀에 박힌, 그야말로 일반적인 가십성 연예 기사였다. 드레스를 입은 조명아의 사진이 실린 기사 아래 '너무 예뻐요, 행복하게 사세요~'라는 축하 글과 '듣보가 결혼하는데 뭔 상관?'과 같은 악플이 동시에 달려 있는 것조차 예상 가능한 반응이었다. 유학파 출신의 금융계 종사자 앞에 '평범한 직장인' 혹은 '일반인'과 같은 수식어가 붙는 것 또한 자주 보던 광경이었으나 여전히 익숙해지지는 않았다. 내가 생각하는 일반과 그들의 세계에서 말하는 일반의 기준은 달라도 한참 다르게만 느껴졌다.

조명아가 아나운서 시험에 떨어진 후 외국을 떠돌다가 한국에 돌아와 모교의 대학원에 입학했다는 소식을 전해 들었을 때 인희는 구겨진 종잇장처럼 얼굴이 일그러졌다. 자신이 원해도 가질 수 없었던 자리를 누군가는 도피처로 생각한다는 게 불공평하다고 말했다.

"걔가 어떤 마음으로 대학원에 갔는지 네가 알 수 없는 거잖아. 어차피 너와 상관없는 일이기도 하고."

나는 조명아를 두둔하는 것처럼 보이지 않도록 주의하며 건조한 목소리로 말했다.

"그러게, 나는 왜 아무 상관도 없는 사람에게 상처를 받았던 걸까."

알아들을 수 없는 말을 내뱉고는 한참 입을 다물고 있는 인희를 나는 의아하게 바라보았다. 꽤 오랫동안 침묵을 지키던 인희가 조심스럽게 털어놓았던 이야기는 그 이후로 두고두고 내 기억 속에서 잊히지 않았다.

"승규야, 내가 왜 조명아를 싫어하는 줄 알아?"

"그…… 글쎄, 일종의 질투?"

"질투라고? 그래, 맞는 말이네. 결국 난 걔가 부러웠던 거니까. 대학 2학년 때 조명아가 강아지 모양의 앙증맞은 귀걸이를 하고 학교에 온 날이었어. 누군가가 귀걸이가 예쁘다고 칭찬하자 조명아가 그러더라. 어제 집에 가는 길에 너무 기분이 안 좋았대. 이대로 집에 들어가면 안 되겠다 싶어서 백화점에 들러 귀걸이를 샀다고 하더라. 새로 산 귀걸이를 착용하니 기분이 좀 나아졌다고. 당시에 그 귀걸이 가격이 아마 5~6만원 정도였을 거야. 난 그때 크게 충격을 받았어."

"왜? 조명아가 너무 부유해서? 걔가 돈을 그렇게 쉽게 쓰는 게 충격이었어?"

"아니, 걔가 부잣집 딸이라는 거야 워낙 유명했잖아. 당시의 나는 며칠을 망설이다가도 결국 사지 못했을 물건을 집에 가는 길에 충동적으로 샀다는 것보다는, 그 아이가 내세운 쇼핑의 이유가 내 딴에는 굉장히 충격적이었어. 기분이 안 좋아서 예쁘고 반짝거리는 새것으로 자신을 꾸며야 한다고 생각했다는 것 자체에…… 아, 저 아이는 자신의 기분을 살피면서 살고 있구나, 자신의 상태를 살피고 나빠지지 않게 스스로를 돌보는 법을 아는구나. 그 아이의 귀에서 반짝거리는 작은 귀걸이를 한참 아무 말 없이 물끄러미 바라보았어. 그때부터였던 거 같아, 조명아를 미워하게 된 게. 당시의 나는 그런 기분을 어떤 식으로 감당해야 하는지 몰랐어. 조명아를 미워하는 것 외에 내가 할 수 있는 건 없었어. 그렇다고 내 기분이 나아지는 것도 아니었지만…… 너도 알다시피 그때의 나는 기분 따위를 돌보며 살 여력이 없었어. 학업을 이어가고, 생활을 유지하는 것만으로도 힘에 부쳤으니까."

인희는 방송에 나와 잡다한 이야기를 늘어놓는 조명아를 보면서 어렵사리 인지심리학 박사 학위를 따놓고 커리어를 망치는 일을 하고 있다고 힐난하듯 말했지만, 나는 조명아가 본인의 적성을 영리하게 찾아갔다고 생각했다. 언제나 자신의 기분을 살피는 데 능했으니 어떤 색깔을 쓰면 기분이 좋아질 수 있는지, 다른 사람들의 마음도 쉽게 헤아릴 수 있을 것이다. 조명아는 어떻게 돈을 쓰면 기분이 나아질 수 있는지를 세련된 방식으로 조언할 수 있었다. 그런 조명아를 인희가 불편해하는 것은 당연한 일인지도 모르겠다. 인희는 기분보다는 기본을 중요하게 여기는 여자였다. 서울에서 기본적인 삶을 누리기 위해 갖춰야 하는 조건들 앞에서 우리는 자주 좌절했지만, 어떻게든 버텨나가고 있었다. 하지만 요즘 나는 사람들이 말하는 기본의 기준이 갈수록 버거워진다고 느끼고 있었다.

조명아의 결혼식 날, 인희는 아침부터 한시간 넘게 공들여 머리를 말고 화장을 했다. 딸아이에게는 새로 산 레이스 달린 핑크색 원피스를 입혔고, 머리카락을 곱게 땋은 후 같은 색깔의 코르사주까지 달아주었다. 딸아이는 새 옷이 꽤 마음에 드는지 거울 앞에 서서 연신 제 모습을 비춰보았다. 안방에서 넥타이를 고쳐 매고 자동차 키를 챙기려는데, 밖에서 자지러지게 우는 소리가 들려왔다. 딸아이가 드로스트링 백을 들고 결혼식장에 가겠다고 떼를 쓰고 있었다. 가방 곳곳에 아이가 요즘 한창 빠져 있는 콩순이 스티커가 덕지덕지 붙어 있는 것을 보고 나는 얼굴을 잔뜩 찌푸렸다. 대학 시절 인희의 손끝에서 달랑거리던 저 검정색 가방을 인희와 닮은 딸아이가 들고 나타나면 동창들은 대체 어떤 표정을 지을까. 아이를 혼내고 어르다 지친 인희가 내게 도움을 청하는 눈빛을 보냈지만, 나 역시 저 고집을 꺾기란 쉽지 않았다. 아이는 한 술 더 떠서 원피스에 어울리는 베이지색 메리제인 슈즈는 쳐다보지도 않은 채 발을 움직일 때마다 붉은색과 푸른색 불빛이 번갈아 번쩍거리는 운동화를 신고 가겠다고 현관에서 발을 구르며 울어대기까지 했다.

"이러다 늦겠어. 신발은 따로 챙기고 일단 차부터 타자."

나는 아이에게 소리를 지르고 있는 인희를 말리며 말했다.

결국 딸아이는 걸을 때마다 발바닥에서 불빛이 번쩍거리는 촌스러운 운동화를 신고, 십오년 전 유행했던 M브랜드의 검정색 드로스트링 백을 들고 W호텔의 로비에 들어섰다. 가방 안에는 아이가 아끼는 콩순이 팩트와 요술거울, 머리핀 등이 들어 있었다.

신부 대기실에 인사를 하러 가기 전에 나는 화장실에 들러 거울 앞에서 머리를 다시 한번 매만졌다. 인희도 화장을 고치고 나온 눈치였다. 장난기 가득한 얼굴로 호텔곳곳을 두리번거리는 아이의 손을 꼭 잡은 채 우리 부부는 신부 대기실로 천천히 걸어갔다. 조명아에게 인희와 단란한 가정을 꾸리고 잘 살고 있다는 것을 보란 듯이 자랑하고 싶었다. 하지만 제대로 축하 인사도 건네기 전에 진땀을 흘리며 황급하게 사과부터 해야 했다. 환하게 웃고 있는 신부에게 인사를 하려고 아이를 잡고 있던 손을 놓자마자 아이가 "우와, 공주님이다!"라고 외치며 조명아 쪽으로 달려들었다. 조명아의 허벅지 쪽으로 손을 내밀어 실크 재질의 드레스를 와락 움켜쥔 아이의 손등을 나는 급하게 내리쳤다. 조명아는 눈살을 찌푸리며 당황한 표정으로 알은체를 했다.

"승규 네 딸이니? 아이가 참 활기가 넘치네. 인희도 같이 왔구나. 고마워."

조명아가 드레스 자락을 손으로 쓸어내리며 억지로 웃음을 지었다.

나는 조명아를 똑바로 바라보기조차 무안해서 천장 쪽으로 시선을 돌렸다. 주황색 샹들리에 조명이 여러개 매달려 신부 대기실을 환하게 비춰주고 있었다. 밝은 조명 아래 앉아 있는 조명아에게서 반짝반짝 빛이 났다. 드레스의 가슴 라인과 스커트 아랫단에 박혀 있는 보석들이 조명을 머금고 더 화려한 빛을 뿜어내고 있었다.

인희는 삼년 전 딸아이 돌잔치 때 입었던 남색 원피스를 입고 있었다. 그녀가 가진 옷 중 가장 비싼 정장이었다. 집에서 입고 있을 때에는 그리 보이지 않았는데 디자인도 유행에 뒤처지는 느낌이었고, 그때보다 살집이 올라 팔뚝과 배 라인이 도드라져 보이기도 했다. 의식하지 않으려 할수록 조명아, 그리고 식장을 찾은 다른 하객들에 비해 우리 가족이 초라해 보인다는 생각을 지울 수가 없었다. 나는 축의금을 20만원만 하라는 인희의 말을 못 들은 체하고, 굳이 봉투에 10만원을 더 넣어 냈다.

눈이 부시도록 밝은 신부 대기실과는 달리 정작 웨딩홀 안은 동굴 속처럼 어두웠다. 이전에도 호텔 예식장에 다녀온 적이 몇번 있었지만 이렇게 어둡지는 않았다. 테이블보까지 남색이라 홀 전체가 유난히 더 어둡게 느껴졌다. 최소한의 조명만 밝혀둔 예식홀 정면의 스크린에서 웨딩 사진과 연애 시절 사진이 교차 편집된 식전 영상이 나오고 있었다.

"예식장이 아니라 무슨 극장에 온 거 같네. 왜 이렇게 어두워."

나는 심기 불편한 얼굴로 투덜거렸다.

"요즘은 이런 극장식 웨딩홀이 유행이래. 이렇게 조명이 어두운 곳에서 플래시를 켜고 촬영하면 사진이 더 예쁘게 나온다고 하더라."

인희가 부러운 눈빛으로 주변을 둘러보며 말했다.

"우리 윤지도 나중에 성공해서 이런 데서 결혼하면 좋겠다."

"야, 조명아가 성공해서 지금 여기서 결혼하는 거냐? 별 이상한 소리를 하고 있어."

속없는 소리까지 내뱉는 인희의 말을 나는 퉁명스럽게 맞받아쳤다. 괜한 짜증이 치밀어올랐다. 테이블 중앙에 꽃과 함께 놓인 와인 병을 내 쪽으로 가져와 빈 잔에 와인을 따랐다. 와인을 벌컥벌컥 들이켜는 내 옆구리를 인희가 쿡 찌르며 그만하라는 눈짓을 보냈다.

은은한 선율의 관현악이 깔리면서 예식이 시작되었다. 신랑이 입장하고 신부가 등장할 차례가 되자 사방이 어두워졌다. 핀 조명이 면사포를 쓴 조명아의 머리 위로 떨어지면서 버진 로드를 걸어가는 신부 쪽으로 하객들의 시선이 집중되었다.

"아까 본 예쁜 이모!"

조명아가 우리 테이블 앞을 지나가자 딸아이가 소리를 지르며 알은체를 했다. 아이는 조명아에게 인사를 한답시고 허공에 손을 휘젓다가 테이블 위의 와인 병을 쓰러뜨렸다. 병 입구에서 흘러나온 와인이 테이블을 타고 흐르면서 아이의 치마 끝을 적셨다. 나는 반사적으로 의자에 앉아 있던 아이를 들어올렸다. 인희가 당황한 기색으로 핸드백에서 물티슈를 꺼내 아이 쪽으로 다가왔다. 그 순간 갑자기 전화벨 소리가 울렸다. 극장에서 영화 상영 중에 전화벨이 울렸을 때처럼 하객들이 수군거리며 주변을 두리번거렸다. 벨 소리는 점점 더 크게 들리는 것만 같았다. 정신없이 아이가 흘린 와인을 닦아내고 있던 인희가 아차 하는 표정을 지으며 뒤돌아서서 핸드백에 들어 있는 휴대전화를 꺼냈다. 인희의 휴대전화 화면에서 낯익은 지역 번호가 깜박거렸다. 정확한 발신지를 알 수는 없었지만 처가가 있는 지역에서 걸려온 전화였다. 같은 테이블에 앉은 사람들이 불쾌한 기색으로 우리 가족을 바라보았다.

인희는 전화를 받으며 출구 쪽으로 빠르게 걸어나갔다. 두 손을 전화기에 붙인 채 통화를 하는 인희의 어깨가 점점 움츠러들었다. 연신 고개를 조아리는 모습이 곤란한 이야기를 듣고 있는 것처럼 보였다. 아무래도 또 처가 쪽에 문제가 생긴 듯했다.

"아이 참, 나가서 받지. 굳이 저러면서 전화를 받나."

나는 한 손으로 아이를 안고 서서 다른 한 손으로 인희가 두고 간 물티슈로 테이블과 의자를 닦았다. 흰색 천으로 덮인 의자에 흘러내린 와인 자국이 좀처럼 지워지지 않았다. 딸아이는 내 팔에 안겨서도 조명아를 향해 손을 흔들며 발을 구르고 있었다. 내가 붙들고 있지 않았더라면 당장 연단 앞으로 달려나가기라도 할 기세였다. 조용히 하라고 주의를 주어도 막무가내였다. 발을 동동거리는 아이의 발바닥에서 휘황찬란한 불빛이 뿜어져나왔다. 조도가 낮은 식장 안에서 아이의 운동화 불빛은 민망하리만큼 도드라졌다. 영어유치원 레벨 테스트가 아니라 과잉행동장애 검사를 받아야 하는 게 아닌가 걱정스러울 지경이었다. 인희는 전화기를 손에 쥔 채 닫혀 있던 출입문을 밀고 밖으로 나가는 중이었다.

"이 결혼을 축하하며 제가 선생으로서 오늘 부부가 된 이 젊은이들에게 '마음을 처리하는 법'이라는 주제로 짧은 이야기를 선물하려 합니다."

주례를 맡은 이는 나와 인희도 학부 시절 수업을 들은 적 있던 심리학과 교수였다. 심리학은 인간의 뇌가 아니라 마음을 들여다보는 학문이라고 자주 강조하던 선생의 수업 시간이 떠올랐다. 지금 얼룩진 하얀 의자 위에 있는 저 검정색 드로스트링 백을 책상에 올려놓은 채 교수의 말을 열심히 받아적던 인희의 모습도…… 나는 처리되지 않는 묘한 기분의 정체를 굳이 알려고 하지 않은 채 어둠 속에서 화려한 조명을 받고 서 있는 오늘의 주인공에게만 집중하려고 연단 쪽으로 시선을 옮기며 길게 목을 늘였다.

두고두고 후회

지난주 아버지가 내 카드를 사용했다는 문자메시지가 날아오면서 그의 근황을 알았다. 아버지와 왕래를 끊은 것도, 다시 그를 찾게 된 것도, 모두 카드 때문이다.

이년 전 아버지가 지니고 있던 내 신용카드를 막내 영재에게 마음대로 빌려줘서 카드 빚 500만원을 지게 됐을 때 이제 정말 한계에 다다랐다는 생각이 들었고, 그후로는 아버지 얼굴을 보지 않았다. 영재 녀석과는 그보다 일년 앞선 시점, 그러니까 삼년 전에 절연했다. 영재가 신분증을 훔쳐가 내 명의로 몰래 대출을 받으려다 들통이 났던 때였다. 당시 사귀던 남자친구가 금융회사에 다니고 있었는데 그의 권유로 누군가가 내 신용정보를 조회하면 나에게 문자가 오는 서비스를 신청해놓은 상태였다.

나는 연체로 인해 한동안 이용 정지됐던 그 카드가 아직 아버지 손에 있으며, 이제 다시 사용 가능하다는 것에 먼저 놀랐다.

어디 아프거나 무슨 일 생기면 쓰세요. 정말 급할 때만 쓰시는 거예요.

'은화의료재단 168,000원'이라는 문자메시지가 떴을 때 예전에 내가 아버지에게 그 카드를 건네며 했던 말이 떠올랐다. 호흡을 고르고 전화를 걸어 병원의 위치를 물었다. 아버지는 응급실에서 수액을 맞고 있었다.

은재가 전화를 받지 않아 메시지를 남겼다. 아버지 일이야. 통화 좀 하자. 은재는 석달 전 제 딸의 백일잔치에 오지 않았다는 이유로 아직도 내게 잔뜩 뿔이 나 있었다. 친정 식구 중에 언니밖에 부를 사람이 없잖아, 그러니까 언니라도 와. 오히려 나 혼자 가는 게 더 이상하지 않니, 그냥 시댁 식구들끼리 좋은 시간 보내. 불러서 제 얼굴이 깎이지 않는 사람이 가족 중에서 나밖에 없다는 것이 황망했고, 그런 나조차 내세울 만한 게 없어서 더 위축되기도 했다. 오년 전 신춘문예 공모에 소설이 당선되면서 작가라는 명함을 얻기는 했지만 변변한 책 한권 없었고, 포털 사이트에 검색조차 되지 않는 처지였다. 등단 첫해와 이듬해에 서너편의 단편소설을 발표했을 뿐 이제 더이상 찾아주는 지면도 없었다. 카드 빚을 해결할 때까지만 일해야겠다고 마음먹고 들어간 학원에서 논술 강사로 일한 지 벌써 삼년째였다. 강사 일을 해서 형편이 넉넉해진 것도 아니었다. 지난해부터 대학 입시에서 논술 전형이 대폭 축소되면서 강의도 확 줄었다. 안정된 직장도 없고 결혼도 하지 않은 나이 많은 이모가 자리를 차지하고 있는 모습이 백일잔치 분위기에 하등 도움이 되지 않을 듯했다.

영재에게 직접 연락을 하기는 싫었다. 은재와 통화가 되어야 영재와 연락을 할 텐데,라고 생각하며 5인실 병실 보호자 침대에서 잠이 들었다.

아버지는 입원 후 여러가지 검사를 받아야 했다. 아버지의 주치의는 가족이 모두 모인 자리에서 환자의 상태를 설명하는 게 좋겠다며 오늘내일 중에 상담 시간을 잡자고 했다.

되도록 가족분들이 모두 모인 자리에서 얘기를 들으시

는 게 좋겠습니다. 한분에게만 설명하면 또다른 자녀가 와서 다시 설명을 해달라고…… 제가 여러번 같은 말씀을 드리기는 곤란합니다.

모두 모이기가 어려워요. 그게 더 곤란한 일입니다. 저한테 말씀해주세요.

자녀들이 어떻게 되시나요.

삼남매예요. 제가 장녀입니다.

그럼 김선재씨가 가족 대표이신 건가요.

우리는 대표 그런 거 없어요. 그냥 각자들 살아요.

내가 이마에 손을 짚은 채 말했다.

아버지의 장기 곳곳에 암세포가 퍼져 있다는 주치의의 설명을 듣고 병원을 나오면서 참 되는 일도 없지, 하고 나는 낮게 읊조렸다. 평소 감기 한번 앓지 않던 아버지였다. 오히려 아버지가 너무 오래 살지는 않을까, 지금처럼 일당벌이도 할 수 없을 정도로 늙고 쇠약해지면 결국 자식 중 누군가가 그를 책임져야 할 거라는 걱정에 사로잡혀 있던 지난날이 허탈하기까지 했다.

버스도, 지하철도 타지 않고 정해놓은 방향도 없이 넋

이 나간 사람처럼 한참을 걸었다. 문득 과거의 연인이 떠올랐다. 정확히는 그의 실적을 올려주기 위해 들었던 아버지의 보험을 생각했다. 한달에 6만원쯤 자동이체로 빠져나가는 보험이었는데 정확히 무엇이 어떻게 보장되는 것이었는지 생각나지 않았다. 그래도 암과 같은 중증 질환에 걸렸을 때 받을 수 있는 진단금이 2~3천만원은 된다고 들은 기억이 어렴풋이 났다. 보험금을 청구하려면 헤어진 전 남자친구에게 연락을 해야 하는 건가, 나는 포털 사이트 검색창에 암 진단 보험금 청구라는 단어를 입력하다가 문득 손가락을 멈추었다. 그런데 그 보험금, 요즘도 계속 자동이체로 빠져나가고 있었던가.

영재 짓이었다. 아버지가 보험금을 담보로 대출을 받아 영재에게 건넸고, 그 돈은 상환되지 않았다. 육개월 전에 이미 보험이 해지됐다는 사실을 이제야 알아챈 내가 아버지에게 울음 섞인 목소리로 따져 물었다. 최소 2천만원은 받을 수 있는 암보험을 150만원을 못 갚아서 날려버렸다고, 이제 어떻게 할 거냐는 물음에 도리어 아버지가 화를 냈다.

사람이 죽게 생겼는데 보험이 무슨 소용이라고.

그럼 아버지는 대체 우리에게 무슨 소용이 있었냐고 되묻고 싶었다. 이제는 아프기까지 해서 우리를 괴롭히는 거냐고 패악이라도 부리고 싶은 심정이었다. 그러나 죽는다는 말을 내뱉으면서 그의 입술이 떨리는 것을 본 순간 내가 이미 그에게 졌다는 것을 인정할 수밖에 없었다.

　　나는 한번도 아버지를 이겨본 적이 없었다. 젊은 시절의 그는 어린 나에게 절대자 같은 존재라 어려웠고, 내가 머리가 굵어지면서 조금씩 아버지에게 반기를 들고 싶은 마음이 들 무렵의 어느날 다리에 힘이 풀린 채 집으로 걸어들어오는 아버지와 마주한 이후부터 앞으로 그에게 나쁘게 굴면 안 되겠다는 마음에 사로잡혔다. 사업에 실패하고 큰 빚을 지게 된 이후 그는 점점 더 망가져갔다. 아버지는 센 척하면서 결국은 약한 모습을 드러내는 사람이었고 그것은 그의 약함을 더 두드러지게 만들었다.

　　초등학교 6학년 겨울방학 때였다. 열세살에서 열네살이 되던 겨울, 당시의 나는 이미 다 커버렸다는 착각에 빠져 있었다. 아버지의 회사가 최종 부도 처리가 됐고, 졸지에 가장이 된 엄마가 다른 도시에 가서 돈을 벌기 위해 집을 떠났으며, 빚쟁이들이 하루가 멀다 하고 집 대문을 두드리고 있다는 사실을 굳이 학교에서 티 낼 필요가 없다고, 그런 건 어린애들에게나 어울리는 행동이라고 생각했다. 사총사라 불리며 가까이 어울리던 여자 친구들 셋과 초등학교 졸업 기념으로 눈썰매장을 가기로 한 약속을 지키기 위해 수년간 모아둔 돼지저금통——빚쟁이들이 들이닥쳤을 때 나는 그것부터 책상 서랍 안으로 숨겼다——을 깬 것도 그 때문이었다.

두꺼운 패딩 점퍼에 목도리를 두르고 털모자와 귀마개까지 챙겨 나가는 나를 아버지가 현관에서 불러 세우며 조금 화난 얼굴로 어디를 가느냐고 물었다. 나는 아버지의 눈치를 보며 친구들과 졸업 기념으로 눈썰매장에 가기로 했다고 말했다. 아버지는 물끄러미 나를 바라보며 잘다녀오라고, 그런데 돈은 있냐고 물었다. 나는 약간 자랑스러운 표정을 지으며 오늘 회비는 3만원인데 그동안 모아둔 용돈이 5만원이 넘는다고, 아버지가 따로 챙겨주실 필요는 없다고 했다. 아버지는 희미하게 웃었다. 그러고는 등을 돌려 다시 방으로 들어가며 혼잣말처럼 중얼거렸다.

그래 많이 모았네. 5만원이면 우리 식구 다 같이 나가서 삼겹살을 먹을 수 있는 돈인데……

아버지의 말이 떨어지자마자 거실에서 놀고 있던 은재가 아, 삼겹살 먹고 싶다, 하고 입맛을 다셨다. 다섯살 난 영재마저 꿀돼지 삼겹살이라고 소리를 지르며 엉덩이춤을 췄고, 그 순간 나는 눈사람처럼 얼어붙은 채 현관에서 한발짝도 움직이지 못하고 서 있었다.

아버지가 사업에 실패하기 전, 엄마가 다른 도시에 돈을 벌러 떠나기 전, 가족 중 누군가의 생일이거나 기분 좋은 일이 있을 때 찾곤 했던 단골 삼겹살집에서 아버지는 파채를 안주 삼아 소주만 들이켰다. 은재와 영재는 젓가락을 흔들며 콧노래를 불렀다. 나는 집게로 고기를 휘저으며 계속 눈을 깜빡거렸다. 삼겹살이 익어가며 피어오르는 연기가 유난히 매웠다. 연기가 너무 매워서 눈물이 났다.

갑자기 배탈이 나서 눈썰매장을 못 가게 됐어. 너희들끼리 재미있게 놀다 와. 다음에는 꼭 같이 가자.

다음은 없어. 우리 졸업 전에 마지막으로 놀러 가기로 한 거잖아.

친구 중 한명에게 전화를 걸어 부러 아픈 목소리를 내
며 못 가게 됐다고 말했을 때, 평소 무리에서 리더 역할을
하던 그 아이는 매몰차게 말하며 전화를 끊었다.

열세살에서 열네살이 되던 그해 겨울에서 봄까지, 나는
사춘기를 심하게 앓았다. 그 겨울 눈썰매장에서 초등학교
6학년짜리 여자애들끼리 이루어진 모의가 어떤 것이었는
지 나는 모른다. 아니 어쩌면 그런 종류의 모의는 처음부
터 없었는지도 모른다. 그저 특별한 하루를 보낸 친구들
끼리 더 공고한 친밀감을 나누게 됐을 뿐, 나를 배제시키
거나 따돌리려는 의도는 없었을 거야. 그날 이후로 미묘
하게 달라진 친구들의 태도에 예민하게 굴지 않으려, 아
니 그 앞에서 나의 예민한 마음을 들키지 않으려 애를 쓰
고 또 썼다.

나를 제외한 사총사의 일원들이 눈썰매장 기념품 숍에
서 우정의 증표로 사서 나눠 가졌다는 가느다란 실반지
에는 눈 결정 모양의 작은 비즈가 달려 있었다. 내 앞에서
일부러 반지 낀 손을 자주 드러내던 친구들, 반지 낀 손으
로 부러 머리를 쓸어내리고 눈썹을 만지던 손의 움직임,
그런 동작 사이사이 서로 찡긋하고 눈을 맞추던 그 아이

들 틈에서 나는 어디를 바라봐야 할지 몰라 눈동자를 허공으로 굴렸다. 눈 결정 모양의 가느다란 반지를 나눠 낀 친구들의 손가락을 볼 때마다 마음에 가느다란 실금이 그어지는 느낌이었고, 하나씩 늘어난 실금이 점점 퍼져가면서 가슴이 바스러지는 듯한 통증에 시달렸다.

중학교에 간 이후로 그 아이들과는 연락이 끊어졌다. 그해 겨울 이후로 나는 삼겹살을, 흰 눈을 좋아하지 않게 되었다. 그리고 이따금 그날 눈썰매장에 가지 않은 것을 후회한다. 친구들과 놀지 못한 게 아쉬워서는 아니다. 이후로 나는 눈썰매장 따위를, 마음을 털어놓는 친구를 아예 바라지 않는 사람이 되어버렸고 그것은 열세살의 소녀는 물론 서른다섯살의 어른에게도 여전히 가혹한 일로 느껴진다.

가족분들이 의논해서 후회하지 않을 선택을 하시길 바랍니다. 시간이 많지는 않아요.

주치의는 담도에서부터 시작해 온몸 장기 곳곳으로 암세포가 퍼져 있는 아버지의 CT영상을 보여주며 앞으로 남은 기간을 육개월 정도로 본다고, 건조하고 담담한 목소리로 말했다. 완치는 불가능하며 항암치료를 받으면 수명을 몇달 더 연장할 수 있겠지만 그 과정이 힘들 수 있으니 환자와 가족들의 선택을 존중하겠다고 했다.

평소 너무 건강하셨어요.

네, 연세에 비해서 체력이 좋으신 편이더군요. 하지만 점점 힘들어지실 겁니다. 항암치료를 하려면 빨리 시작하시는 게 낫습니다.

학원에서 학생들에게 무의미한 연명치료 찬성과 반대 입장 중 한가지를 택해 논술문을 쓰게 했던 적이 있다. 그때는 아무 생각이 없었는데, 무의미한 연명이라는 말에 울컥 화가 치솟았다. 연명이 왜 의미가 없는가. 이렇게 햇빛을 보고 공기를 마실 수 있는데. 나는 뭐든지 할 수 있는 걸 해봐야 한다는 쪽으로 마음이 기울다가 그 모든 과정을 우리가 과연 감당할 수 있을지에 대해 생각하면 침울해졌다.

엄마한테 물어보자. 2 대 2니까, 엄마가 결정하게 해.

영재가 철없는 막내답게 내뱉은 말에 병실에 잠깐 침묵이 감돌았다. 하지만 엄마에게 못 물어볼 일도 아니라는 생각이 들었다. 항암치료나 시한부 선고를 받은 말기 암 환자에 관해서 우리 가족 중에 가장 잘 아는 사람은 엄마일 것이다.

은재와 영재는 당연히 항암치료를 받아야 한다는 쪽이었고, 나와 아버지는 하지 말자는 쪽이었다. 하지만 어느 쪽도 확고한 의견을 가지고 있지 않아 갈팡질팡하고 있었다. 그래도 할 수 있는 건 뭐든 해봐야 하지 않겠느냐는 두 동생에게 나는 얼마 남지도 않은 시간을 병원에서 고생만 하다 가시게 될까봐 걱정이라고 말하며 한숨을 쉬었다. 아버지는 자신의 상황을 제대로 받아들이지 못했다. 가망 없는 치료에 매달리고 싶지 않다고 단호하게 말해놓고도 이내 기죽은 목소리로 치료를 열심히 받으면 나을 수 있긴 한 거냐고 물었다.

그래, 맞아. 엄마 얘기도 들어보자.

은재가 맞장구를 쳤다.

너희 엄마가 그 영감이랑 사는 데가 분당 어디라고?

병상에 누워 있던 아버지가 감고 있던 눈을 뜨며 물었다. 쓸데없는 소리 말라며 화를 낼 줄 알았는데 의외의 반응이었다.

분당이 아니라 당진이요. 그 할아버지 고향에 같이 내려간 지 일년이 다 되어가요.

내 대답을 듣자마자 아버지는 흠, 하는 소리를 내며 다시 눈을 감았다.

말 나온 김에 엄마한테 가서 물어볼까요? 그 노인네 말이에요, 당진 시내에서 조금 더 들어가야 하는 바닷가 마을에 있는 근사한 전원주택에서 지내더라고요. 이사 전에 리모델링도 싹 다 했대요. 쳇, 앞으로 살면 얼마나 산다고. 하긴 주변 경치도 끝내주는 게 죽기에도 좋은 집 같아 보이긴 했어요.

영재가 분위기 파악을 하지 못하고 이죽거렸다. 얼굴 전체 근육이 경직된 채 미동도 없이 누워 있는 아버지를 힐끔거리며 은재가 영재를 나무랐다.

얘, 죽는다는 소리 좀 그만해.

영재는 엄마를 보러 여러차례 당진에 간 눈치였고, 그 이유는 뻔했다.

엄마는 당진에서 팔순이 넘은 부유한 노인의 간병인으로 일하고 있다. 오년 전 노인이 첫번째 암수술을 받을 때

용역업체에서 파견된 간병인 신분으로 노인을 돌봤던 엄마는 이후로 쭉 입원과 퇴원을 반복하고 있는 노인과 함께 지내고 있다. 그녀는 이십여년 전 아버지의 사업이 도산하면서부터 우리와 떨어져 살았는데 항상 누군가를 돌보는 일에 종사해왔다.

처음에는 입주도우미 일이었다. 교수가 된 친척 동생의 아기와 그 집 살림을 돌봐주기로 하고 다른 도시로 떠났다. 그때 영재는 다섯살에 불과했다.

모든 게 IMF 때문이다. 그 시절에는 그런 사람이 많았다.

일년만 떨어져 살자고 했던 엄마가 다시는 집에 돌아오지 않게 된 것을 두고 아버지는 IMF 탓을 했다. 대기업을 다니던 아버지가 회사를 관두고 정수기 사업을 시작한 시점은 IMF 사태가 터지기 삼년 전이었다. 집에 정수기를 두고 물을 마시던 사람들이 흔치 않던 때였다. 사업은 처음부터 쉽지 않았고, 그럼에도 아버지는 집집마다 정수기를 구비할 시대가 머지않았다며 은행 빚을 무리하게 내가면서 정수기 공장을 짓는 데 열을 올렸다. 정수기가 각 가정에 보급되는 시대가 올 거라는 아버지의 예상이 실현

된 것은 그보다 더 오랜 시간이 지난 후였고, 그사이 IMF 외환위기가 발발하면서 금리가 치솟았다. 아버지의 빚은 눈덩이처럼 불어났다.

한때는, 옛날에는, 내가 회사에 있던 시절에는, 과거 시제로 시작되는 이야기를 할 때에만 아버지는 목소리가 높아졌다. 누군가에게 자신의 처지를 설명할 때 그는 실패한 정수기 사업에 대해서는 한마디도 하지 않았다. 대기업을 다니다가 IMF 때문에 망했다,라고 말하며 시대의 피해자를 자처하는 아버지를 볼 때마다 나는 그 말을 고쳐주고 싶은 충동에 시달렸다. '대기업'과 'IMF' 사이에 존재했던 잘못된 선택 탓이라고, 그가 다니던 회사를 그만두고 분에 넘치는 성공만 꿈꾸지 않았더라도 우리 남매들의 인생에서 지금과는 다른 선택지가 존재했을 거라고 굳이 대놓고 말하지 않은 것은, 그때가 아니라도 그가 인생에서 잘못된 선택을 할 기회는 여전히 많았을 거라는 생각이 들어서였다.

아버지는 손대는 일마다 되는 일이 없었고 번번이 망하기만 한 인생이었다고 자신의 불운을 원망했지만, 그는 그저 크게 한번 망했고 재기하지 못했을 뿐이다. 아주 조금 나아지고 있다고 느낄 때도 있었으나 다시 자그마한 악재라도 만나면 상황은 걷잡을 수 없이 나빠졌고, 결국 나중에는 더이상 나빠질 수 없는 상태에까지 이르렀다. 아니, 그의 인생에서 더이상 나빠질 일은 없다고 생각했는데 이렇게 또다른 종류의 나쁜 일이 삶의 막다른 길에서 그를 기다리고 있었다.

영재가 몰고 온 고급 세단 앞에 서서 나는 의심스러운 눈길을 거두지 못했다.

아는 형님한테 빌린 거야.

영재가 어깨를 으쓱하며 말했다.

아직도 너한테 뭔가를 빌려주는 사람이 있니.

빈정거리는 내 말투에도 아랑곳하지 않고 영재가 유들거리며 말했다.

어, 그러지 않아도 처음에는 안 된다고 하더니 아버지가 말기 암에 걸리셔서 마지막으로 이혼한 엄마 만나러 간다고 하니까 허락하더라고.

마지막이라니, 아버지 앞에서 제발 말조심해.

골목 끝에서 아버지가 은재와 함께 걸어나오고 있었다.

은재는 아기 띠를 두르고 가슴팍에 조카를 안은 채 아버지의 손을 잡고 부축하려 했다. 아버지가 은재의 손을 뿌리치고 앞서 걸어왔다.

평일 낮 서해안고속도로는 한산했다. 세단은 미끄럽게 달렸고, 차에 탄 사람들은 말이 없었다. 엄마가 우리를 반길까. 영재 말로는 엄마도 아버지를 보고 싶어한다고 했지만 영 못 미더웠다.

열흘 전 아버지의 소식을 전화로 전했을 때 엄마는 그럴 줄 알았다며 목소리를 높였다.

너는 그럼 그 인간이 오래 살 줄 알았니? 대체 뭘 기대한 거야.

나는 서둘러 전화를 끊고 싶었지만 엄마와 거의 반년 만에 통화를 하게 된 것이라 참고 있는 중이었다.

엄마는 아버지한테 하고 싶은 말 없어?

이제 와서 무슨 말을 해. 잘 죽으라고 해.

이 말을 끝으로 엄마가 먼저 전화를 끊었다. 통화가 끝난 후 나는 한참이나 잘 죽는다는 게 어떤 걸까 곰곰이 생각했으나, 아무래도 그것이 내 아버지의 몫은 아닐 것이라는 결론에 도달했다.

아기는 은재의 품에서 땀을 흘리며 잠들어 있었다. 은재 또한 머리카락과 목덜미가 땀에 젖어 번들거렸다. 아기와 집에 있으라고 했지만 은재는 고집을 피우며 먼 길을 따라나섰다.

힘들지? 내가 좀 안을게.

옆자리에 앉은 내가 은재에게서 아기를 받자마자 잠을 깬 조카가 자지러지게 울어댔다. 은재가 짧게 한숨을 쉬며 다시 아기를 제 품에 안았다. 달리는 차 안에서 은재가 왼쪽 가슴 앞섶을 풀어 아기에게 젖을 물렸다. 운전석과 조수석에 앉은 영재와 아버지는 잠시 흠칫하는 눈치였지만 티를 내지 않았다. 나 역시 눈을 어디에 둬야 할지 몰라서 창밖으로 시선을 옮겼다.

젖량이 너무 부족해. 스트레스를 받아서 그런가.

은재가 걱정스러운 말투로 말했다.

그냥 분유를 먹이지그래.

영재가 과속 단속 카메라 앞에서 속도를 줄이며 말했다.

분유 값이 얼마나 비싼데, 난 어떻게든 모유 수유 성공할 거야. 모유가 건강에도 더 좋잖아.

어떻게든,이라고 말하는 것은 은재의 오랜 말버릇이었

다. 어떻게든 사고 말 거야, 어떻게든 해볼 거야. 갖고 싶
은 게 있어도 쉽게 포기하고 나중에는 무언가를 원하는
것 자체를 기피하게 된 나와는 달리 은재는 중고등학교
때부터 아르바이트를 해서라도 원하는 게 있으면 손에 넣
고야 마는 성격이었다. 아버지가 포천에 지었던 정수기
공장이 망하고, 가족 모두가 포천을 떠나 뿔뿔이 흩어진
후에도 혼자 그곳에 남아 전문대를 졸업하고, 각종 계약
직과 아르바이트를 전전하다가 가정을 꾸려 살게 되기까
지 은재가 얼마나 다양한 '어떻게든'을 거쳤는지 나는 모
른다.

그 새끼 죽여버릴까.

은재는 가끔 술에 잔뜩 취한 채 내게 전화를 걸어 이런
말을 내뱉곤 했다. 은재가 죽여버리고 싶다는 남자들은
전 남자친구이기도 했고, 아르바이트하는 호프집과 피시
방 사장이기도 했고, 계약직으로 일했던 회사의 직장 상
사이기도 했다. 살의를 불러일으키는 그 새끼들의 행동
양상은 실로 다양하면서도 비슷했다. 그나마 다행인 건
지금 제부가 된 사람은 그 새끼들의 범주에는 속하지 않
았다는 사실이다. 은재는 마트에서 아르바이트를 하다가

자신에게 성추행을 일삼던 마트 부장을 카트로 밀쳐버린 남자 알바생과 사랑에 빠졌다. 동생은 그 알바생과 오년 넘게 동거를 하다가 재작년 그가 작은 금형 공장에 취업하면서 결혼식을 올리고 조카도 낳았다. 제부의 수입은 넉넉하지 않았고, 은재는 항상 고단한 눈치였지만 늘 그랬듯 어떻게든 해볼 거라고 씩씩하게 말해줘서 그나마 걱정을 덜어주었다.

영재가 대학을 관둔다고 했을 때에도 은재는 학비만큼은 누나들이 어떻게든 해볼 테니 학교를 그만두지 말라고 설득했다. 하지만 통하지 않았다. 영재는 그때 이미 대학생 신분으로 수천만원의 빚을 지고 있었고, 학교를 제대로 다닐 수 없는 상태였다. 박봉의 잡지사를 다니던 큰누나와 아르바이트를 전전하는 작은누나가 어떻게든 도움을 줘봤자 그 아이를 구제할 길은 요원해 보였다.

젖을 빨던 아기가 잠들자 차 안은 다시 고요해졌다. 아버지는 창밖만 바라보았고, 영재는 누나들과 아버지의 눈치를 번갈아 보느라 운전에 집중하지 못했다.

음악 들을까요.

영재가 운전석 옆에 두었던 스마트폰을 손에 쥐면서

물었다.

됐어, 음악은 무슨. 뉴스나 틀어.

나는 쌀쌀맞게 말하며 팔짱을 꼈다. 영재에게는 도저히
말이 곱게 나가지 않았다.

라디오에서는 전직 대통령의 서거 10주기가 다가오고
있다는 뉴스가 흘러나왔다. 그를 맹렬하게 저주하던 아버
지의 모습을 지금도 선명하게 기억한다. 아버지는 상고
출신의 대통령이 당선됐을 때 분노를 금치 못했다. 도무
지 '깜'이 되지 않는 자가 대통령이 되었다며 나라가 망할
징조라고 혀를 끌끌 차면서 밤새 소주를 마셨다. 하지만
그것도 무려 십칠년 전의 일이고, 그때 아버지가 저주하
던 대통령이 세상을 떠난 지도 십년이 지났다. 전직 대통
령이 세상을 저버렸다는 뉴스가 전해진 날 역시 아버지는
소주를 마셨다. 참 안됐어, 깜이 되지 않는 이가 대통령이
되어서 결국은…… 눈시울을 붉히며 목멘 목소리로 더이
상 말을 잇지 못하는 아버지가 보기 싫어서 그날 밤 집 밖
으로 나와버렸다. 아버지야말로 자신의 깜을 생각하지 않
고 분수에 넘치는 일을 벌이며 살아오지 않았느냐고, 대
거리를 하려다 말았다. 나는 그 대통령을 좋아했다. 내가

그를 좋아했던 이유와 아버지가 그를 미워했던 이유는 정확히 일치했다.

명문대를 나오고 대기업을 다녔던 아버지는 자신보다 학력이 낮은 전직 대통령을 무시하기 일쑤였고, 더 뛰어나고 훌륭한 사람이 나라의 지도자가 되어야 한다고 목소리를 높이곤 했다. 한편으로 그는 근소한 차이로 대통령이 되지 못한 대법관 출신의 야당 후보에게 깊이 감정이 입하며 그 후보를 진심으로 안쓰러워했다. 그러니까 아버지가 생각하는 지도자란 우선 서울대 법대를 나오고 실패 없이 주류 사회에서 성공 가도만을 달려온 존경할 만한 사람이어야 하는데, 따지고 보면 지금 엄마가 돌봐주고 있는 노인이 그에 해당했다. 그 노인은 서울대 법대를 나온 부장판사 출신에 대형 로펌에서 정년퇴직을 했다. 엄마는 노인과 같이 살게 되면서 혼인신고를 할 뻔했으나 그의 자식들의 완강한 반대에 부딪혀 사실혼 관계로 지내고 있다.

엄마의 말에 따르면 노인은 지난 오년간 세번의 암수술을 거쳤고, 현재 몸에 세개의 관을 꽂고 생활 중이었다. 혼인신고를 하지 않는 대신 자신이 세상을 떠나는 날까지 곁을 지켜주면 분당의 아파트를 유산으로 남겨주겠다고 약속했다는데 나는 그것이 현실적으로 이뤄질 수 없는 일이라고 생각하고 있다. 영재는 걸핏하면 엄마를 찾아가 돈을 받아내는 눈치였다. 엄마는 계산이 빠르고 독한 구석이 있는 편이지만 영재에게는 유독 약했다. 영재가 대학생 시절부터 다단계에 빠지고 사기 혐의로 경찰서를 들락날락하게 된 이유가 어린 시절 엄마의 사랑을 받지 못한 탓이라고 생각했다. 엄마가 노인의 자식들에게 무시를 당하면서도 그 곁을 지키고 있는 것도 아마 영재 때문일 것이다.

서해대교를 건너자마자 당진시라는 표지판이 눈에 들어왔다. 나는 엄마에게 전화를 걸어 당진 초입에 들어섰다고 말했다. 엄마는 삼남매만 오는 줄 알고 아버지까지 오는 줄은 몰랐던 모양이었다. 아버지가 같이 왔다는 말에 엄마는 화를 냈고, 나는 영재를 노려보며 미리 연락을 해두었다고 하지 않았느냐며 질책했다. 영재는 내게 스피커폰 모드로 바꿔달라고 한 다음, 날씨가 너무 좋아 아버지를 모시고 드라이브를 오게 되었다며 너스레를 떨기 시작했다. 차 안이 울릴 정도로 화를 내던 엄마의 목소리가 조금씩 누그러들었고, 우리는 모두 숨을 죽이고 통화 내용을 듣고 있었다.

우선 밥부터 먹어야지. 내가 식당 위치 문자로 보내마.

엄마와의 통화가 끝난 다음에야 아버지가 흠, 하고 헛기침을 했다. 그제야 나는 아버지가 수원 집에서 당진까지 오는 동안 단 한마디도 하지 않았다는 것을 깨달았다.

엄마가 정해준 당진 시내의 장어구이 식당 온돌방에 자리를 잡고 앉아 있는 동안, 아버지는 입구 쪽을 연신 힐끗거렸다. 나는 아버지의 눈치를 보며 엄마에게 문자메시지를 보냈다. 우리 지금 시켰어요, 출발하셨나요? 다섯 식구가 이렇게 모여 밥을 먹어본 것이 얼마 만인지 기억조차 나지 않았다. 다섯이 마지막으로 모인 것은 재작년 은재의 결혼식이었다. 그때 예식이 끝나고 모여 사진만 같이 찍었을 뿐 서로 대화조차 나누지 않고 헤어졌다.

불판에 열이 오르면서 줄지어 놓인 장어 살점이 조금씩 오그라들고 있었다.

내가 구울게. 누나들은 드시기나 하셔.

영재가 내 손에서 집게를 낚아채며 웃었다.

저기, 소주 한병만.

아버지가 오른손을 들어 종업원을 불렀고, 영재가 단호한 표정을 지으며 손사래를 쳤다.

아닙니다. 소주 필요 없어요.

아버지는 잠깐 영재를 못마땅한 눈빛으로 쳐다보다가 시선을 거두었다.

누나들, 나 오늘 좀 듬직하지 않아?

영재가 눈을 찡끗하며 물었다. 은재가 피식 웃음을 터뜨리며 답했다.

그래, 봤던 중에 오늘 제일 듬직하네.

체력이 좋은 암 환자, 듬직한 신용불량자, 젖이 나오지 않는 수유부, 소설을 손에서 놓은 소설가가 커다란 불판 하나를 둘러싸고 장어를 굽고 있었다. 장어가 익으면서 기름기가 돌았고, 고소한 냄새를 풍겼다. 모두들 말없이 장어를 먹는 데에만 집중했다. 장어는 살이 통통하고 식감이 좋았다. 다들 입맛이 없다고 하더니 불판 위에 올려놓은 삼인분의 장어가 순식간에 사라져 추가로 주문을 했다.

아버지, 장어탕도 드실래요?

아버지는 고개를 끄덕였다. 마치 장어를 먹으러 당진에 온 사람처럼.

엄마는 새로 주문한 장어까지 다 먹어치우고 나서도 나타나지 않았다. 식당 방석 세개를 붙여 사람이 앉지 않는 벽 쪽에 뉘어놓았던 조카가 으앙, 하고 울음을 터뜨렸다. 은재가 자리에서 일어나 테이블 주변을 서성거리며 칭얼거리는 아기를 어르고 달랬다.

우선 여기에서 나가야 할 거 같은데요.

핸드백을 챙겨 일어서면서 내가 말했다. 별수 없이 계산은 내 몫이었다.

영재가 해안도로 쪽으로 천천히 차를 몰았다. 나는 차창을 내리고 손을 내밀어보았다. 소금기를 머금은 바닷바람의 감촉이 손끝에 전해졌다. 함께 외식을 하고 바다를 보러 가고, 그런 일들은 우리에게 너무 사치라고 여겨왔다. 하지만 막상 시간을 내어보니 아무것도 아닌 일이었고, 앞으로 남은 시간이 과연 얼마나 될지 가늠할수록 과거에 그냥 흘려보낸 시간들이 아깝게 느껴졌다.

이곳에서는 해가 뜨고 지는 것을 한자리에서 볼 수 있대요.

왜목해수욕장 주차장에 차를 대며 영재가 말했다. 이미

해가 중천에 떠 있었고, 해가 질 때까지 이곳에서 머물기는 어려울 것이다. 너무 늦지 않게 각자의 집으로 돌아가야 했다.

5월 초 한낮의 햇볕은 뜨거웠지만 선선한 해풍이 불어와 바닷가를 거닐기 나쁘지 않았다. 벌써부터 해변에 텐트를 치고 자리를 차지한 사람들도 보였다. 여름이 가까워지고 있었다.

안 더우세요?

혼자 앞서 걷고 있는 아버지에게 식당에서 받아 온 생수를 건네며 물었다. 아버지는 괜찮다는 손짓을 보냈다.

아버지를 빈 벤치에 앉도록 한 다음, 나와 은재는 아버지로부터 서너걸음쯤 떨어진 다른 벤치에 자리를 잡았다. 엄마에게 다시 메시지를 보냈다. 왜목마을에 와 있어요. 잠깐만 얼굴 보고 올라갈게요.

영재는 바닷물에 손이라도 담가보겠다며 물가 쪽으로 걸어갔다. 혼자 벤치에 앉은 아버지도, 벤치 하나에 엉덩이를 붙이고 나란히 앉은 자매도 한동안 아무 말이 없었다. 은재가 아기 띠 속에서 발을 버둥거리고 있는 아기의 엉덩이를 토닥거리는 소리와 해변의 소음이 섞여 들렸다.

스마트폰에서 진동음이 울렸다. 엄마가 답신을 보낸 줄 알았는데, 가입 신청을 해놓은 암 환자와 보호자를 위한 인터넷 카페에 가입 승인이 되었다는 알림 메시지였다. 아기도 있어서 오래는 못 기다려요. 나는 엄마에게 메시지를 한번 더 보낸 후 인터넷 카페에 접속해 아버지와 비슷한 환자의 증상을 검색했다. 마지막으로 후회 없는 선택을 하길 바란다는 주치의의 말이 목에 가시처럼 걸려 넘어가지 않았다. 항암치료를 선택한다고 해서 아버지의 인생이 크게 달라질 수 있는 건가. 인생에서 무엇도 제대로 선택할 기회가 없었고, 번번이 실패만 해온 사람에게 마지막으로 후회 없는 선택을 하라는 요구가 허황되게만 느껴졌다. 이미 실패한 사람은 매번 실패할 수밖에 없다는 것, 후회에 사로잡힌 자가 할 수 있는 것은 후회밖에 없다는 것을 나는 아버지를 통해 배웠다. 아무것도 되돌릴 수 없고 더 나아질 수 없는 사람들이 할 수 있는 유일한 일이 후회였다. 후회해도 소용없다는 말이야말로 가장 소용없는 말이었다. 그럼에도, 어떤 선택을 해야 후회하지 않을 수 있을지 나는 묻고 싶었다.

은재가 천천히 몸을 일으켜 아기를 어르며 바다를 등

지고 서 있는 영재 쪽으로 걸어갔다. 영재는 어린애처럼 파도 끝에 실려오는 빈 음료수 캔 하나를 걷어찼다. 아무리 밀어내도 다시 파도에 쓸려오는 찌그러진 캔은 우리의 불운과 닮아 있었고 영재는 그것을 계속 따라다니면서 건드리고 있었다. 고개를 돌려 아버지의 옆얼굴을 바라보았다. 아버지의 시선은 아주 먼 바다를 향해 있었다.

나는 초조한 기색을 숨긴 채 해변 곳곳을 두리번거렸다. 왜목이라는 이곳의 지명대로 왜가리 목을 형상화해 만들었다는 스테인리스 재질의 조형물이 해수면 위로 고개를 쳐들고 있었다. 엄마는 끝까지 안 오려나. 나는 스마트폰을 손에 쥔 채 전화를 걸어야 할지 망설였다. 벌써 두시간째였다. 각자 갈 길이 멀었고, 남은 시간이 별로 없었다. 나는 서울로, 아버지와 영재는 수원, 은재는 포천까지 가야 했다. 일출과 일몰이 아름답기로 유명한 이곳에서 일출과 일몰 중 어느 것도 보지 못하고 일어서야 할 시간이 다가오고 있었다. 지금 이 시간이 나중에 후회로 남을지 그리움으로 남을지 아직은 예상할 수 없었고, 우리 모두에게 너무 많이 후회되거나 그리워지는 순간이 아니기를 바랄 뿐이었다.

영국산 찻잔이 있는 집

소녀의 전화를 받은 것은 자정이 넘은 시각이었다. 오늘이 사흘째야. 이럴 애가 아닌데⋯⋯ 네가 알 리는 없겠지만 혹시나 해서. 두서없이 횡설수설하는 소녀의 말에 나는 미간을 찌푸렸다. 그래서 뭐? 소녀가 내게 전화를 걸어온 건 처음이었다. 야심한 밤 얼떨결에 전화를 받은 나로서는 통화의 내용보다 이 전화 자체가 의아하게만 느껴졌다. 그래서 하고 싶은 말이 뭔데? 내가 짜증스럽게 묻자 소녀는 흐느끼면서 답했다. 내 동생이 사라졌다니까. 전화는 이내 끊어졌고 나는 마른침을 삼켰다. 울먹이는 소녀의 목소리가 귓가에서 웅웅거렸다. 피티가 사라지다니, 그것도 소냐를 혼자 두고? 내가 아는 피티는 그럴 수 있는 사람이 아니다.

피티의 번호로 전화를 걸어보았다. 전화는 꺼져 있었다. 피티가 내 전화를 피하는 건 어제오늘의 일이 아니지만 생각해보니 며칠 전부터 전화가 계속 꺼져 있었다. 이렇게 오랫동안 전화기가 꺼져 있었던 적은 없었다. 그동안은 적어도 신호음은 들렸다. 나는 소녀에게 전화를 걸었다. 한쪽 팔을 점퍼에 꿰면서 차분한 목소리로 말했다. 내가 지금 그쪽으로 갈게.

눈이 빨갛게 충혈된 소녀가 현관문을 열었다. 집 안으로 들어서자 소녀 옆에 엎드려 있던 애완견 솜이가 부르르 몸을 한번 떨고는 거실 입구에 놓여 있는 개집 안으로 들어가버렸다. 소녀는 내게 앉으라는 말도 없이 혼자 거실 소파로 가서 앉았다. 좁은 거실의 한면을 채운 3인용 아이보리색 인조가죽 소파에 소녀와 나란히 앉는 것은 나도 거북할 것 같았다. 나는 하트 모양의 연핑크색 러그가 깔려 있는 거실 바닥에 조용히 엉덩이를 대고 앉았다.

다급한 소녀의 목소리에 늦은 밤 이곳까지 달려오기는 했지만 막상 얼굴을 마주 보니 무슨 말부터 해야 할지 입이 떨어지지 않았다. 나는 지금 피티가 어디 있는지 모른다. 소냐에게 해줄 말은 그것뿐이었다. 육개월 전 헤어진 여자친구의 집에서, 그녀의 언니와 할 말이 대체 뭐가 있겠는가. 더구나 나와 소냐는 껄끄러운 사이였다. 나는 괜스레 바닥에 깔린 러그를 손으로 쓸어보고 거실 곳곳을 두리번거렸다.

먼저 말문을 연 건 소냐였다. 특별히 이상한 점은 없었어. 평소 때랑 크게 다르지 않았어. 요즘 이력서 쓰는 것 때문에 스트레스를 좀 받기는 했지만, 늘 그랬듯 표정이 밝았는데……

나는 아무 대답 없이 가만히 소냐의 말을 듣고만 있었다. 소냐의 목소리를 가장 많이 들은 날이라는 생각이 들었다. 돌이켜보면 이 집에 꽤 여러해 동안 드나들면서도 소냐와 대화다운 대화를 나눠본 적이 없었다. 소냐는 피티가 항상 표정이 밝았다고 말했다. 그녀는 피티를 가장 가까이에서 오랫동안 지켜본 사람이었다. 그렇다고 그녀가 아는 것이 피티의 전부라고는 할 수 없다. 피티는 한없이 우울하고 외로운 아이였다.

소냐는 피티가 갈 만한 곳이 어디냐고, 짐작 가는 곳이 없냐고 물었다. 나는 아무 생각도 떠오르지 않았다. 그녀에 대해 짐작할 수 있는 것은 아무것도 없었다. 피티와 만나고 헤어지는 모든 과정이 내게는 그랬다.

　피티를 처음 만난 때는 변덕스러운 봄바람이 캠퍼스를 할퀴던 3월이었다. 음대를 자퇴한 후, 군대에 다녀와 다시 대학에 입학한 나는 어지간한 선배들보다 나이가 더 많았다. 모두들 나를 어려워했고 나 또한 누구와도 어울리고 싶지 않았다. 경기도에 있는 중상위권 대학의 경영학과는 내가 이전에 다녔던 예술대학과와는 분위기가 달랐다. 동기들 대부분은 학창 시절을 비교적 착실하게 보낸 모범생이었다. 그들은 이곳이 자신의 종착역이라는 것을 쉽게 납득하지 못한 채 자신의 목표에서 조금 '밀려났다'는 열등감에 휩싸여 있었다. 나는 쓸데없이 '우리'를 강조하면서 몰려다니는 스무살짜리 아이들의 술자리에 끼기 싫었다. 편입이나 유학을 목표로 도서관에서 영어책에 매달리는 이들과도 거리가 멀었다. 나는 음악을 포기한 후로 아무런 목표나 희망이 없었기에 이곳에 대해서도 별다른 불만이 없었다. 학교에서 나는 늘 겉돌았다.
　피티는 그런 내게 스스럼없이 다가왔다. 학부 동기 중

에 나에게 유일하게 반말을 하는 여자아이였다. 너는 왜 항상 그렇게 집에 일찍 가? 너는 왜 과모임에 참여하지 않니? 나는 너보다 네살은 많고 군대도 다녀왔어. 그녀의 반말에 언짢은 기색을 내보이자 피티는 그게 왜,라고 되물었다. 어쨌거나 너는 동기잖아.

피티는 학교생활에 불만을 표하고 칭얼거리기 일쑤인 다른 스무살짜리들과는 달랐다. 지방의 항구도시에서 K시로 온 그녀는 자신의 진학을 상경이라고 말했고 모든 것이 기대 이상이라며 만족한 표정을 지었다. 활달한 그녀 주변에는 항상 사람이 많았다. 그럼에도 그녀는 언제나 두리번거리는 눈으로 나를 좇았고, 나는 무심한 척하면서 그 시선을 즐겼다.

그녀는 체구가 작고 통통했다. 동기들이 붙여준 '쁘띠'라는 별명은 그녀에게 잘 어울렸지만 정작 본인은 그다지 좋아하지 않았다. 막내로 자라 애 취급을 받는데, 학교에서 친구들에게까지 그렇게 불리는 게 싫다고 했다. 차라리 피티라고 부르는 게 낫겠어. 그녀가 샐쭉한 목소리로 말했을 때 나는 피티라는 생소한 단어를 여러번 중얼거려보았다. 위아래 입술이 붙었다가 떨어지면서 작은 폭발음을 만들어내는 것 같았다. 너라도 나를 피티라고 불러줘. 내 목을 끌어안은 채 눈을 가늘게 뜬 피티가 말했다. '왓 어 피티(what a pity)!'라고 말할 때의 그 피티인가? 내가 묻자 피티는 고개를 끄덕였다. 그래, 연민. 너라도 나를 불쌍하다고 여겨줘. 그 순간 나는 그녀에게 강렬한 연민을 느꼈고 입을 맞추었다.

아무래도 느낌이 좋지 않아. 이런 적이 없었거든. 소냐가 소파에서 벌떡 일어나 손톱을 물어뜯으며 말했다. 초조한 표정으로 좁은 거실을 오가는 소냐 때문에 나까지 마음이 불안해졌다. 피티는 지금 어디에 있는 걸까. 나는 그녀의 고향인 남쪽의 해안도시를 떠올렸다. 집에는? 집에 연락해봤어? 내 질문에 소냐는 고개를 저었다. 연락하지 않았다는 뜻인지 연락했는데 그곳에 없다는 뜻인지 명확히 알 수 없었다. 피티를 걱정하는 소냐를 본 것은 처음이다. 피티의 머릿속은 늘 언니에 대한 걱정으로 가득 차 있었다.

소냐 이야기를 할 때면 피티는 평소와는 다르게 아주 늙은 여자의 얼굴로 변했다. 소냐는 피티의 셋째 언니였다. 소희 언니야, 소희 언냐, 손냐, 소냐…… 소냐는 '소희 언니야'를 여러번 빨리 발음하면서 나온 줄임말이었다. 왜 그냥 언니라고 부르지 않아? 다른 언니들도 있어서 헷갈리거든. 피티는 네 자매 중 막내였다. 난 언니들을 다 줄임말로 불러. 큰언니는 큰니, 작은언니는 작은니…… 큰니는 고향에서 선생님이 되었고, 작은니는 본가와 멀지 않은 도시에서 약사 일을 하고 있어. 그러니까 나는 내 앞가림만 잘하면 된다는 뜻이지. 소냐는? 소냐는 살아 있기만 해도 돼. 소냐도 옛날에는 저렇지 않았는데…… 소냐를 바라볼 때 피티의 눈빛은 주로 서글펐고, 종종 단호했다.

피티는 학교 근처에 있는 다세대주택에서 소냐와 함께 살고 있었다. 골목 안쪽에 위치한 오래된 빌라의 꼭대기 층, 방 두개에 거실과 베란다가 딸린 집이었다. 집 크기에 비해 베란다가 넓고 거실의 채광이 좋았다. 한낮에 거실에 앉아 있으면 공기 중에 떠다니는 먼지의 움직임까지 세세하게 보일 정도였다. 소냐는 이 집에서 좀처럼 나오지 않았다. 그녀는 학교나 직장에 나가지 않았고, 하루 종일 집에서 애완견 솜이와 함께 시간을 보내며 피티를 기다렸다. 둘밖에 살지 않는데 이렇게 큰 집에서 사는 건 정말 미안한 일이야. 피티가 말했다. 다른 언니들의 희생 덕분에 햇빛이 잘 드는 좋은 집에서 생활하고 있다며, 죄책감이 느껴진다고도 했다. 큰니와 작은니도 고향을 떠나고 싶어했지만 소냐를 위해 포기할 수밖에 없었어. 교사와 약사가 된 언니들이 아니었다면 이런 집에 사는 건 꿈도 꾸지 못했을 거야. 나는 고작 방 두개짜리 18평 빌라에 살면서 과분한 삶을 누리고 있다고 여기는 피티가 잘 이해되지 않았다.

소냐는 피티와 달리 깡마르고 키가 컸다. 코끝이 둥글다는 것 외에는 피티와 닮은 점이 별로 없었다. 그녀는 얼굴이 창백하리만큼 하얗고 머리카락까지 노르스름해 얼핏 보면 외국인 같아 보이기도 했다. 피티는 크고 동그란 눈에 쌍꺼풀이 져 있었지만, 소냐는 쌍꺼풀 없는 눈이 옆으로 길게 찢어져 있었다. 피티는 명랑했지만 부지런하지는 않았다. 오히려 잠이 많고 게으른 편이었다. 소냐는 활기가 없고 침울한 인상이었지만 예민하고 부지런했다. 소냐는 집안 살림에 열심이었다. 피티보다 일찍 일어나 아침식사를 준비했고, 동생이 나가면 이불을 걷어 베란다에 털어 말렸다. 거실 곳곳에 내려앉은 먼지를 닦는 것도 그녀의 몫이었다. 그럼에도 나는 늘 동생인 피티가 소냐를 돌보고 있다는 느낌이 들었다. 소냐가 거실에서 혼자 걸레질에 열중하고 있는 모습을 본 적이 있다. 소냐의 양쪽 손목에는 여러개의 자상이 실뱀처럼 꼬여 있었고, 힘을 주어 걸레질을 할 때마다 손목에 박힌 실뱀들이 튀어나올 듯 꿈틀거렸다. 마르고 하얀 팔에 힘줄이 도드라질 정도로 힘을 주어 걸레질을 하고 있는 소냐를 볼 때면 피티는 울 것 같은 표정을 지었다.

피티가 이 도시에 있는 대학에 오려고 애썼던 것은 소냐와 함께 고향을 떠나기 위해서였다. 난 그곳에서 최대한 멀리멀리 떨어져서 살고 싶어. 한, 내가 왜 너한테 마음이 쓰였는지 알아? 너는 따─ 같아 보였기 때문이야. 나는 따─가 너무 싫어. 소냐가 따─였으니까. 너는 따─가 뭔지 아니? 모를걸? 넌 따─ 같아 보이는 거지, 진짜 따─는 아니니까. 따─는 아무 잘못도 없는데, 그냥 누가 니 책가방에 오물을 넣어놓는 거야. 체육 시간이 끝나고 교실에 돌아와보면 니 교복이 난도질되어 있는 거라고. 이유도 없이 너를 카카오톡 채팅방에 초대해 욕을 퍼붓는 거야.

아침에 일어나면 너를 저주하는 욕설이 담긴 메시지가 수백개씩 떠 있는 거라고. 그것뿐인 줄 알아? 니가 상상도 못할 일들, 차마 입에 담지도 못할 일까지 겪으면서…… 소냐는 그런 시간을 보냈어. 그동안 나는 어땠을 거 같아? 소냐가 학교를 그만두고 자기 방에서 한발짝도 나오지 않고 지내는 동안, 나는 늘 학교에서 기도했어. 적어도 내가 소냐의 죽은 모습을 처음 보는 사람은 아니기를. 왜냐하면 소냐는 혼자 있는 집에서 여러번 죽으려고 했었고, 나는 일과를 끝내고 그 집에 가장 먼저 발을 들이는 사람이었으니까. 방과 후에 돌아와 현관문을 열 때마다 나는 소냐가 죽어 있을지도 모른다는 생각을 하면서 심호흡을 했어.

이 집에 내가 처음 왔던 날이 떠오른다. 그날 피티는 아침부터 이상할 정도로 겁에 질려 있었다. 꿈자리가 뒤숭숭하다며 혼자 집에 들어가기가 무섭다고 했다. 나에게 함께 집에 가달라고 말하는 피티의 떨리는 목소리에 나는 조금 다른 기대로 떨렸다.

나와 피티가 집에 들어온 줄도 모른 채 소냐는 잠에 빠져 있었다. 거실 유리창으로 들어온 햇빛이 한쪽 팔을 베고 옆으로 비스듬히 누워 잠든 소녀의 허리를 타고 길게 늘어졌다. 마치 그녀는 연극 무대 위에서 조명을 받고 있는 것처럼 보였다. 피티 또한 극적으로 무대에 등장하는 연극배우처럼 누워 있는 소녀를 보고 다급하게 거실로 뛰어들었다가 쌔근쌔근 잠든 소녀의 옆얼굴을 보고는 안도와 참담함이 뒤섞인 표정을 지으며 나직이 말했다. 소냐, 우리 왔어. 일어나봐. 그제야 화들짝 깬 소냐는 물끄러미 자신을 내려다보는 나와 눈이 마주치자 당황한 표정을 지었다. 급하게 일어나 인사도 없이 꽃무늬가 잔잔히 박힌 긴 치마를 나풀거리며 방으로 들어가버리는 소냐의 뒷모습을 나는 멍하니 바라보았다. 예상치 못한 등장인물과 전개였다. 나는 순간 예고편에 속아서 극장을 찾은 관객이 된 기분으로 구겨진 얼굴을 손으로 쓸며 마른세수를 했다. 집에 다른 누가 있다는 말은 듣지 못했던 것 같은데…… 왈칵 짜증이 밀려오려던 찰나, 소파 위에서 뛰어내린 포메라니안종의 흰 개가 꼬리를 꼿꼿이 세우며 나를 향해 격렬한 적의를 드러냈다.

강아지, 아니 그 개새끼는 이빨을 드러내며 으르렁거렸

다. 소란스러운 기색에 소냐가 방에서 다시 달려나왔다. 소냐는 겁먹은 표정을 지었고 피티는 당황했다. 얘가 원래 사람한테 이렇게 달려드는 애가 아닌데. 솜아 어디가 불편하니? 이 오빠는 좋은 사람이란다. 너를 아주 많이 예뻐해줄 거야. 피티는 내 손을 가져다가 개의 목덜미에 댔다. 개새끼는 대가리를 흔들며 그 손을 뿌리치더니 내 발 위에 코를 대고 킁킁대다가 발등을 깨물었다. 나는 반사적으로 개새끼를 걷어찼다. 소냐가 비명을 질렀다. 발에 차여 구석으로 나동그라진 녀석은 몸을 일으키면서 본격적으로 시끄럽게 짖어댔다. 거실 사방팔방을 정신없이 뛰어다니며 발작하듯 짖는 통에 혼이 빠질 지경이었다. 얘가 대체 왜 이래. 너 한번도 이런 적 없었잖아. 피티는 소리를 지르며 달려가 개를 들어올렸다. 피티의 품에 안겨서도 녀석은 나를 향해 큰 소리로 짖었다. 피티는 개새끼를 침실로 들인 후 방문을 닫고 나왔다. 방 안에서 부산스러운 소리가 들려왔다. 피티는 애써 의연한 표정을 지으며 나를 바라보았다. 신경 쓰지 마. 심통 나서 두루마리 휴지나 좀 헤집고 있을 거야. 그나저나 안 놀랐어? 괜찮은 거야? 나는 양말을 벗어 보였다. 발등에 조그만 이빨 자국이 나 있었다. 근데 나보다는 저기가…… 나는 구석에 주저앉아 부들부들 떨고 있는 소녀를 가리켰다. 피티가 한숨을 쉬었다.

나는 피티가 진짜 두려워하는 것이 정확히 무엇인지 알 수 없었다. 소녀가 죽는 것인지, 아니면 소녀가 죽어 있는 모습을 대면하는 순간 그 자체인지. 소중한 사람을 잃는다는 건 그 사람이 사라진 상황을 견디는 것이자, 그 이후의 남은 삶을 견디는 거잖아. 그것도 아주 오랫동안…… 나는 어느 쪽도 자신이 없어. 누군가를 지키겠다고 함부로 선언하는 사람들은 자신의 현재를 지키려는 것에 지나지 않는 경우가 대부분이다. 할머니를 지킨다는 명목으로 내 면회를 허락하지 않았던 할머니의 아들만 봐도 그랬다. 내가 보기에는 소녀를 지킨다는 명목으로 피티가 잃어야 하는 것들의 목록도 만만치 않았다.

소녀는 내게 등을 보인 채 거실 창 앞에 서 있었다. 형광등 불빛을 받고 선 그녀의 그림자가 옆으로 비스듬하게 드리워지면서 아이보리색 인조가죽 소파의 한쪽 자리 위에 길게 늘어졌다. 나는 저려오는 다리를 펴면서 천천히 일어나 빈 소파로 갔고, 소녀의 그림자를 피해 밝은 면의 소파 자리 하나를 차지하고 앉았다. 소녀는 팔짱을 끼고 거실 창밖을 뚫어져라 바라보고 있었다. 깜깜한 어둠이 내리깔린 창밖에는 아무것도 보이지 않았다. 거실 창에 비친 그녀 자신의 모습이 가장 또렷하게 보일 따름이었다. 나는 눈을 지그시 감은 채로, 소파에 깊이 엉덩이를 박고 앉았다. 싸구려 인조가죽 소파에서는 자세를 바꿀 때마다 삐걱거리는 스프링 소리가 났다.

예쁜 소파를 싸게 잘 샀다고 자랑하던 피티의 목소리가 귓전에 맴돈다. 밝은 거실 등을 받으면 환하게 빛나는 이 소파 덕분에 집 전체 분위기가 화사해지는 것 같다고 들뜬 목소리로 그녀가 말했다. 내가 기왕이면 때가 덜 타는 색으로 골랐으면 좋았겠다고 하자 피티는 고개를 저었다. 밝은색, 무조건 밝은색이 좋아. 소녀는 밝은색을 가까이 하는 게 좋댔어. 미색 바탕에 레이스가 달린 커튼, 그리고 민트색으로 칠해진 방문을 가리키며 피티가 말했다. 그러고 보니 피티는 늘 밝은색 계열의 옷만 입었다. 파스텔 톤의 컬러를 특별히 좋아한다고 여겼는데, 언니를 위해 조금이라도 더 밝아지려는 몸부림이 옷 스타일까지 결정했다고 생각하자 마음 한구석이 탁해지는 기분이었다.

주변을 둘러싼 컬러가 사람의 심리에 영향을 주는 게 맞는다면, 검정에 가까운 진한 고동색의 앤티크 가구 일색인 집에서 자란 내가 천연색 꿈을 꿀 수 없었던 것은 당연한 일인지도 모른다. 우와, 완전 저택 같아. 이런 좋은 집을 두고 너는 왜 매일 집에 가기 싫다고 했어? 학교에서 한시간 정도 걸리는 거리의 내 집, 아니 할머니의 집에 처음 들어섰을 때 피티가 했던 말이었다. 그날 나는 필요 이상으로 주절거렸고 술을 많이 마셨다. 그리고 우리는 처음으로 섹스를 했다. 서툴고 성급한 섹스가 끝나자 집은 다시 고요해졌다. 이 집이 너무 넓고 쓸쓸해서 할머니는 너에게 음악을 시켰던 거야. 피티는 벌거벗은 채로 누워 내 방 벽 한면을 가득 채운 액자들을 바라보면서 말했다. 주로 음대 시절 오케스트라에서 오보에를 연주하는 모습의 사진들이 많았고, 초등학교와 중학교 때 피아노와 플루트 콩쿠르 대회장에서 찍은 사진들도 있었다.

할머니는 나를 음악가로 키우고 싶어했다. 할머니가 이루지 못한 꿈이었고, 할머니의 아들과 딸도 이뤄주지 못한 꿈이었다. 공연을 하는 날이면 할머니는 가장 좋은 옷을 입고 계절에 잘 어울리는 꽃으로 커다란 꽃다발을 만들어 나를 보러 왔다. 나는 음악을 좋아하는 것도, 음악에 재능이 있는 편도 아니었다. 할머니를 위해 열심히 레슨을 받고 연습에 매달렸을 뿐이었다. 학년이 올라가면서 계속 전공 악기를 바꾸어야 했던 것도 내 의지와는 무관했다. 피아노에서 플루트로, 플루트에서 클라리넷으로, 다시 클라리넷에서 오보에로 전공이 바뀐 것은 조금이나마 경쟁이 덜 치열한 악기를 다루는 것이 상급 학교 진학에 유리하다는 음악 선생의 조언 때문이었다. 할머니는 나에게 아까운 것이 없었다. 고가의 악기일수록 더 소리가 좋다는 악기상의 말에 한치의 망설임도 없이 가장 비싼 오보에를 골라 쥐어주었다. 전공 악기를 바꾸는 과정에서 내가 조금 의기소침해지자 할머니는 오보에가 오케스트라의 중앙에서 첫 음을 잡는 중요한 악기라며 치켜세워주기도 했다. 할머니는 내가 중앙에 서서 연주를 하는 오케스트라의 사진을 크게 현상해 액자에 넣었다.

저런 쓸데없는 것 때문에 돈을 그렇게 많이 쓰다니. 뇌출혈로 쓰러진 할머니의 병상 옆에서 할머니의 아들은 혀를 끌끌 찼다. 그 쓸데없는 것이 나인지, 내가 들고 온 오보에를 가리키는 것인지 혼란스러웠다. 제 연주를 들으면 조금 나아지실지도 모른다는 생각이 들어서요…… 악기 케이스에서 오보에를 꺼내려는 내게 할머니의 아들은 소리를 질렀다. 그만둬. 너와 니 에미라는 년 때문에 우리 어머니가 저렇게 된 거야. 그러니까 지금이라도 정신 차려서 니 밥벌이할 궁리를 하라고, 이 기생충 같은 새끼야.

할머니의 딸에게서는 아무 연락도 없었다. 내가 초등학교에 다닐 때만 해도 할머니의 딸은 나와 할머니를 종종 찾아왔다. 어머 많이 컸구나. 니가 그렇게 피아노를 잘 친다며? 한번 쳐볼래? 할머니의 딸이 사탕을 쥐여주며 피아노를 쳐보라고 할 때마다 나는 시무룩하게 고개를 저었다. 제 연주가 궁금하시면 학예회나 콩쿠르에 찾아오세요. 꼬……꽃다발을 들고요. 할머니의 딸은 빙긋이 웃으며 말했다. 그래, 시간 되면 꼭 갈게. 그녀는 한번도 내 연주를 들으러 오지 않았다. 중학교 때 이후로는 그녀를 본 적도 없다.

혼수상태에 빠져 있는 할머니를 뒤로하고, 도망치듯 입대를 했다. 제대 후에는 할머니의 집을 떠날 생각이었다. 할머니의 아들도 나보다 더 어린 나이에 외국으로 유학을 떠났고, 할머니의 딸이 나를 이 집에 맡기고 나간 것은 고등학생 때였다. 군대를 다녀오면 많은 문제가 해결되어 있고 어른이 될 수 있을 거라고 기대했다. 그러나 이년여의 시간이 지난 후에도 변한 건 없었다. 할머니는 여전히 산소호흡기에 생명을 의지하고 있었고, 나는 혼자서 아무것도 할 수 없었다. 결국 살던 집을 떠나지 못한 채 할머니의 아들이 시키는 대로 다시 대입 시험을 치렀다. 지금이라도 음악을 그만두고 일반 대학에 들어가 실용적인 공부를 하는 편이 인생에 훨씬 더 도움이 될 것이라는 그의 말이 틀린 것은 아니었다. 그 덕분에 피티를 만날 수 있었으니까. 할머니가 쓰러진 이후로 나는 한번도 악기를 연주한 적이 없었다. 이따금 할머니를 떠올릴 때면 내 마음의 가장 낮은 음역대가 흔들리는 것처럼 느껴지곤 했지만, 피티가 있었기에 그 시간들을 그럭저럭 견딜 수 있었다.

나와 피티, 그리고 소냐까지 별 문제 없이 지내던 시절이 그리워진다. 수업이 끝나면 나는 피티와 집에 가서 저녁을 먹고 소냐까지 함께 셋이서 시간을 보냈다. 식탁이 따로 없었기에 우리는 거실에 상을 놓고 밥을 먹었다. 부드러운 감촉의 러그를 깔고 앉은 채 자매와 밥을 먹을 때마다 몸도 마음도 순해지는 느낌이었다. 저녁을 먹고 난 후 셋이서 함께 텔레비전을 보거나 보드게임을 하기도 했다. 게임 중에 피티는 쉴 새 없이 조잘거렸다. 이따금 소냐는 게임을 하다가 피티에게 귓속말을 하곤 했다. 내가 무슨 이야기냐고 물으면 그때마다 피티는 아무것도 아니라고 대답했다. 나와 피티는 거실에 밥상을 깔고 앉아 과제와 시험공부를 같이하기도 했다. 서로 마주 앉아 이런저런 이야기를 나누는 우리 둘을 소냐는 소파 위에서 무릎을 세우고 앉아 물끄러미 내려다보곤 했다. 그럴 때면 나는 일부러 소냐가 없는 사람인 듯, 소파 쪽으로 시선을 주지 않았다.

개집이 약하게 흔들리면서 안에서 캑캑하는 소리가 났다. 솜이가 사래라도 걸린 모양이었다. 소냐가 달려가 개집 앞에 쪼그려 앉은 채 물었다.

괜찮아? 솜아, 일루 나와봐.

소냐가 개집 입구에서 안을 들여다보며 양 손바닥을 편 채 나오라는 손짓을 했지만, 녀석은 낑낑대는 소리만 낼 뿐 밖으로 나오지 않았다. 소파 아래에서 굴러다니던 둥글게 만 양말뭉치가 내 발끝에 닿았다. 나는 허리를 숙여 양말을 집어 들었다. 솜이의 장난감으로 소냐가 만든 것이다. 둥근 양말뭉치에는 개가 물어뜯은 이빨 자국이 군데군데 보풀과 함께 박혀 있었다. 제법 날카롭고 단단했던 녀석의 작은 앞니가 달려들던 순간의 불쾌한 감각이 내 발등을 지그시 짓누른다.

내가 이 집에 드나들 때마다 저 개새끼는 거슬리기 짝이 없는 존재였다. 솜뭉치를 닮아서 솜이라고 이름 붙여졌다는 녀석은 문밖에서 내 발소리만 들려도 난폭하게 날뛰었다. 나를 처음 본 순간부터 시작된 적의는 좀처럼 사그라들 기미가 보이지 않았다. 자매는 나와 솜이를 되도록 마주치지 않게 하려 애썼다. 내가 들어서면 누가 먼저랄 것도 없이 잽싸게 솜이를 안아 방 안으로 숨겼다. 솜이와 가까워지려 노력하다가 나는 손가락을 몇번 더 물렸다. 다른 방법이 필요했다.

소냐는 두달에 한번, 병원에 가기 위해 집 밖에 나왔다. 사람 많은 큰길을 걷기 두려워하는 그녀를 위해 피티는 그때마다 콜택시를 예약했다. 택시는 구불구불한 골목길 안으로 느리게 들어와 빌라 입구에서 소냐를 기다렸다.

오래 걸리지 않을 거야. 잘 다녀올게. 피티는 택시를 타고 가면서 나를 향해 손을 흔들었다. 나는 다시 빌라 계단을 올라가 현관문 비밀번호를 눌렀다. 거실에 들어서자마자 미리 준비해온 줄넘기 줄을 꺼내 두번 접었다. 나는 줄넘기 손잡이를 쥐고 안방으로 다가갔다. 방문을 열자 침대 밑에서 웅크리고 있던 녀석이 나를 향해 그악스럽게 짖어 댔다. 이곳저곳을 정신없이 뛰어다니며 불안하게 짖어대는 개의 등짝을 줄넘기로 두번 세게 내리쳤다. 그다음에는 일부러 줄을 휘둘러 휙휙 소리를 크게 내며 바닥에 여러번 내리쳤다. 개새끼는 이 집 안에 자기를 도와줄 사람이 없다는 것을 알아채자 아가리를 닫았다. 녀석이 방바닥에 엉덩이를 대고 앉았고, 주변은 조용해졌다. 녀석은 나를 향해 맹렬히 쳐들었던 대가리를 숙인 채 밭은 호흡으로 콧김만 내뿜을 뿐이었다. 나는 더 세게 바닥을 내리쳤다. 상대가 약한 모습을 보인 순간일수록 가차 없이 밀어붙여야 한다는 것을 어린 시절 할머니의 아들에게 배웠다. 세번, 네번, 다섯번…… 매서운 채찍질 소리가 집 안을 가득 채웠다. 여섯번째로 내가 줄넘기를 높이 쳐들었을 때 녀석은 몸을 까뒤집고 바닥에 발랑 누워 배를 보였다. 복종의 의미였다. 나는 발끝에 힘을 뺀 채 지그시 놈의 배를 밟으면서 말했다. 그래, 착하지. 이렇게 말을 잘 들어야 착한 어린이지. 나는 어린 시절 할머니의 아들이 줄넘기 줄을 휘두른 후에 내 머리를 쓰다듬으며 했던 말을 헥헥거리는 개새끼에게도 들려주었다. 그후 솜이는 나를 보고 다시는 짖지 않았다.

솜이는 항상 소냐의 옆에 붙어 떨어지지 않았다. 내가 집에 들어오면 녀석은 절박한 몸짓으로 소냐의 발뒤꿈치만 따라다녔다. 피티에게도 좀처럼 가까이 오지 않았다. 언젠가 보드게임을 하다가 역전을 하게 된 내가 너무 기쁜 나머지 두 손을 높이 들고 만세를 부른 적이 있다. 게임 내내 소냐의 품에 안겨 있던 녀석이 갑자기 밥상 위로 튀어올라가 발작하듯 뛰어다녔다. 게임은 엉망진창이 되어버렸다. 피티가 버럭 소리를 질렀다. 이게 뭐야! 기껏 쌓아놓은 블록이랑 카드 전부 쓰러졌잖아. 한이 다 이겨놓은 게임을 망쳤다고. 피티가 짜증스럽게 녀석을 손으로 쫓아내는 시늉을 하자, 솜이는 다시 소냐의 품 안으로 숨어들었다. 파들파들 떨고 있는 솜이의 등을 소냐는 천천히 쓰다듬었다. 소냐, 그러면 안 돼. 그럴수록 애 버릇 나

빠진단 말이야. 피티가 슬쩍 내 눈치를 보면서 소녀에게 한마디 했다. 소녀는 자신의 품에서 떨고 있는 솜이와 한 몸이 된 것처럼 떨면서 고개를 흔들었다. 소녀가 대꾸 한 마디 없이 개를 안고 안방으로 들어가버리자 피티는 낙담한 얼굴로 어지럽혀진 게임판 위를 정리했고 틱틱거리는 말투로 혼자 중얼거렸다. 이게 무슨 꼴이야, 손님 앞에서 쪽팔리게. 나는 피티에게 물었다. 너는 저 개가 싫어? 싫고 좋고가 어디 있어? 가족인데. 피티가 한숨을 쉬면서 말했다. 쟨 그냥 우리 가족이야. 어쩔 수 없는 거잖아.

집 안의 공기가 덥게만 느껴진다. 나는 거실 창을 열고 베란다로 나갔다. 베란다 바닥은 슬리퍼를 신지 않아도 될 정도로 깨끗하다. 집 안 곳곳을 강박적으로 쓸고 닦던 소녀의 손길이 이곳에도 닿아 있다. 목을 길게 빼고 골목 길을 내려다보았다. 구불구불한 골목 끝에서 불쑥 피티가 나타나지는 않을까 하는 기대를 저버리지 못한 채. 베란다 창을 열자 뒷산에서 불어오는 바람이 얼굴을 스친다. 골목의 끝자락에 위치한 이 집의 서쪽은 야트막한 동네 뒷산의 산자락이 시작되는 지점과 맞닿아 있다. 베란다의

왼쪽 끝에 서면 피티와 자주 손을 잡고 다니던 산책로의 초입도 볼 수 있다. 소냐는 종종 그 자리에서 무표정한 얼굴로 우리를 내려다보며 서 있었다.

피티는 나와 산책하는 것을 좋아했다. 그녀의 집 뒤쪽에는 약수터로 닿는 작은 산책로가 있었다. 목련과 벚나무가 심긴 산책로였다. 그녀와 나는 손을 잡고 그 길을 걸었고, 많은 이야기를 나누었다. 나는 피티를 만나기 전까지 내가 얼마나 외로웠는지 자주 이야기했다. 피티는 주로 소냐 이야기를 했다. 피티와 그녀의 가족들이 가장 바라는 일은 소냐가 예전의 상처를 극복하고 평범한 삶을 사는 것이었다. 피티가 꿈꾸는 미래에 나도 포함되어 있는지 궁금했지만 직접 물어보기가 두려웠다. 약수터에서 내려와서도 우리는 집 주변의 골목 구석구석을 더 걸어다니다가 집으로 돌아와 홍차를 마시곤 했다.

피티는 예쁜 찻잔을 동경했다. 까페에서 마음에 드는 찻잔을 발견하면 꼭 사진을 찍었고, 잔을 뒤집어 무슨 브랜드인지 확인했다. 부엌 한편에 자리 잡은 장식장에는 피티가 아끼는 찻잔과 티포트 들이 보기 좋게 진열되어 있었다. 대부분 싸구려였고, 그마저도 단품으로 하나씩 사다 모은 것들이었다. 그나마 구색을 갖춘 물건은, 가장 잘 보이는 곳에 놓아둔 하얀 바탕에 잔잔한 꽃무늬가 그려진 5인조 찻잔 세트였다. 방학을 맞아 유럽 여행을 다녀온 첫째 언니가 영국에서 사다준 것으로 피티가 가장 아끼는 찻잔들이었다. 큰니에게 내가 우리 네 자매가 함께 차를 마실 수 있는 4인조 찻잔 세트를 사다달라고 했어. 나중에, 소냐가 지금보다 훨씬 좋아졌을 때 네 자매가 함께 피크닉을 가서 차를 마시고 싶다고 했거든. 큰니는 비웃었어. 피크닉에는 종이컵이 어울리는 거라고. 그러면서도 이걸 사다줬어. 내가 갖고 싶었던 이 모델은 4인조가 아니라 5인조 세트밖에 나오지 않는대. 지금 생각하면 잘된 일이야. 너도 함께 가자. 그런 날이 가능하다면 말이야. 그 말에 나는 울컥 눈물이 터져나왔다. 언젠가 피티가 티포트에서 차를 따르면서 이런 말을 한 적이 있다. 나는 학창 시절 내내 소냐가 왜 죽으려고 하는지, 그리고 왜 소냐가 죽어서는 안 되는지를 생각했어. 그러다보니, 자연스럽게 대체 나는 왜 사는 걸까, 그런 생각도 하게 되더라고. 근데, 이건 아무리 생각을 해봐도 결론이 안 나는 문제야. 한, 너는 사람들이 왜 자살하지 않고 사는 줄 아니. 난 지금도 모르겠어. 그렇지만, 좋은 냄새가 나는 산책로를 걷고, 예쁜 티포트에서 적당히 잘 우린 차 한잔을 따라 마시다보면 말이야…… 이딴 고민이 그래서 무슨 의미가 있겠나, 그냥 이렇게 살면 되지 뭐, 그런 생각이 들더라니까. 처음에 너를 봤을 때 난 니가 너무 불안해 보였어. 하지만 이제 아니야. 너는 산책을 하고, 차를 마실 줄 아는 인간이니까. 매일 산책을 하고 차를 마시는 사람들은 절대 자살하지 않아. 그럼 소냐는? 하고 내가 되물었을 때 피터는 침울한 표정을 지었다. 소냐는 산책도 못하고, 차도 못 마시잖아. 불면증 때문에 카페인은 입에도 못 대. 그렇게 애를 써도 밤마다 뒤척이다가 낮 시간에 겨우 쪽잠을 자. 그래도 난 이 정도로도 감사하다고 생각해. 소냐가 이만큼 나아지기까지 우리가 얼마나 힘들었는지 넌 짐작조차 할 수 없을걸.

발바닥이 차다. 얼굴을 때리는 바람의 세기도 아까보다 매서워졌다. 나는 조금 망설이다가 다시 안으로 들어갔다.

설마 나쁜 일이라도 당한 건 아니겠지. 거실로 들어온

나를 쳐다보며 소녀가 울먹였다. 그런 건 아닐 거야. 어디 여행이라도 간 거겠지. 어느새 나는 소녀를 다독이고 있었다. 내가 예전의 피티처럼 굴고 있다고 느꼈고 순간 짜증이 솟았다. 나는 소녀에게 다그치듯 물었다. 잘 생각해봐. 최근에 어딜 가고 싶다고 했다거나, 아니면 무슨 쪽지라도 남긴 거 없어? 소녀는 대답 없이 계속 울기만 했다. 나는 흐느끼는 소녀를 뒤로한 채 작은방으로 들어가보았다. 드레스룸과 공부방을 겸한 방이었다. 나는 피티가 남긴 메모 같은 것이 없는지 책상 주변을 유심히 살폈다. 집에 돌아오면 항상 책상 옆에 놓아두었던 피티의 남색 에코백이 없다. 늘 들고 다니던 가방을 가지고 나간 걸 보면 멀리 간 건 아니지 않을까. 한편으로 그 가방의 사이즈가 제법 컸던 점을 감안하면 여행용 가방으로도 충분히 쓸 수 있을 것 같다. 피티는 자신의 몸통 크기만 한 커다란 에코백 안에 노트북, 화장품, 책, 필통, 칫솔 등등 온갖 물건들을 중구난방으로 쑤셔넣고 다녔다. 내부가 딱히 구별되지 않는 에코백 안에서 물건 하나를 찾으려 가방에 있던 소지품 전부를 꺼내놓아야 하는 경우도 허다했다. 무질서하게 섞여 있는 그녀의 가방 내부를 볼 때면 나는 복잡한 감정들이 뒤섞이는 기분이었다. 물건이 놓인 각도 하나조차 흐트러짐 없이 깔끔하게 정리되어 있는 그녀의 집 안 풍경과 너무도 대조되는 가방 안의 모습 중 무엇이 그녀 자신과 더 가까운지에 대해 아는 사람은 나밖에 없을 것이다.

2단 행거에 걸린 옷가지들은 육개월 사이에 다른 계절의 옷들로 교체되어 있었다. 매년 겨울이면 피티가 늘 입고 다니던 베이지색 코트가 행거 맨 앞줄에 반듯하게 걸려 있었다. 피티가 입고 나간 옷이 뭐야? 거실 쪽으로 고개를 돌리며 소냐에게 물었다. 겉옷도 제대로 걸치지 않고 나갔어. 얇은 후드 점퍼만 입고 아주 잠깐 산책을 나간다는 말만 남기고 나갔단 말이야. 목이 잠긴 소냐가 쥐어짜듯 말했다. 그럼 진짜 멀리 가려고 나간 건 아닐 텐데…… 피티의 몸을 더듬듯 옷을 쓸어 만지면서 나는 혼자 중얼거렸다.

나와 피티는 드레스룸과 공부방을 겸한 이 방에서 사랑을 나누곤 했다. 컴퓨터가 놓여 있는 긴 책상과 옷이 걸려 있는 2단 행거 사이의 공간은 둘이 나란히 누우면 꽉 찰 정도로 좁았다. 방에는 마땅한 이불이 없었기에 피티는 행거에서 두툼하고 폭이 넓은 옷을 꺼내 바닥에 깔았다. 피티의 몸 곳곳에 얼굴을 파묻으면 살갗에서 나는 달콤한 냄새와 바닥에 깔린 옷에서 풍겨나오는 섬유유연제 냄새로 정신이 아득해지곤 했다. 피티는 매번 불편해하는 눈치였다. 한, 문 잠근 거 맞지? 근데 나 등이 아파. 그녀가 몸을 비틀며 낮은 목소리로 말했다. 안방에 가면 안 돼? 거긴 침대도 있잖아, 하고 내가 물었을 때 피티는 단호하게 고개를 흔들었다. 그건 안 돼. 그 침대는 나와 소냐가 쓰는 침대야. 그런 섹스를 원하는 거라면 너희 집에 가자. 나는 피티의 말이 서운했다. 그곳은 내 집이 아니라 할머니의 집이라고, 그 집에서 내가 얼마나 외롭고 쓸쓸했는지 여러번 얘기한 것을 기억하지 못하는 것 같았다. 우리가 사귀는 동안 피티가 할머니의 집에 왔던 것은 손에 꼽을 정도였다. 피티는 아무도 없는 집에서 내가 그녀를 좀더 편하게 안을 수 있을 것이라 기대했지만 그때마다 나는 오히려 더 위축되어버렸다. 피티는 실망한 기색을 보이지 않고 쾌활하게 웃어넘겼다. 넌 왜 너희 집에서 더 손님같이 구니. 우리 집에 있을 때가 더 자연스러워. 피티가 옷을 챙겨 입고 할머니의 집을 떠나면, 나는 거실 소파에 앉아 장식장 안에 들어 있는 술 중에서 손에 잡히는 대로 아무 병이나 꺼내 마시곤 했다.

혼자 술잔을 기울이다가 고개를 들면 벽면에 걸린 사진 속의 할머니와 눈이 마주쳤다. 할머니의 미소는 나를 더 울적하게 만들었다. 피티는 할머니의 집에 올 때마다 거실 장식장에 놓여 있는 고급스러운 찻잔과 그릇 들에 감탄하곤 했지만, 할머니가 특히 아꼈던 찻잔 세트는 따로 있었다. 외국에 사는 먼 친척이 한국에 다니러 오면서 선물한 것이라고 했다. 할머니는 그것을 눈에 띄는 곳에 진열하지 않았다. 도자기의 겉 표면이 순금으로 입혀져 있고 고풍스러운 그림이 그려진 2인조 찻잔 세트를 하나하나 신문지로 싸면서 할머니는 나중에라도 딸이 결혼을 하게 된다면 이것을 혼수로 보낼 것이라고 했다. 나는 그런 할머니의 모습에 충격을 받았다. 할머니는 늘 나밖에 없다고 입버릇처럼 말했지만, 거짓말이었다. 그녀는 좋은 것이 생길 때마다 우리를 버린 딸을 가장 먼저 떠올렸다. 화가 났지만 그런 티를 낼 수조차 없었다. 나는 할머니가 집을 비운 사이에 찻잔 박스를 바닥에 세게 내동댕이쳤다. 할머니가 바스락거리는 신문지 속에서 여러조각으로 깨진 찻잔을 발견한 것은 그로부터 한참이나 지난 후였다. 피티를 만날 줄 알았더라면 찻잔을 깨버리지 않았을 것이다. 나는 피티에게 햇빛을 받으면 더욱 반짝이는 금빛 찻잔에 대해 이야기하며 그 비싸고 귀한 찻잔을 선물하지 못하게 된 것이 아쉽다고 했다. 피티는 안타까운 목소리로 말했다. 그러게 어떤 찻잔인지 되게 궁금하네. 그거 소냐한테도 보여주고 싶다.

피티에게도 내가 항상 2순위라는 사실을 쉽게 떨쳐버릴 수 없었다. 피티에게는 언제나 나보다 소냐가 먼저였다. 심지어 섹스를 할 때조차 그녀는 나에게 온전히 몰두하지 못했다. 그때 일을 생각하면 지금도 가슴이 아려온다. 그녀가 그렇게까지 소냐에게 신경을 쏟지 않았다면, 나에게 좀더 집중해주었다면 우리의 관계가 이런 식으로 어긋나지는 않았을 것이다.

옷 먼지를 마시며 피티의 몸 안으로 들어가고 있을 때였다. 그 순간 나에겐 피티만 보였고, 그외에는 아무것도 중요하지 않았다. 하지만 그녀는 거실에서 인기척이 들리고, 싱크대에서 물이 쏟아져나오는 소리가 들리면서부터 자신의 배 위에 있는 나를 불편해하기 시작했다. 소냐 깼

나봐. 어서 끝내. 피티는 재촉하듯 내 등을 두드렸다. 다급한 목소리에 나는 맥없이 움츠러들었다. 피티를 껴안은 채 좀더 누워 있고 싶었지만 그녀는 샤워를 해야 한다며 욕실로 가버렸다. 목이 말랐다. 대충 옷을 걸쳐 입고 거실로 나갔다. 소냐는 무릎을 꿇고 앉아 냉장고 곳곳을 열심히 닦고 있었다. 소냐, 잠깐만. 나 목말라. 소냐는 나를 개의치 않은 채 팔에 더욱 힘을 주어 냉장고 안을 닦았다. 야, 내가 하는 말 안 들려? 나는 발끝으로 소냐의 발을 툭툭 건드렸다. 아무 반응이 없었다. 너 지금 뭐 하는 거야. 나 목마르다니까. 좀 비켜보라고. 목소리 톤이 높아지면서 발끝에 힘이 더 들어가버린 것이 화근이었다. 내가 발끝으로 소냐의 팔꿈치를 툭 건드리자 그녀의 상체가 휘청하면서 냉장고 문과 맞붙은 홈바에 머리를 부딪쳤다. 둔탁한 충돌음에 놀란 나는 순간 얼굴이 빨개졌다. 소냐는 아주 익숙한 일을 겪은 사람처럼 민첩하게 일어났고 손에 든 행주를 싱크대 위에 올려놓은 다음 방으로 들어가버렸다.

나는 소냐를 쫓아 안방으로 들어갔다. 소냐는 침대 끝에 몸을 돌린 채 앉아 있었다. 소냐, 잠깐만 이야기 좀 해. 아니, 니가 갑자기 그렇게 자리를 떠버리면 내가 무슨 큰

잘못이라도 한 것 같잖아. 아니, 그러니까 내가 잘못을 안
했다는 건 아니고…… 그래 미안, 미안한데 이건 실수야.
나는 순간 니가 내 말을 무시하는 것같이 느껴져서. 그러
니까 내 말이 뭐냐면, 소냐 내 말 듣고 있는 거야? 소냐는
무릎을 세운 채 앉아 공허하고 무기력한 눈빛으로 내 얼
굴을 빤히 바라보다가 고개를 돌렸다. 내가 원래 이런 인
간인 줄 알고 있었다는 듯 아무런 원망도 분노도 없는 무
심한 얼굴이었고, 내게는 그것이 더 큰 비난처럼 여겨졌
다. 나는 내 눈을 피하는 소냐의 어깨를 잡고 흔들었다.
야, 너 나한테 왜 이러는 거야. 너 왜 사람을 이상하게 만
드냐. 눈동자가 잠깐 흔들렸지만, 소냐는 이내 눈을 내리
깔고 고개를 숙였다. 소냐, 너 내 말이 말 같지 않냐. 내가
방금 미안하다고 했잖아. 사람이 말을 하면 반응이 있어
야지. 소냐는 다리 사이에 얼굴을 파묻으며 고개를 더 깊
게 숙였다. 화가 치밀어올랐다. 고개 들라니까. 내가 뭘 어
쨌다고 눈을 피하냐고! 나는 소냐의 머리채를 움켜쥐고
고개를 꺾었다. 소냐와 억지로 눈을 마주치면서 다시 물
었다. 내 얼굴을 바라보는 소냐의 눈이 커졌다. 야, 이제
좀 반응이 오냐. 그래, 너도 열 받지? 너도 화를 내. 그렇게

서로 할 말 있으면 하고 그러면서 서로 풀고, 그게 가족 아니야? 소냐, 난 우리가 가족이라고 생각해. 소냐는 호흡만 가빠질 뿐 아무 말이 없었다. 너 지금 여기서 뭐 하는 거야. 그 손 놔. 손에 수건을 든 채로 피티가 나지막하게 말했다. 방문 앞에 선 그녀의 머리카락에서 물이 뚝뚝 흘렀다.

피티는 끝이라는 말을 아주 쉽고 매몰차게 던졌다. 니가 그동안 백번 천번을 잘했더라도 그날 그 한번을 되돌릴 수는 없어. 그녀는 우리가 예전의 사이로 돌아갈 수 없다고 말했지만, 내 생각은 달랐다. 나는 계속 그녀를 찾아갔고, 그때마다 우리의 대화는 비슷한 결말로 흘러갔다.

말로 표현한 적은 없었지만 피티에게도 내가 있었기에 견딜 수 있는 어떤 감정의 고비가 분명히 있었다. 그녀가 빈 약수터의 벤치에 앉아 갑자기 발을 구르며 소리를 지르던 순간들, 골목 구석구석을 더 걷고 싶다며 집으로 돌아가는 시간을 괜스레 늦추려 하다가도 갑자기 얼굴 표정이 바뀌며 다급하게 발걸음을 재촉하던 모습들이 머릿속을 스쳐지나간다. 엠티를 같이 가자는 과 친구들에게 갈 수 없는 사정이 있다고 굳은 얼굴로 답하던 피티의 옆에 서서 나는 그녀의 손을 힘껏 잡아 쥐었다. 그 순간 그녀가 내게 보여주었던 희미한 미소를 보면서 알았다. 그녀에게도 내가 필요하다는 것을. 헤어지던 순간에도 나는 피티에게 매달리며 말했다. 너한테도 내가 필요해. 소냐 아닌 다른 사람이 필요하다고. 피티는 싸늘하게 고개를 저었다.

피티는 지금 어디에 있는 걸까. 멀리 떠난 거라면 왜 짐을 제대로 챙겨가지 않았을까. 왜 소냐에게 아무 말도 하지 않고 나간 걸까. 집 안을 둘러보아도 특별히 이상한 점은 눈에 띄지 않았다. 아니, 가장 이상한 것은 이 집 자체일지도 모른다. 부자연스러울 정도의 화사함, 지나친 깨끗함, 과장된 보호막 같은 것들. 피티가 안간힘을 쓰며 지키려고 했던 모든 것들이 훼손되지 않은 채 그대로 있었다. 다만, 피티 자신만 사라졌을 뿐이다.

나는 소냐를 빤히 바라보았다. 혹시 둘 사이에 무슨 일이 있었던 게 아닐까. 문득 소냐가 내게 모든 것을 이야기하지 않았을 수도 있다는 생각이 들었다. 소냐, 잘 생각해 봐. 정말 피티가 아무 말 없이 나간 거 맞아? 최근에 둘 사이에 무슨 일 있었던 건 아니야? 소냐는 고개를 저었다. 그런 거 없었어. 소냐는 힘없이 일어나 부엌으로 갔다. 너무 어지러워. 소냐는 싱크대 구석 자리에 놓인 작은 정수기에서 물을 따라 마시면서 내게 물었다. 차라도 한잔할래? 아니, 괜찮아. 내가 마실게. 나는 소냐의 옆에 서서 내가 늘 쓰던 노란색 머그컵을 찾았지만 보이지 않았다. 기념일에 피티와 함께 커플로 맞춘 컵이었다. 피티가 쓰던 붉은색 컵도 안 보이기는 마찬가지였다. 나는 싱크대와 식기건조대 주변을 두리번거리다가 부엌 한쪽에 세워진 하얀색 장식장으로 눈길을 돌렸다. 어디로 치워버린 거지. 나는 미간을 좁히면서 피티가 아끼는 찻잔들이 정리되어 있는 유리 장식장 문을 열었다. 그 안에도 머그컵은 없었다. 사라진 것은 그것만이 아니었다. 뭔가 허전한 느낌이 들어 세어보았더니 피티가 가장 아끼던 영국산 찻잔 하나가 사라져 있었다. 부채꼴 모양으로 전시되어 있던 5인조 찻잔 세트의 맨 끝자리가 비어 있다. 저기, 뭔가 좀 이상한 게 있는데……

나는 찻잔 하나가 비어 있다는 말을 하려다가 입을 다물어버렸다. 아니야, 됐어. 난 그만 가볼게. 다른 소식 들리면 연락 줘. 내가 옷을 집어 들며 인사를 하자, 소냐의 눈빛이 갑자기 초조하게 변했다. 아니야, 얘기 조금만 더 하다가 가. 할 말 있어. 소냐는 머리를 헝클어뜨리면서 다급한 목소리로 말을 늘어놓았다. 경찰에 신고를 하지 않아도 될까. 아무래도 경찰서에 가봐야 할 것 같아. 날이 밝으면 학과 사무실에 가보는 게 어떨까. 나를 막아서는 소냐에게 놀라 흠칫 물러섰다. 내가 알던 소냐가 아니었다. 부산스럽게 말을 쏟아내는 소냐의 모습을 나는 의아한 눈길로 바라보았다. 경찰서에 간다고? 니가 직접? 소냐의 눈 밑이 잠깐 떨렸다. 한, 같이 가줘. 지금 가보는 게 좋겠어. 이상한 느낌이었다. 쉴 새 없이 내게 말을 건네는 소냐에게 이전과는 달리 묘한 활력마저 느껴졌다. 소냐 또한 피티가 아는 모습이 전부가 아닐지도 모른다는 생각이 들었다.

오지 않을 티타임을 아주 오랫동안 기다려온 피티, 어떤 갈망은 삶을 견디는 힘이 되는 동시에 삶을 옭아매는 족쇄가 되기도 한다는 것을 그녀는 몰랐던 걸까. 그제야 나는 피티가 가장 좋아하는 찻잔으로는 단 한번도 차를 마셔본 적이 없었다는 것을 깨닫는다.

간절하게 앓던 시간이 지나고

전기화

김유담의 첫 소설집에는 지방의 경제적으로 넉넉하지 못한 가정 '출신'의 여성 화자들이 자주 등장한다. 그녀들은 자신을 아는 사람이 없는 곳으로 향하기를 열망하며 고향을 떠난다. 이들에게 있어 고향과 가족을 떠나는 것은 단순한 물리적 이동을 의미하지 않는다. 오히려 그것은 내가 나 아닐 수 있는 가능성들의 집합소로 스스로의 존재를 이전하는 필사적인 행위에 가깝다. 숨이 막힐 듯 답답한 가족의 곁을 벗어나 머나먼 미지의 공간으로 향하겠다고 다짐해온 여자아이들은 대학 입학과 함께 고향을 떠나는 데 성공한다. 안간힘을 다해서, 때로는 자신의 욕

망을 추구하는 일이 누군가에게 큰 부담을 지운다는 사실
도 애써 모른 체하며 떠나온 그녀들은 자신이 도달한 곳
에서 그토록 원하던 바대로 새로운 조건 위에 올라설 수
있을까, '출신'의 흔적을 지워내고 완전히 새로운 '나'로
태어날 수 있을까.

　『탬버린』에서 홀로 고향을 떠나온 여성들의 전망은 그
리 명랑해 보이지 않는다. 그녀들은 자신을 끊임없이 끌
어당기는 고향, 보다 정확하게는 가족의 구심력으로부터
충분히 달아나지 못하고(「핀 캐리(pin carry)」), 타지살이에
지쳐 제 발로 귀향하기도 하며(「공설운동장」), 서울에 이르
렀음에도 그보다 더 머나먼 이국의 땅을 그리워하기도 한
다(「우리가 이웃하던 시간이 지나고」). 떠나왔음에도 여전히 강
력한 영향력을 발휘하는 자신의 출신을 원망할 때마다,
부모로부터 지독하게 나쁜 것들만 물려받았다는 자의식
은 오히려 강화되는 듯 보인다(「가져도 되는」). 그녀들이 짓
는 표정은 우리에게도 너무도 익숙한, 부끄러워 애써 숨
기려 노력해온 표정을 닮았다. 누구에게도 들키고 싶지
않은 열등감과 비밀스러운 절박함을 누설하는, 쿨하고 담
백한 것과는 가장 거리가 먼 표정들.

자신의 존재를 가능하게 하는 동시에 구속하는 모든 조건들로부터 벗어나고 싶은 열망에 들끓던 여자아이들은, 고향을 떠나 청년기를 통과하면서도 뜨겁게 생을 앓는다. 누구보다도 스스로의 욕망에 충실하고 자기 자신에게 솔직하기에 그녀들은, 욕망을 매끈하게 성취해내는 데 실패하더라도 괜찮은 척 시치미 떼지 않고, 혹 여전히 결핍을 겪고 있다 하더라도 그런 자신의 마음을 부정하지 않는다. 어쩌면 가장 속된 방식으로 이들은 고유해진다. 이제 우리는 김유담의 소설을 통해 스스로를 한참이나 앓던 인물들의 마음을, 그녀들의 생존기를 들여다볼 수 있게 되었다. 누구보다도 간절하게 앓으며 여자아이에서 여성청년으로 자라나고, 어른이 되어서도 끊임없이 성장통을 겪는 그녀들의 이야기가 『탬버린』에 담겨 있다.

1

비서울 출신 청년들의 서울로의 입사 내러티브는 한국 문학사에서 유구한 역사를 지니지만, 2020년 우리 앞에

도착한 『탬버린』은 보다 다양한 각도에서 지방 출신 여성 청년들의 생존기를 입체적으로 구성해간다. 그것은 대학 입학을 계기로 서울살이에 적응해나가는 이십대 초반의 여성들이나, 대학원과 직장 등의 공간을 매개로 뿌리내리기를 시도하는 이십대 중반에서 삼십대 초중반 여성들 자신의 목소리를 통해 그려지기도 하지만, 그들 주변의 남성 화자에 의해 관찰되는 방식으로 다루어지기도 한다.

가족을 고향에 남겨둔 채로, 보다 정확하게는 가족으로부터 벗어나기 위하여 홀로 상경을 감행했던 소녀들의 귀향 이야기에서부터 시작해보자. 소설집의 앞머리에 배치된 「핀 캐리」와 「공설운동장」은 고향을 떠난 여성들이 오랜 시간이 지나지 않아 다시 고향으로 돌아오는 이야기이다. 작가의 등단작이기도 한 「핀 캐리」는 배달운송업에 종사하던 오빠 '인호'가 새벽 운전 중 사망하는 것을 계기로 고향에 돌아오게 된 인호의 여동생 '인숙'의 관점에서 진행된다. 인호는 가정폭력을 저지르는 아버지를 집에서 쫓아낸 아들이자, 서울의 대학에 진학하고 싶어하던 여동생에게 대학 등록금을 마련해준 오빠이다. 사실상의 가장으로서 역할해온 인호가 죽으며 남긴 보험금과 보상금 덕분에, 인숙은 8평짜리 오피스텔을 얻고 어머니는 꿈꾸던 포도밭을 산다. 그러나 인숙은 오피스텔의 편안함이 오빠의 죽음에 빚지고 있다는 생각에 주눅 들며, 어머니는 아들의 죽음에 대한 죄책감과 슬픔으로 포도밭에 주저앉아 운다. 게다가 십여년 전 집을 떠났던 아버지마저 병든 몸으로 귀환하여 화장실 바닥에 검붉은 피를 쏟으며 그들 곁에 머무른다.

다른 가족들의 생의 무게까지 어깨에 짊어온 인호가 살아 있을 당시, 기이할 정도로 몰두한 것은 다름 아닌 볼링이다. 인숙은 인호의 유품을 통해, 아마추어 볼링 선수이기도 했던 인호가 거의 매일 밤 큰 판돈을 건 볼링 게임에 광적으로 몰두했으며, 자신이 참여했던 모든 볼링 게임에 관하여 상세하고 진지한 기록들을 남겼음을 알게 된다. 인호의 수첩에서 찾아낸 쿠폰을 가지고 간 볼링장에서 인숙은 스트라이크를 친다. 인숙이 만들어낸 경쾌한 스트라이크는 '핀 캐리'가 좋았던 덕분에 가능했던 것으로, 핀 캐리가 좋다는 것은 하나의 볼링 핀이 쓰러지면서 주위에 놓인 다른 핀들에게도 연쇄반응이 쉽게 일어났음을 이른다. 인숙이 스트라이크를 치면서 발생한 "핀과 핀끼리 부딪치며 내는 소리의 경쾌함"(41면)은 인호의 죽음 이후 이어진 우울한 가족 내 연쇄반응들과 대조되면서 더욱 처연하게 느껴진다.

「핀 캐리」에서 그려진 가족관은 이 소설집 전체를 관통하고 있는 듯 보인다. 가족이란 같은 레인 위에 놓인 볼링 핀들과도 같다. 30.48센티미터만큼의 거리를 두고 떨어져 있으므로 분명 개별적인 존재이나 완전히 독립적일 수는 없으며, 단 하나라도 쓰러질 땐 서로 영향을 주고받을 수밖에 없는 불가피한 운명들. 그 운명으로부터 혼자 도망쳐 "아예 다른 레인에 스스로를 세워보겠다"(23면)던 인숙의 당찬 시도는 거의 실패한 듯 보이며, 우울한 가족사에 관한 속 시원한 전망은 그려지지 않는다. 그러나 소설의 마지막에서, 볼링 핀들이 쓸려나가고 새로운 프레임이 시작되는 레인 앞에 단단하게 서는 인숙에게는 결기가 느껴진다. 이제 인숙은 오빠의 죽음이 자신에게 남긴 연쇄된 영향들을 부정하는 대신에 그 영향 이후에 놓인 자신의 삶을 직면하게 된 것일까. 그렇다면 그녀는 자신을 지긋지긋하게 구속해온 조건들과 조금은 다른 방식으로 관계 맺을 수 있을지도 모른다.

「공설운동장」에도 대학 입학과 함께 고향을 떠났던 여자아이가 여성청년이 되어 고향에 돌아오는 이야기가 나온다. 「공설운동장」의 화자 '하경'은 서울에서 내내 멀미에 시달리는 기분으로 생활하다 대학 2학년을 마치자마자 휴학을 신청해 밀양에 돌아온다. 아르바이트로 옥탑방의 월세를 내고 등록금까지 마련해야 하는 생활에 적잖이 지쳤던 것일까. 하지만 고향에 돌아왔다고 하여 하경이 만족스러운 일상을 영위할 수 있는 것도 아니다. 무능하면서도 가장으로 대접받기를 원하는 아버지를 보는 일이야말로 하경에게 가장 큰 고역이니 말이다. 하경은 입시 학원에서 일을 시작하고 그곳에서 한때 자신을 가르치기도 했던 국어 강사 'L'을 만나게 되면서, 위안을 얻는다. L은 만성위염에 시달리던 하경에게 공설운동장 달리기를 제안하고, 하경은 그와 운동장을 달리며 연애한다. 그러나 여름이 끝날 무렵 하경은 대학으로 복학을 결심하고, 그런 하경에게 L은 "너는 결국 밀양에 돌아오게 될 거야"(80면)라고 말한다. 서운함이 가득 깃든 질책, 그러나 실상은 저주에 가까운 이 말에 대해 하경은 담담하게 자신의 입장을 말할 뿐이다.

다시 밀양을 떠나는 하경의 선택은 L과의 만남을 없던 것으로 부정하기 위해 행해지진 않는다. 다만 하경은 "고향에서 아이들을 가르치며 어머니와 함께 사는" L의 꿈과는 영영 화해할 수 없는, "고향을 떠나 소설을 쓰는"(75면) 자신의 꿈을 포기하지 않을 뿐이다. 하경이 자신의 욕망에 솔직하기 때문에 감행하는 이동을 읽어낸다면, 「공설운동장」은 자신이 원하는 것을 좇는 여성 인물이 계속하여 이동하는 서사로도 볼 수 있을 것이다. 소설 마지막에서 하경은 L의 부재에 눈물을 흘리면서도, 공설운동장 주변을 달리기 시작한다. 끈을 조이고 심호흡을 한 뒤 주먹을 꼭 쥐고 힘껏 달리는 그녀에게 보장되어 있는 미래는 없다. 그럼에도 소설 마지막에서의 하경은, 밀양에 내려오던 당시의 하경과는 조금 다른 사람이 된 것처럼 보인다. 아마도 그것은 하경이 서울살이의 고됨을 스스로 너무 잘 알게 되었음에도 다시 서울로 올라가는 쪽을 선택하기 때문일까. 고향 말씨를 지운다고 다른 사람이 되는 것이 아님을 깨달은 하경의 서울생활은 이전과는 조금 다를 것 같다.

「핀 캐리」와 「공설운동장」에서 여자아이들이 고향을

벗어나도록 추동한 기저에는 스스로의 무능을 견디지 못해 가족들을 괴롭히는 아버지로부터의 도피 욕망이 있었고, 그 형상은 「두고두고 후회」에서도 유사하게 나타난다. 다만 앞의 두 소설이 이십대 초반의 여성 화자에 의해 진행되는 것과 달리, 「두고두고 후회」는 서른다섯살의 여성 화자에 의해 진행된다는 점에서 그 시차가 느껴진다. 특히 「두고두고 후회」의 화자 '선재'가 데뷔한 소설가라는 점을 고려한다면 소설가를 꿈꾸던 하경의 이야기(「공설운동장」)에 이어 이 소설을 읽는 것 또한 흥미로울 것이다.

「두고두고 후회」에서 선재의 아버지는 자신의 잘못된 선택을 인정하지 못한 채 히스테리를 부리며 지난 이십여 년을 살아온 사람이다. 초등학생 선재가 눈썰매장에 가기 위해 모아온 용돈을 자진해서 헌납하도록 만들어 그 돈으로 가족 외식을 갈 정도로 이기적이던 아버지는, 말기 암 환자가 되어 나타나 뿔뿔이 살아가던 가족들을 다시 모이게 만든다. 그리고 아버지의 항암치료 여부를 결정하지 못한 까닭에 선재의 세 남매는 아버지와 함께 엄마를 만나러 간다. 자신의 실패에서 벗어나지 못한 아버지와 달리 스스로의 인생을 개척해나간 어머니는 아버지와도 이

혼한 상태다. 어머니를 기다리는 가족들을 바라보며, 선재는 "지금 이 시간이 나중에 후회로 남을지 그리움으로 남을지 아직은 예상할 수 없었고, 우리 모두에게 너무 많이 후회되거나 그리워지는 순간이 아니기를 바랄 뿐이었다"(276면)고 생각한다.

자신에게 지울 수 없는 상처를 남긴 아버지를 비롯하여 은재와 영재 등 가족들의 현재 모습을 담담하게 바라보는 선재의 시선에는 애착과 그리움이 묻어난다. 이러한 감정은 선재가 자신과 가족들 사이에 어느정도의 거리를 벌려두었기에 가능해진 감정처럼 보인다. 구질구질한 집구석 역사를 서술하는 태도에서 느껴지는 선재의 감정 또한 단순한 혐오나 염증만은 아니다. 가족들과 분명한 감정적 거리를 유지하며 살고 있으나 그렇다고 하여 완전히 단절한 것은 아닌 상태, 모 아니면 도가 아닌 그 사이에 놓인 수많은 가짓수를 인정하며 껴안는 태도. 어쩌면 가족들을 떠나 머나먼 곳으로 향하고 싶어하던 여자아이들은 십수년의 세월을 지나 「두고두고 후회」의 선재 같은 어른으로 자라나게 될까.

2

그런 변화가 단숨에 일어날 리는 없다. 지긋지긋한 고향의 가족들로부터 떠나와 아무런 경제적 지원 없이 서울에 도착한 그녀들이 맞닥뜨리는 일상은 이를테면 이러한 순간들로 점철되기 때문이다. 「가져도 되는」에서 대학 입학과 함께 서울에 갓 올라온 '인희'는 롯데월드에 가본 적 없다고 말했다가 대학 동기들의 놀림을 받으며, 단지 기분이 좋지 않다는 이유로 오륙만원짜리 귀걸이를 샀다는 대학 동기 '조명아'의 말에 조용히 상처받는다. 다만 앞서 살펴본 소설들과 달리, 「가져도 되는」은 인희의 목소리가 아닌, 십여년간 그녀와 연애하고 결혼한 남편 '승규'의 목소리로 전개되는 소설이다. 승규의 목소리를 통해 우리는 손에 쥔 것 없이 홀몸으로 고향을 떠나온 여성의 절박한 서울-입사기를 바라보는 타인의 시각을 엿볼 수 있다.

소설에서 승규가 대학 시절의 인희를 회상하는 과정에는 지속적으로 조명아와의 비교가 끼어든다. 이는 인희가 당시 자신이 조명아를 부러워하고 미워하였음을 승규에게 고백했기 때문이기도 할 것이다. 서울 강남 출신의 조명아가 부모로부터 물려받은 것은 단순히 물질적인 부에 한정되지 않고, 거리낌 없는 태도나 스스로의 기분을 살피고 돌볼 수 있는 여유, 세련되게 자신을 꾸미는 능력으로까지 확장된다. 반면 부모에게서 "지독하게 나쁜 것들만 물려받았다는"(226면) 자의식을 가진 인희는 어떤 종류의 여유도 누려보지 못한 채 늘 초조하게 살아간다. 이러한 인희의 숨 가쁨을 가장 가까이에서 지켜보는 승규는 인희를 감싸 안기는커녕 냉정하게 평가한다. 승규에 따르면, 인희는 (조명아와 달리) 대중적 취향을 자신의 취향으로 받아들여 취향이랄 게 없는 사람이자, 남들의 평가에 따라 자신의 삶의 가치를 결정짓는 지극히 세속적인 사람에 불과하다.

그러나 과연 인희는 그런 사람이기만 한가. 인희와 조명아 사이의 끊임없는 저울질은 사실상 승규의 내면에 깃든 죄책감에서 기원하는 면이 크다. 대학 시절 승규는 술에 취해 조명아와 하룻밤을 보낸 뒤 허둥지둥 그 일을 없던 일로 만들어버리려 애쓴 적이 있으며, 심지어 술에 취해 조명아에게 전화를 걸어본 적도 있다. 이러한 승규의 비겁함은 조명아의 결혼식 날 그가 보여주는 이중성과도

밀접하게 연결된다. 평소 인희에게 남들의 시선을 신경 쓰지 말라고 조언해온 승규는 결혼식장에서 자신의 아이와 인희가 부끄러워 거의 화가 난 것처럼 보이며, 자신의 가족이 초라해 보인다는 생각에 사로잡혀 어쩔 줄 몰라 한다. 그렇다면 승규와 같은 화자를 통해 인희의 삶을 재단하는 일은 다소 부당하지 않을까. 「가져도 되는」을 흥미로운 소설로 만드는 지점은 이렇듯 인희에 대해 말하는 화자의 모순성에서 발생한다.

한편 「영국산 찻잔이 있는 집」은 「가져도 되는」과 더불어 남성 화자에 의해 전개되는 드문 소설 가운데 하나다. '한'은 '피티'라는 별명을 가진 여자와 연애를 하다가 육 개월 전에 헤어졌으나, 피티의 언니 '소냐'로부터 피티가 실종되었다는 갑작스러운 연락을 받게 된다. 네 자매 가운데 셋째인 소냐와 막내인 피티는, 피티의 대학 진학을 계기로 고향에서 최대한 멀리 떨어진 곳으로 이사를 왔다. 한의 관점에서 피티와 소냐의 관계는 다분히 기형적이다. 피티는 학교폭력의 피해자였던 소냐가 밝은색을 가까이하는 게 좋다는 이유만으로 자신의 옷을 늘 밝은색 계열로 입고 다닐 정도로 자신이 소냐를 책임져야 한다는 생각에 사로잡혀 있기 때문이다. 한은 "그녀가 그렇게까지 소녀에게 신경을 쏟지 않았다면, 나에게 좀더 집중해 주었다면 우리의 관계가 이런 식으로 어긋나지는 않았을 것이다"(308면)라며 피티와 관계가 틀어진 원인을 피티의 책임으로 돌린다. 그러나 두 사람의 관계가 파탄에 이르게 된 계기는 한이 소녀의 머리채를 움켜쥐고 고개를 꺾으며 윽박지르는 장면을 피티가 목격했기 때문이라는 점에서, 이러한 한의 말은 다분히 기만적이다. 한의 말대로 피티에게는 소녀 아닌 '다른 사람'이 필요했을지 모르지만, 최소한 한은 그 사람이 아닌 것이다.

소녀와 함께 고향을 떠나온 피티는 한을 떠나고, 소녀마저 떠나 어디로 간 것일까. 이 소설에서 그 답을 찾아내기란 불가능하다. 다만 큰언니가 사다준 영국산 찻잔 세트와 함께하는 네 자매의 피크닉을 꿈꾸던 피티가 자신의 찻잔 하나만을 들고 사라졌다는 사실은 의미심장해 보인다. 독자들로 하여금 그녀의 실종을 근심스럽게 느끼기보다는, 오히려 다행이라고까지 느끼게 만드는 대목이기도 하다. 자기 몫의 찻잔만을 챙겨 소녀 곁을 떠난 피티. 그녀는 다른 단편들 속 여자아이들보다 조금 늦게 가족으로부터 도주를 시도한 것일까. 언젠가 피티는 다시 소냐의 곁으로 돌아올지도 모른다. 그러나 어쩌면 지금 피티는 자신이 너무도 절실하게 원해왔으나 언제나 미루어두었던 "좋은 냄새가 나는 산책로를 걷고, 예쁜 티포트에서 적당히 잘 우린 차 한잔을 따라 마시"(303면)는 시간을 혼자서나마 가지고 있는 것은 아닐까.

3

『탬버린』에 나타나는 여성들의 관계는 당연하게도, 승규의 눈에 비친 인희와 조명아의 관계나(「가져도 되는」) 한의 눈에 비친 피티와 소냐와의 관계만으로(「영국산 찻잔이 있는 집」) 한정될 수 없이 다채롭다. 이들은 긴밀한 애정을 주고받다가 불가항력적으로 멀어지기도 하며, 애써 상대를 밀어내다가 도리어 자신이 마음을 다치기도 한다. 「우리가 이웃하던 시간이 지나고」에 나타나는 '영주'와 '성희'의 관계 또한 그러하다. 영주와 성희는 유년 시절 주공아파트의 같은 동에 살며 친하게 지내던 언니 동생 사이로, 십여년이 넘는 시간이 지나 우연히 치과에서 환자와 치위생사로 만난다.

유년 시절 친자매처럼 지내던 영주와 성희는, 영주가 초등학교 4학년이던 무렵 급격히 멀어진다. 가정환경조사서를 제출하는 과정에서 담임에게 "주공아파트는 임대아파트잖니"(93면)라고 질책받은 영주가 깊이 상처받고, 성희를 포함한 같은 동네 아이들을 멀리한 까닭이다. 열한살 무렵의 영주는 자신의 서러움과 수치심, 열등감을 처리하지 못해 성희에게 매몰찬 말을 던지면서 자신도 상처 입는다. 그러나 이십대 중반의 나이에 이르러서도, 영주는 자신에 대한 적극적인 홍보를 부탁하는 성희에게 "그만 엮이고 싶어"(110면)라며 다시금 매몰찬 말을 던진다. 영주의 마음은 무엇이었을까. 독일 학회에 가기 위해 방학 내내 아르바이트를 해서 모아둔 돈을 치과 치료에 써버리고, 논문 자료를 정리하던 블로그에 치과 홍보 자료를 올려서라도 할인을 받아야 하는 자신의 처지에 대한 서러움 때문이었을까, 혹은 "이렇게나 열심히 살고 있다는 것을 스스로 대견해하는 성희의 태도"(107면)에서 느낀 묘한 불편함 때문이었을까.

부모의 물질적 지원을 받지 못하는 상황에서도 취업 대신 대학원을 선택한 영주는 자신의 선택을 책임지느라 무척 외롭고 지쳐 보인다. 진통제를 삼키며 치과 진료를 미루던 영주에게선 삶의 무게를 홀로 책임지는 자 특유의 고단함이 진하게 느껴진다. "낯익은 곳이 아닌 모르는 곳에 존재하고 싶은 욕구"(100~101면)를 좇아 살아오던 영주는 이제 예민한 신경으로 감각되는 감정들을 온전하게 느끼며 사는 삶을 사치로 느낄 정도로 지친 듯하다. 유학은 커녕 남은 석사과정조차 제대로 마칠 수 있을지 자신이 없다는 영주는 최선을 다해도 반복하여 느끼게 되는 박탈감과 소외감에 지쳐 타인의 마음은 물론 스스로의 그것마저 보듬을 여력이 없는 것 같다. 이런 영주에게, 자신과 유사한 배경을 공유하고 있으며 여전히 유사한 조건 속에서 살아가는 듯 보이는 성희는 "떠나온 K동 주공아파트의 문간방보다 조금도 나아지지"(105~106면) 못한 자신의 삶을 환기시키는 자기혐오의 투사 대상에 그칠 수밖에 없는 것일까.

　　한편 표제작인 「탬버린」 또한 「우리가 이웃하던 시간

이 지나고」와 유사하게 오래전에 끊긴 관계가 우연한 계기로 다시 이어지는 이야기이지만, 여기에서 그려지는 여성들의 관계는 조금 다른 모양이다. 「탬버린」의 화자 '은수'는 입사 사개월 차 신입사원으로, 외근을 나갔다가 우연히 고등학교 2학년 때의 '반장'을 만나 '송'의 소식을 전해 듣는다. 송은 은수가 전학 간 학교에서 만든 유일한 친구로, 두 사람은 야간자율학습에 참여하는 대신 함께 노래방에서 탬버린을 흔들면서 친해진다. 송이 혼신의 힘을 다해 탬버린을 흔들며 징글징글한 생의 무게를 털어내는 동안, 은수는 송의 마음을 모두 이해하지 못한 채로도 함께 탬버린을 흔든다. 이후 은수가 한 학기 만에 다시 서울로 전학을 가게 되면서 둘의 사이는 점점 멀어지고 결국 소식마저 끊기게 된 것이다.

하교 후 가방에서 탬버린을 꺼내 흔들다가 매일 밤 7시부터 11시까지 고깃집 불판을 닦던 송, 엄마의 뜻에 따라 결정되는 자기 인생의 행로를 심드렁하고 무기력하게 좇다가 송과 함께 탬버린을 흔들던 은수, 그리고 야간자율학습에 참여하지 않는 두 사람에게 화를 내다가 눈물을 터뜨리던 반장. 이렇듯 각자의 삶을 견디던 열여덟살 여자아이들은 십여년의 시간을 지나와 어떤 청년들로 자라났을까. 이제 송은 터키 아이스크림 가게에서 스푼을 휘두르며 춤을 추고, 삼년째 임용고사를 준비 중인 반장은 오랜만에 만난 은수에게 폭언을 쏟아내다 제풀에 울음을 터뜨리며, 은수는 회식차 방문한 노래방에서 대표를 만족시키기 위해 목소리를 쥐어짜 몇번이고 다시 노래를 부른다. 고등학생 시절 은수가 송과 함께 신나게 몸을 흔들어 재끼던 노래방은, 이제 대리, 팀장, 상무, 대표로 이어지는 위계 구조에서 가장 말단에 위치한 신입사원 은수에게 수치심과 굴욕감을 훈육하는 공간으로 탈바꿈한다.

을 중의 을로서 회식 내내 을-됨을 수행하느라 너덜너덜해진 은수는 회식을 마치고 돌아가는 길 위에서 반장과 송에게 메시지를 보낸다. 친구가 필요하다고 말하는 은수, 아마도 그것은 자신을 '신입사원 정은수'만이 아닌 존재로 바라봐줄 이가 절실해졌다는 의미가 아닐까. 녹록지 않은 삶을 살아가며 흔들릴 때마다, 그 흔들림에 대한 감각은 살아 있음에 대한 가장 확실하고도 불쾌한 증거로서 역할하곤 한다. 그러나 은수와 반장, 송, 그리고 어쩌면 우리 모두에게는 살아 있음을 확인할 수 있는 조금은 다른 종류의 증거들이 필요하지 않을까. 이를테면 서로가 서로의 삶의 증언자로서 역할해줄 수 있는 '친구'라는 존재처럼 말이다. 이십대 중반에 각자 다르게 징글맞은 삶을 통과하고 있을 세 사람이 가까스로 다시 연결된다면, 어쩌면 이들은 버거운 삶이 마모시키는 감정들을 지켜내고, 함께 탬버린을 흔들면서 반짝이는 순간들을 만들어낼 수 있을지도 모른다.

4

이 독서의 마지막 여정에 「멀고도 가벼운」을 배치하고 싶다. 이 단편은 김유담의 첫 소설집이 인상적으로 각인시킨 서울로 상경한 지방 출신 여성청년이, 그 자의식에 입각한 채 자신의 기원서사를 새로이 재구성하는 시도로 읽히기 때문이다. 소설의 화자 '지연'은 현재 삼년 차 직장인이 된 서른살의 여성이다. 좁아터진 집성촌에서 자라온 지연이 "먼 곳으로 가고 싶다는 꿈을 꾸"(169면)고, 고집을 피워 대학 진학과 함께 서울로 떠나올 수 있었던 데에는 그녀의 육촌 이모의 영향이 컸다. 태어난 동네를 한 번도 떠나본 적 없는 엄마와 달리, 이모는 고향을 떠나 서울에서 대학을 나오고 결혼을 한 뒤 남편을 뉴질랜드로 떠나보내고 딸과 함께 다시 고향으로 내려와 사는, 말하자면 여기와는 '다른' 세계를 경험해본 사람이다. 어린 지연은 엄마를 포함한 집성촌의 다른 여자 어른들과 이모 사이의 차이를 예민하게 감각하고, 이모의 사례를 참조하여 자신의 욕망을 형성해간다.

이모는 엄마의 지휘하에 운영되는 작업장에서 가장 열심히 일하지만, 엄마를 포함하여 집성촌의 여자 어른들은 고향을 떠났다가 인생을 망친 존재로 이모를 낙인찍기에 바쁘다. 정(情)을 중시하는 공동체의 윤리를 체화한 엄마는 악착같이 돈을 아끼려는 이모를 염치 없고 정 없다며 은근히 경멸하고 배척하지만, 지연에게 있어 이모는 집성촌을 떠날 수도 있다는 가능성을 체현한 존재였다. 이모가 증명한 그 미지의 가능성을 믿고 대학 입학과 함께 고향을 떠나온 지연에게, 그사이 뉴질랜드로 이민을 떠난 이모는 양모 이불 한채를 선물해온다. 무겁고 따뜻한 양모 이불을 덮으며 지연은 녹록하지 않은 현실, 이를테면 값싼 음식점만 찾아다니면서 데이트를 하고 지원한 모든 공채에서 탈락하는 서울살이를 버텨낸다. "서울 중산층 가정 출신에 서울 소재의 사년제 대학을 나온 남자"(193면) 친구의 생명보험사 공채 합격에 자격지심을 느끼고, 자신이 가까스로 취업한 유통회사가 비전이 없다며 그곳을 박차고 나서는 사람들의 뒷모습에 상처받으면서도, 그녀는 자신의 삶을 버틴다.

어린 지연에게 "소읍의 집성촌을 벗어난 새로운 삶의 방식도 존재한다는 걸 알려준" 이모는, 제 발로 떠나온 고향에 다시 돌아갈 때 치러야 하는 대가를 알게 해준 사람이기도 하며, 이제는 "스스로 더 멀리 날아가 씩씩하게 살아가는 모습을 보여준"(198면) 사람이기도 하다. 이모 자신은 몰랐겠으나, 그녀는 일평생 지연에게 참조할 수 있는 여자 어른의 사례로서 역할을 해왔던 셈이다. 이제 서른살의 지연은 사촌의 SNS에 올라온 사진 속 이모를 보며, 이모가 겪었을 수많은 시행착오와 좌절의 여지를 읽어낼 만큼 어른이 되었다. 사진 이면의 삶을 알 수 없는 채로도, 지연은 이모의 삶에 다정한 응원의 마음을 보내며 도리어 자신이 위안과 온기를 느낀다.

고향을 떠나 서울로 향한 지연의 이동은 그 누구의 권유나 강요도 아닌, 그녀 자신의 속절없이 들끓는 열망에 의해 감행되고 성취된 것이다. 그러나 그 열망의 기원에는, 앞서 살펴본 다른 소설들과 달리 무능력한 아버지를 대신하여 지연보다 먼저 이동을 감행했던 윗세대 여성이 놓여 있다. 집성촌은 일견 공고하고 변하지 않을 것만 같은 폐쇄적인 세계이지만, 자신에 앞서 이모가 벌려둔 세계의 틈새를 통해 미지의 가능성을 엿본 지연은 그 균열을 통과하여 최선을 다해 다른 세계로 넘어간다. 비록 지연이 서울에서 마주한 것이 찬란한 현실만은 아니었다고 할지라도, 여전히 '지방의 넉넉하지 못한 가정 출신 여성'이라는 조건이 그녀를 쉬지 않고 끌어당기고 있을지라도, 그녀는 자신이 내린 선택을 통해서만 알 수 있었던 것들을 알게 되고, 느낄 수 있는 것들을 느끼게 된다. 그러니 자신의 전존재를 걸고 그 선택을 통과해나가는 과정에서 그녀는 이미 이전과는 조금 다른 사람이 되어버린 것이다.

그렇게, 김유담의 소설 속에서 간절하게 앓던 여자아이는 간절하게 앓는 여성청년으로 자라난다. 누군가에게

는 촌스럽거나 딱해 보일 정도로 절박하게 생을 통과해나
가는 그녀들. 때로는 자신의 열망이 불러온 결과에 실망
하면서도, 자신을 선택하게 만드는 감정들과 자신의 선택
에 잇따르는 감정들을 지나오며 이들은 이전과는 조금씩
다른 자신을 만들어나간다. 자신의 욕망에 솔직하고, 자
신의 선택을 책임지면서. 스스로, 더 멀리, 날아가, 씩씩하
게, 살아가는 것이 얼마나 어렵고도 대단한 일인지 점점
더 깨달아가면서.

田己和 | 문학평론가

등단 이후 사년간 발표한 소설을 추려 모았다. 한편 한 편 힘들게 썼던 기억이 새삼 떠오른다. 그럼에도 쓰지 않고 사는 것보다는 읽고 쓰는 삶이 한결 견딜 만하다는 것을, 늦은 밤 홀로 원고를 대면하고 있는 시간이 나를 나답게 해준다는 걸 이제는 확실히 알겠다.

부침이 심했던 이십대 시절, 삶이 너무 버거워 소설까지 지고 가기는 어렵지 않을까 고민하던 시기가 있었다. 예나 지금이나 나는 엄살이 심하고 생활과 소설을 함께 감당하는 길은 요원해 보였다. 그러고도 정작 힘들 때는 소설을 찾으며 위로를 구했다. 살아가는 일이 참혹하고 두렵다고 느낄 때마다 괜찮다고, 인생은 원래 그런 거라고, 조금 더 힘을 내서 살아보자고, 문학이 내게 말해줬다.

소설을 먼 곳에 내려놓고 온 친구라고 생각했는데 돌아

보니 뒤따라 걸으면서 앙상한 내 등을 쓸어주고 있었다. 삶의 무게에 비하면 소설의 질량은 너무도 가벼워서 그것을 내려놓는다고 삶이 가벼워지지 않는다는 걸 깨달은 후에야 다시 소설에 손을 내밀 수 있었다. 소설쓰기가 하찮다는 게 아니라 그만큼 삶이 무겁고 무섭다는 소리다.

비극과 불행은 항상 우리 가까이에 있고 나의 엄살은 내가 봐도 참 고약하다. 사는 일도 쓰는 일도 뜻대로 되지 않을 때면 그래도 내가 운이 좋은 사람이라는 사실을 떠올리려 한다. 좋아하는 일을 할 수 있고, 그 작업의 결과를 유능하고 사려 깊은 편집자의 도움을 받아 책으로 세상에 내놓을 수 있는 사람의 비율, 그리고 그가 바로 내가 될 확률을 생각하면 이 모든 행운에 그저 정신이 아득해진다.

좋아하는 사람과 오래 연애했고, 그와 결혼했고, 함께 아이를 낳았다. 그 또한 희박한 행운이다. 타인과 가정을 이뤄 사는 일이 만만치 않지만 서로를 지켜나가고 있는 현재를 소중히 여기려 한다. 이렇게 책을 내기까지 무수한 번민의 나날을 함께해준 남편에게 특별한 감사의 인사를 전한다.

이 소설집에 실린 여덟편의 소설은 나 자신과 주변 사람들에게 말을 거는 마음으로 써내려간 이야기다. 그중에서도 소설을 쓰면서 내가 가장 간절하게 대화를 청하고 싶었던 사람은 안타깝게도 이 글들을 읽을 수 없다. 돌아보면 나는 그의 불운, 그리고 그것으로 인한 나의 불운을 글쓰기를 통해 극복하려 오랜 시간 애썼던 것 같다. 하지만 그는 그 어떤 회복이나 화해의 기회도 주지 않은 채 세상을 떠나버렸다. 내가 작가가 되었을 때 가장 기뻐했던 사람, 이제는 고인이 된 내 아버지에게 이 책을 바친다.

2020년 봄

김유담

| 수록작품 발표지면 |

핀 캐리(pin carry) …… 2016년 서울신문 신춘문예 당선작

공설운동장 ……『서로의 나라에서』(은행나무 2018)

우리가 이웃하던 시간이 지나고 ……『문학의오늘』 2017년 봄호

탬버린 ……『21세기문학』 2017년 여름호

멀고도 가벼운 ……『문학동네』 2019년 겨울호

가져도 되는 ……『실천문학』 2018년 가을호

두고두고 후회 ……『작가들』 2019년 여름호

영국산 찻잔이 있는 집 ……『현대문학』 2016년 4월호

탬버린

초판 1쇄 발행 • 2020년 3월 31일
초판 3쇄 발행 • 2020년 8월 11일

지은이 / 김유담
펴낸이 / 강일우
책임편집 / 김선영 김필균
조판 / 한향림
펴낸곳 / (주)창비
등록 / 1986년 8월 5일 제85호
주소 / 10881 경기도 파주시 회동길 184
전화 / 031-955-3333
팩시밀리 / 영업 031-955-3399·편집 031-955-3400
홈페이지 / www.changbi.com
전자우편 / lit@changbi.com

ⓒ 김유담 2020
ISBN 978-89-364-3811-1 03810